新潮文庫

極限団地

一九六一　東京ハウス

真梨幸子著

新潮社版

11938

極限団地

一九六一　東京ハウス

フリーメール　二〇二〇年九月

お世話になっています。

いつものメールアカウントがエラー発生中につき、フリーメールから失礼します。

さて、Gテレビ開局60周年特別番組のコンペの件でご相談したいことがあります。

ある企画をご提案したいのですが、ご協力いただけますでしょうか？

必ず、数字がとれる企画です。間違いなく、話題になるでしょう。これを実現させるには、あなたの力が絶対に必要なのです。

一生に一度のお願いです。あなたも手伝ってくださいませんか。

企画　二〇二〇年十月

【Gテレビ開局60周年特別番組企画】

まず、一九九九年に英国チャンネル4で制作された『THE 1900 HOUSE』というリアリティショーを紹介したいと思います。

「現代の普通の家族が百年前の生活を体験する」というコンセプトのもと、一般公募から選ばれた中流層の家族が、電気もガスも水道もない一軒の家で百年前の生活を再現します。その期間、三ヵ月。

ロールプレーイングとして気楽に参加した家族でしたが、現在とかけ離れた価値観、不便な衣食住、家事の重労働に悲鳴を上げ、不満を爆発させます。それでも百年前の「家族」を懸命に再現する姿に、私たちはある種の感動と共感を覚えます。そして、思いがけない「希望」と「絆《きずな》」も見出《みいだ》すことになります。

「希望」と「絆」。これこそが、現在のリアリティショーに求められている要素ではないでしょうか。リアリティショーの在り方が議論されている今だからこそ、あえて、ご提案します。一九〇〇年……百二十年前の東京の生活を令和に生きる現代人が体験し、「希望」と「絆」を見つける三ヵ月。

　タイトルは、ずばり、

『一九〇〇　東京ハウス』。

＋

「うん？　これって前にも――」

　プレゼンテーションが終わると、上座の男が首を傾《かし》げた。Gテレビ局番組編成局長の大林《おおばやし》氏だ。マスクをしているので、その表情はよく分からない。

　……だめなのか？　深田隆哉《ふかだたかや》の鼓動が速くなる。

　……いや、待てよ。大林氏の右薬指が軽快に躍っている。

　左隣に座る吉本太一《よしもとたいち》が軽く突っついてきた。見ると、「つかみはオッケー」とばかりにウインクしている。隆哉は胸をなでおろしながら、右隣に座る岡島牧子《おかじままきこ》の顔をちらっと見た。が、彼女の表情には特に変化はない。いつものポーカーフェイスだ。

「でも、設定が一九〇〇年というのは、どうなんでしょうか？」同局バラエティ制作部、チーフプロデューサーの前川《まえかわ》氏が腕を組む。「一九〇〇年って、年号でいったら

――」

「明治三十三年ですね。第四次伊藤博文《いとうひろぶみ》内閣の時代です」同局同制作部の女性ディレクターが即答した。

ああ、この人が、噂《うわさ》で聞いた真冬でもノースリーブの女傑、坂上《さかがみ》女史か。今日も、まるで競泳用の水着のようなノースリーブだ。脇《わき》から余った肉が食《は》み出している。

……貴代美《きよみ》叔母さんにちょっと似ている。

「明治か。……ちょっと昔過ぎるか？　あんまり昔過ぎると、コケる場合がある」編成局長の大林氏は、躍らせていた指を止めた。

「オタクしか見ない恐れがあります」黒いマスクを震わせながら、チーフプロデューサーの前川氏が同調する。

「確かに。オタクは、購買力はあるが視聴率には繫《つな》がらないからな。一桁《ひとけた》しかとれない恐れもある」

と、誰だっけ？　この人。隆哉は慌《あわ》ててテーブルに並べた名刺を見てみたが、よく分からない。

「開局記念番組なんだから、二十パーセントは欲しいよね」

この人も、よく分からない。

「じゃ、もっと新しい時代にしてみては？」

この人も……。隆哉があたふたと名刺とテーブルに着く面々を見比べている間にも、話はころころと転がっていく。

「百二十年の半分、六十年前はどうです？」

「六十年前って、一九六〇年？　昭和……」

「昭和三十五年です」

「お、いいんじゃゃん。今、昭和ブームだし。なにより団塊世代にウケるよ。数字に繋がる」

「なら、実際の放送が二〇二一年の暮れですから——」

「一九六一年にしては？」

「一九六一年って、ちょっと中途半端《ちゅうとはんぱ》じゃないか？」

「いいと思うよ、昭和三十六年」

「昭和三十六年といえば、家電製品もそろそろ普及しはじめた頃です」

あ、この顔は知っている。広告代理店T社の人だ。

「スポンサーに家電メーカーを予定していますので、そのメーカーの家電を揃《そろ》えましょう」

って、それじゃ、そもそものコンセプトが……。電気もガスも水道も普及していない時代でなければ、意味がない。「家事」という重労働に振り回される人間模様がメインなんだから。六十年前では、さすがに電気もガスも水道も普及している。家電製品だって。

「じゃ、あとは箱だな。どこを舞台にするかだ」

「やっぱり、団地じゃないですか？　この時代は公団住宅……つまり団地に住むというのが中流のステータスだったんですから」

「……団地？　……あれ？　やっぱり、前にも――」番組編成局長の大林氏が、また首を傾げた。

「どうしました？」

「いや、なんでもない。たぶん気のせいだ。……うん、いいんじゃない。団地で行こうよ！」

Gテレビ局近くのパスタレストラン、注文を終えると隆哉はやれやれとマスクをはずした。

「とにかく、好感触でよかった」営業の吉本さんもマスクをはずすと、破顔した。

しかし、岡島さんだけは表情が固い。ベリーショートの髪はワックスでかっちりまとめられ、スタンドカラーのブラウスも黒のパンツスーツも隙《すき》がない。ただ、マスカラをたっぷりと塗った睫毛《まつげ》だけが、何か言いたげに小刻みに動いている。隆哉は、その動きを見守った。テレビ局の番組制作を請け負うプロダクション〝創界社《そうかいしゃ》〟の女社長。彼女は、何を考えているのか。

「とはいっても、決定というわけではないから。文学賞でいえば一次選考に通った……という感じかな」吉本さんは、どうやら小説家志望らしい。なにかと〝文学賞〟を喩《たと》えに出してくる。「それでも、とりあえず、今日のプレゼンは成功したといえますよ。うちの企画でほぼ決定ですよ」吉本さんが、根拠のないへらへら笑いを浮かべる。隆哉より二歳上の、今年三十二歳の若手営業マン。が、その笑いには老獪《ろうかい》さがにじみ出ている。

一方、社長の岡島さんは、さきほどからテーブルを睨《にら》みつけて、にこりともしない。

「あの……なにか？」その空気に耐えかねて、隆哉は恐る恐る顔を覗《のぞ》き込んでみた。

「私も、団地族なんだよね」岡島さんが、マスクをはずしながらぽつりと言った。

岡島さんは確か、今年で六十六歳だったはずだから……。

「昭和二十九年生まれ。昭和三十六年、小学校一年生のときに団地に引っ越した」

「なら、ばっちりじゃないですか！」吉本さんが、テーブルの端を軽く叩《たた》いた。「生き字引がこんな間近にいるなんて――」

が、ウェイトレスがパスタを運んできて、話は中断された。ミートボールとトマトのパスタ、イカと明太子《めんたいこ》のパスタ、チーズときのこのパスタが、次々とテーブルに置かれていく。

「……ところで、昭和三十年代というと、深田くんはどんなイメージを持ってる？」

注文の品がすべて出揃うと、岡島さんが質問してきた。

「昭和三十年代ですか？　やっぱり、貧しくても希望と笑いが溢《あふ》れていた古きよき時代って感じでしょうかね？　卓袱台《ちゃぶだい》を囲む仲のいい家族、力道山《りきどうざん》に熱狂するお茶の間……みたいな」

「深田くんは、何歳だっけ？」

「今年で、三十歳です」

「じゃ、……平成生まれか。なら、トイレットペーパー騒動も知らない世代か」

「聞いたことはあります。なんでも、大阪の団地のスーパーが火元になったとか。テレビで見ました」

「そう。千里《せんり》ニュータウン――」

岡島さんは、フォークにパスタを絡《から》めながら、それを説明するのが義務だとばかりに唇を動かし続ける。

「――住民たちの間では、その頃、〝トイレットペーパーがなくなるのでは〟っていう妙な噂があってね。石油ショックでいろんなものが不足してたから、もしかしてトイレットペーパーも？って。時を同じくして、ニュータウン内のスーパーでトイレットペーパーの特売があった。〝今、買っておきましょう〟なんて煽《あお》り文句がチラシにあったから、主婦たちはこぞってスーパーに向かった。できたのは、長蛇の列。トイレットペーパーはあっというまに売り切れて、ちょっとしたパニックになった。それがニュースになり尾鰭《おひれ》がついてパニックが全国に広まった……という流れ」

「でも、なんでトイレットペーパーごときであんなに熱くなったんでしょうか？」ミートボールを口に押し込みながら、吉本さん。そのギョロ目が、剝《む》き出しになる。

「たかがトイレットペーパー、されどトイレットペーパー。今回の新型コロナ騒ぎでも、トイレットペーパーが真っ先になくなったじゃない」岡島さんが笑みを浮かべる。が、相変わらず無表情の目元が邪魔をして、それがどんな意味なのかはよく分からない。少し、不安になる。

「いずれにしても、昭和三十六年の団地というのは固まったわけだから、次は、設定を練らなきゃね」岡島さんが、フォークに絡めたパスタをようやく口に運んだ。

「ですね。次のプレゼンは一週間後。早速、今日から——」吉本さんが、トマトソース塗《まみ》れの唇を拭《ふ》きもせず、お冷やを飲み干した。

「深田くん、これから大丈夫？」岡島さんの質問に、「もちろんです」と隆哉は即答した。

「なんだか、深田くんの当初の案からはだいぶかけ離れちゃったけど」

隆哉が、『一九〇〇　東京ハウス』という企画をまとめ上げたのは、半年前。そのときは、フリーライターという肩書きで出版社に持ち込んだ。しかし、あえなくボツ。諦《あきら》めきれず、創界社に持ち込んでみた。テレビの仕事ははじめてだったが、ボツを言い渡した編集者の「この企画はテレビ向きだね」という言葉を信じて創界社に飛び込み営業をしたわけだ。するとこれがとんとん拍子に運んだ。

「……ね。ところで」

と岡島さんが、隆哉にゆっくりと視線を合わせてきた。

「そもそも、なんで『一九〇〇　東京ハウス』を企画したの？」

「ああ、それは——」

「なんで？」

いつになくしつこい岡島さんの視線に、隆哉は折れる形で白状した。

「実は……元々は叔母の企画だったんです」

「おばさん?」

「はい。父の妹にあたる人で去年亡《な》くなりました。葬儀のあと、遺品の中から企画書が見つかって。かつて広告代理店に勤めていたので、そのときにまとめた企画じゃないかと。それで、アイデアだけいただいて……」

「なんだ、じゃ、パクリ?」吉本さんが、茶々を入れてきた。

「違いますよ。甥《おい》として、叔母の遺志を継ごうと……」

「いずれにしても」岡島さんが、お冷やのグラスを引き寄せる。「企画が正式に通れば、引き続き深田くんにも構成作家として正式に参加してもらうつもりだから」そして、ゆっくりとお冷やを啜《すす》る。

相変わらずの、無表情。

はじめはそれが不安で仕方なかったが、今は、無表情の中にも細かい感情の動きがあることを知った。お冷やを啜るその唇は、少なくとも、歪《ゆが》んではいない。

「ありがとうございます! 頑張ります!」

隆哉は大振りで頭を下げた。

その日から早速、企画の詰めがはじまった。

まずは資料集め。各スタッフにそれぞれ担当が与えられ、隆哉にも団地に関するデータ集めという仕事が任された。〝団地〟というキーワードで検索、ヒットした膨大なデータを片っ端からプリントアウトしていく。この作業だけで、一日目は終わった。

二日目、ようやく要旨を抜き出す作業に入る。ランダムに入力した単語が次第に文章になっていく。朝食と昼食を兼ねた菓子パンをかじりながら隆哉がそれを読み返していると、

「頑張ってるね」

岡島さんの声に、指がびくっとキーを離れる。隆哉は、慌てて「はい、あ、すみません」と、体でディスプレイを隠した。一気に入力したせいか、なんだか後半は下手な論文のようになってしまった。こんな状態で見られるのは恥ずかしい。

「〝団地族〟という呼び方をはじめて使ったのは、週刊朝日一九五八年七月二十日号か」

資料のひとつをつまみ上げて、岡島さんが懐《なつ》かしそうに目を細めた。

隆哉は、彼女の顔を見上げた。マスクをしたその顔は相変わらず無表情だが、幾分

紅潮しているようにも見える。自分はどうだろう。そういえば、朝、トイレに行ったきり自分の顔を見ていない。とろんと弛《ゆる》んだ頬をパンパン叩いた途端、山積みにしていた資料の一部が崩れ落ちてきた。慌てて拾っていると、

『公団住宅へ応募するには家賃の五倍以上の収入が必要という厳しい条件が設けられた――』という文章が、目に入った。

……へー。収入の下限が設けられていたんだ。それにしても、家賃の五倍以上か。

「〝公団〟が供給する団地は当時、中産階級のステータスだったんですね。つまり庶民の憧れ。収入が条件に達していても、何十倍もの倍率を勝ち抜く必要があったわけですから、まさに高嶺《たかね》の花」隆哉が言うと、

「憧《あこが》れか。ま、確かに、当時はそうだったかもしれないね」と、岡島さんが、相変わらずの無表情で言った。

「さらに、一九六七年発行の〝日本団地年鑑〟によると――」徹夜明けの濁った頭に活を入れるかのように、隆哉はハイテンション気味に続けた。「……公団入居世帯主は、比較的大規模な事業所に勤務する管理職、専門・技術職、事務職などのホワイトカラー層が大多数を占め、教育程度も高い傾向にあり、団地がインテリ階級の住まいになっている……とのことです」

言いながら隆哉は、改めて社長の顔を見てみた。彼女は、昭和三十六年に団地に入居したと言っていた。ということは、家は相当な金持ちだったってことなんだろう。

「いずれにしても当時の団地って、今でいう高級マンションみたいなもんですよね？　食寝分離っていうんですか？　あれ、今でも実現していない家庭はたくさんあるのに、六十年前にそれをやったんだから、やっぱりすごいですよ。僕なんか、未《いま》だに飯食うところと寝るところ、同じですもん。狭小《きょうしょう》ワンルーム、見た目はこジャレているんですけどね、中はもう劣悪ですよ、狭いし、壁は薄いし、上の階の話し声は丸聞こえだし。住宅環境って、進化しているのか後退しているのか、よく分かりませんね」

「それでもやっぱり、昔よりは便利になっているのよ。その恩恵に漬かっていると実感はないかもしれないけれど。まあ、それはそれとして、午後一から会議をはじめるよ。準備、よろしくね」

ロケハン　二〇二〇年十一月

会議は、四日に及んだ。

そして五日目の朝、企画改訂案がようやくまとまる。

隆哉は、ぎらぎらと血走った目でそれを改めて読み直した。徹夜続きのせいか、体はぽっぽっと火照《ほて》り、思考もあちこちに飛ぶ。デスクの上は資料で溢れ、まとまりがつかない。まさに、隆哉の脳内そのものだ。しかし、企画書に書かれた内容は、理路整然とまとめられていた。まだまだ草稿だが、完成度はなかなかのものだ。

「うん、いいんじゃないかな」

しかし、その二日後に行われたプレゼンテーションで、苦労して仕上げた企画書はみごとに叩きのめされた。

批判の先頭に立ったのは、局ディレクターの坂上女史だった。

今日もノースリーブだ。しかも、胸元はざっくり開いている。

十月も終わり秋も深まる頃だというのに、この季節感のなさ。彼女の服装に合わせてか、会議室の温度は相当高めに設定されている。外は真冬のような寒空なのに、この部屋だけは、まるで南のリゾート地のようだ。

隣に座る営業の吉本さんが、企画書の束を団扇《うちわ》にして必死に扇《あお》いでいる。

隆哉も耐えかねて、さきほど上着を脱いだところだ。脇に汗染《あせじ》みが広がっている。

「企画書では、スタジオに団地の部屋のセットを組んでそこに住まわせるってことになっているけれど、それじゃ、臨場感ないでしょう」

坂上女史が、四十代後半の二の腕をふるふると震わせながら、大袈裟《おおげさ》に腕を振り上げた。

「どうせなら、本物の団地を使おうよ。建て替えかなんかで、利用していない団地を見つけてさ。せっかくだから、リアリティにこだわろうよ、〝リアリティショー〟なんだから」

「そうだな」ノースリーブ女史の横に座る局のチーフプロデューサーの前川が、無責任な相槌《あいづち》を打つ。

この五十代の黒マスクのおやじは、ノースリーブの尻《しり》に敷かれているらしい。最初のプレゼンのときも、ノースリーブの言葉をことごとく肯定していた。今日も、早速、ノースリーブの意見を補強するような無責任なことを言い出した。

「本物の団地を利用するとなると、被験家族は複数組のほうがいいんじゃないかな。つまり、団地の部屋だけを再現するんではなくて、団地そのものを再現するんだよ。団地のコミュニティそのものを」

話が、急速に別の方向に流れ出した。

「でも、さすがにそれは膨大な手間がかかるから、実際の被験家族は二組くらいで、あとはエキストラを使うとか」ノースリーブが、目をきらきらと輝かせる。

「うん、いいね。それでいこう」

　と黒マスクのおやじが同調すると、それからは二人の独擅場《どくせんじょう》だった。ノースリーブが何かを言うと、それに黒マスクが同調する。

「次は、設定だね。専業主婦の妻がずっと団地にいるのはいいとして、夫や子供はどうするの？　仕事は？　学校は？」

「そうだそうだ、学校は？　仕事は？」

「チャンネル4の例のドキュメンタリーでは、過去の生活を二十四時間続けているのは妻だけで、夫はいつも通り仕事にでかけ子供は学校に通っている。でもそれだと、完全に当時の再現にはならないよね？　夫と子供は、一日の大半はいつもと変らない現在で過ごすわけだから」

「そうだそうだ」

「できたら、夫も子供も当時の世界で二十四時間過ごしてほしいのだけど。どうせなら、タイムスリップしたぐらいの設定でいきたいよね」

「うん、それがいい、タイムスリップ」

「ああ、やっぱり駄目。タイムスリップじゃ、この企画そのものが無意味になっちゃう。あくまで、昭和三十六年の団地生活をゲーム感覚で現在の家族に体験してもらい、その様子を記録する、というのが趣旨なんだから」

「そうそう、タイムスリップじゃないんだよ」

「だから、家族の中の何人かは現在の生活をいつもどおり続けるというのはありだと思うんだよね。一日の半分ずつ、現在と昭和三十六年を行ったりきたりすることで、どういう心の変化が起きるか。また、二十四時間、昭和三十六年の環境で過ごさなくてはならない他の家族とどういう軋轢《あつれき》が生まれるか、できたら、そういう心理的葛藤《かっとう》も見てみたい」

「心理的葛藤、これは絶対必要だね」

「だったら、やっぱり、被験家族は二組用意したほうがいいね。一方は家族全員二十四時間団地内で過ごしてもらい、一方は、家族の一部は現在の生活を続けつつ昭和三十六年の生活も体験する、というふうにしたらいいんじゃないかな？」

「うんうん、対照的なふたつの家族、それいいね」

「いっそのこと、年末の特番の前に、配信したらどうかな？」

「配信、それいいね！　動画配信サービスと連動して。なら、うちと提携している

〝ミシシッピープレミアム〟だね」

「で、団地の生活の様子を、朝ドラのようにちょっとずつ毎日配信するの。盛り上がったところで、地上波特番」

「うん、いいね、いいね」

「配信期間は二ヵ月ぐらいで。……配信開始は来年の十月ぐらいかな」

「うん、いいね！」

「撮影は、来年の夏頃からはじめるとして。八月、東京オリンピックが終わる頃を見計らって」

「うん、いいんじゃない。その頃にはコロナも収束しているでしょ」

「じゃ、あとは、撮影場所ね。いい団地があるか。それ次第ね」

「いい団地、見つかるかな……」

「大丈夫よ、見つけてくれるわよ！　ね、創界社さん！」

＋

東京駅から東海道新幹線に揺られること約一時間半、Q駅からローカル線に乗り換えてさらに三十分。車窓を流れるローカルな景色を見ながら、隆哉はこっそりとため息をついた。

十一月の終わりになっていた。

あれから五回も企画は練り直され、ようやく仮決定が下された。だからといって、まだ「決定」ではない。営業の吉本さん曰《いわ》く、「文学賞でいえば、ようやく最終選考にたどり着いたってところだな」。

今日は、いわゆるロケハンだ。営業の吉本さん、そして社長の岡島さんとともに、静岡県Q市を移動している。

目的地は、〝Sヶ丘団地〟。

一九六一年……昭和三十六年四月に入居を開始したこの団地は、十五年計画の建て替えの真っ最中。建て替え工事は街区ごとに行われているようで、ほとんどの街区は建て替えが完了。住民も普通に生活をしている。そして来年、いよいよ最後の街区が建て替え準備に入るらしい。その最後の街区にはまだ入居者がいるが、来年の春までにすべて退去させ、来年の暮れ、取り壊し工事がはじまるという。つまり、撮影を予定している来年の夏から秋には、昭和三十六年建設当時の姿のまま箱だけが残る手筈《てはず》になっている。まさに、好都合だ。

が、静岡県だ。『一九六一　東京ハウス』というタイトルなのに……。

実は、これまでに、都内の五つの団地からお断りされている。それまではとんとん拍子に進んでいたのに、〝リアリティショー〟と知れたとたん難色を示される……というのが続いているのだ。リアリティショーに対するイメージが、これほど落ちているとは。

本当にこの企画、うまくいくのだろうか？と落ち込んでいたところ、「いいところがみつかったよ」と吉本さんが持ち込んだのが〝Sヶ丘団地〟だった。「今度は大丈夫。強力なコネがあるから。たぶん、お断りはされないよ」と、吉本さんは太鼓判を押していたが。

でも、静岡だろう？　コンセプトは〝東京〟なのに……。隆哉は小さな不満を抱いた。

だが、不満を言ってもいられない。なにしろ、来週には本番さながらのカメラリハーサルが控えている。そのビデオをテレビ局側にプレゼンし、それが通れば改めて局のスタッフを入れて、本格的にキックオフが行われる予定だ。

「なんだか、曇ってきたな」

ホームビデオカメラをいじりながら、吉本さんが車窓をちらちら気にしている。ロケハンカメラマンを急遽《きゅうきょ》言い渡され、いつになく神経質になっているようだ。

「でも、予報では、雨は降らないようですよ」

言いながら、隆哉はカバンを抱きかかえた。次が目的の駅だとアナウンスがあった。

隣に座る岡島さんの顔を見てみると、腕を組んだきり、目を伏せ、じっと一点を見つめている。Q駅を出たときと同じポーズだ。何を考えているのだろう。

「あの」と呼びかけようとしたとたん、岡島さんの上半身がびくりと痙攣《けいれん》した。

「あ、もう、ついた？」

組んだ腕を慌てて解くと、岡島さんは足元のショルダーバッグを拾い上げた。

なんだ、寝てたのか。

「もうすぐです。次です」

隆哉が言うと、電車は速度を落としはじめた。乗客たちが、いそいそとドア付近に集まる。

隆哉も、ゆっくりとシートから立ち上がった。

「ここですかぁ」

営業の吉本さんが、カメラのファインダーを覗きながら、なんとも気の抜けた様子で言った。

吉本さんのテンションが下がるのも分かる。S駅は、想像していた以上に寂れていた。Sヶ丘団地の竣工《しゅんこう》に合わせて開業した駅らしいが、それ以降、改装も増築もすることがなかったのだろう。あちこちが、気が滅入《めい》るほど傷《いた》んでいる。……レトロといえば、レトロなのだが。

もっとも降りる客はそれなりにあり、僅《わず》かながら活気は感じられる。

「昔は、テレビドラマの舞台になるぐらい、最先端な街だったんだけど」

改札を出ると、岡島さんはいきなり饒舌《じょうぜつ》になった。

「工場もあったから、本当に賑《にぎ》やかな街だったのよ。でも、バブルがはじけて工場は閉鎖。人口も減って、商店街も寂れて。……でも、数年前、再開発の話が持ち上がってね」

「再開発？　ああ、なるほど。それで、団地も建て直しているんですね」吉本さんが、再びファインダーを覗きながら言葉を挟んだ。「というか、社長、詳しいですね。さすがはこの街の出身だ」

「え？　出身？　ってことは、社長が住んでいた団地って……」隆哉が反応すると、

「うん、そう。Sヶ丘団地は社長の思い出の地なんだよ」吉本さんが、カメラのレン

ズをこちらに向けた。「社長の知り合いがまだ何人か団地に住んでいて、だから、とんとん拍子に話が進んだんだよ」

なるほど。強力なコネとは、岡島社長のことだったのか。隆哉がひとり納得していると、向こうからバスがやってきた。

「あ、あれに乗ろう」と、岡島さんがいきなり駆け足になる。その後を追う、吉本さん。

隆哉も、それに倣《なら》った。

「お久しぶりです！」

〝Sヶ丘団地〟の停留所に着くと、一人の老人が声をかけてきた。

この人が、団地の自治会長である村松《むらまつ》さんだろう。今日の案内役だ。

「ご連絡くだされば、車でお迎えに行ったのに」目を細めながら、村松さんが岡島さんに駆け寄る。

「ありがとうございます。改札を出たら、ちょうどバスが来ましたから、乗ってしまいました」岡島さんが言うと、

「そうですか。それはラッキーでしたね。この時間は本数が極端に少ないですからね。

「……では、参りましょうか」

見ると、一台の車が止まっている。

「さあ、お乗りください」

……え？　車に？

「ここは広いですから。なにしろ、東京ドーム十二個分ですから」

東京ドーム十二個分！

「しかも、お目当ての十一街区は端っこにあります。徒歩ではとてもとても。なので、ここからはお車でご案内します。さあ、どうぞどうぞ」

序列からいったら、隆哉は助手席だ。が、助手席にはすでに、吉本さんが乗り込んでいた。岡島さんのほうを見ると、早く乗ってと言わんばかりに、顎《あご》をしゃくられた。

少し戸惑いながらも、隆哉は後部座席に乗り込んだ。

車が静かに滑り出す。と同時に、村松さんの自己紹介がはじまった。

……村松さんがこの団地に入居したのは昭和四十九年、それ以来四十六年住み続けているという。

「ワタシがここに越してきた当時、この団地もすでに築十三年を迎えていて、ワタシは新参者でした。しかし、今となっては、古株になってしまいました。長老なんて呼ばれてます」

笑いながら白髪頭をかきあげる村松さんは今年七十六歳。

「長年勤めてきた電機メーカーを十六年前に退職しましてね、今では日がな一日、自治会の仕事に追われていますよ。昨日も……」

バックミラーに映る村松さんの顔が、少しひきつった。

「昨日も？」助手席の吉本さんがカメラを向ける。

「いいえ、なんでもありません」

村松さんが、言葉を濁す。が、吉本さんは無遠慮に質問を続けた。

「ああ、そういえば。ネットで調べたんですが。何年か前にこの団地で事件がありましたよね。確か、連続殺――」

え？　連続殺人？

しかし、その質問は途中で飲み込まれた。岡島さんが咳払《せきばら》いをしたからだ。

それからしばらくは、村松さんと岡島さんの思い出話やら団地談義やらが続き……。

…………。

しかし、広いな……。しかも、真新しい似たような建物がずらずらと。まるで、ラビリンスだ。ここで放り出されたら、絶対に、迷う。……というか、眠い。

隆哉がうとうとしはじめた途端だった。

「さあ、ここです。ここが十一街区です。このエリアだけ、昭和三十六年当時のままです」

と、村松さんの威勢のいい声が車内に響いた。

そして、車がゆっくりと止まる。

隆哉たちの目の前に、古びた昭和の中層集合住宅が整然と広がる。

「これは、いい。これはいいですよ！　まさに、〝団地〟のイメージそのものだ。〝昭和〟そのものだ！」

カメラを回しながら、吉本さんが声を上げた。

隆哉も、車を降りると「うん」と、頷《うなず》いた。

ひんやりとして湿った空気が、隆哉の鼻先をかすめる。

まさに、昭和の香りだ。スモッグとヘドロと油の饐《す》えた臭《にお》い。

隆哉の頭の中に、生まれる前の昭和のイメージが広がった。

募集　二〇二一年三月〜五月

『Gテレビ開局60周年特別番組参加家族募集要項』

〈趣旨〉

昭和36年当時の団地を復元、その中で、当時の生活様式に沿って2DK団地生活を約3ヵ月間、体験していただきます。

古きよき昭和30年代。希望と夢に満ちたこの時代にタイムスリップし、その生活を体験してみませんか。
※新型コロナの感染対策につきましては、万全を期すよう努めてまいります。安心してご応募ください。
〈応募条件〉
・静岡県、あるいはその付近にお住まいのご家族。
・2021年7月1日時点で、満60歳未満の男女を含むご家族。
・2021年8月上旬から11月上旬までの撮影期間中、撮影現場（静岡県内）に常駐できるご家族。撮影の前半は夏休み期間を利用しての撮影になりますので、お子様がいるご家庭でも安心して参加いただけます。
・アマチュアに限ります。特定のプロダクションや商業劇団に所属している方が一人でもいるご家族は不可となります。
〈応募方法〉

当サイトより応募用紙をプリントアウトし必要事項を記入の上、ご家族の写真と紹介動画の入ったメディア、簡単なプロフィールを添えて、『一九六一　東京ハウス』オーディション事務局まで郵送してください。

〈募集期間〉

2021年3月1日〜3月末日（必着）

〈選考方法／発表方法〉

一次：書類選考の上、5月末日までに通過者にのみ電話またはメールにて連絡いたします。

最終：6月中旬までにGテレビ局にて面接、オーディション審査を行います。

〈最終合格〉

家族A、家族Bの2組を最終オーディションで決定いたします。合格者は当事務局と出演契約を交わした後、7月初旬から東京にてオリエンテーションを受け、8月9

日（月）より撮影本番に臨んでいただきます。

〈出演報酬〉

撮影中にかかる衣食住、及び交通費などの経費は、すべて当事務局が負担いたします。また、出演の謝礼として、500万円をお支払いいたします。

＋

リビングのワーキングデスクでパソコンをいじっていた長女が、いきなり声を上げた。

「五百万円だって！」

「五百万円だよ、五百万円！」

いきなりはしゃぎはじめた姉に、テレビを見ていた妹がちらちらと反応をはじめた。

この二人はさっきまで喧嘩《けんか》していて、三十分は口をきいていない。

いつものことだ。姉の真由《まゆ》があれこれと小言を吐き出し、はじめは黙って聞いていた妹の実香《みか》がいきなり切れる。しばらくはドタバタと煩《うるさ》いのだが気がつくと、姉はパソコンに、妹はテレビに自身のテリトリーを見つけて、離れ離れになる。それからはお互いを意識しつつ無視しあうのだが、たいがい、姉が何かおもしろいネタを振って、妹がそれに応じて喧嘩は終わる。

小学五年生と三年生。まったく、煩い盛りだ。

「なにが、五百万円?」

妹の実香がソファーをよじのぼり、姉の真由が座るワーキングデスクのほうに首を伸ばした。

「テレビに出るだけで、五百万円だって」

「えー、うそだー」

「本当だよ、ほら、見てみなよ」

「あー、本当だ!」

言いながらパソコンを覗きこむ実香。いつのまにか、姉妹の頭は仲良くくっついている。

なんだかんだ言って、この二人は仲がいいのだ。和佳子《わかこ》は、口元を綻《ほころ》ばせながら春菊を水にくぐらせた。

二人目ができたとき、上の子がまだ小さくて大変だったけれど、産んでよかったと思う。歳《とし》の近いきょうだいは、やはりいい。自分は十歳年が離れた兄がいるが、ここまで離れているときょうだいという感覚はない。お互いいつも遠慮がちで他人行儀で、今だって、ほとんど付き合いがない。

和佳子は、兄の面影を浮かべてみた。しかし、輪郭さえ浮かばない。浮かんでくるのは、後姿ばかりだ。

「ママ、五百万円だって！」

実香が、キッチンカウンターに走り寄ってきた。

「五百万円？」

「うん。テレビに出るだけで、五百万円だって」

「ああ。あれか」そういえば、生協《せいきょう》の集まりで、話題になっていた。テレビでなんか募集してたわよ、五百万円が当たるらしいわよ！って、サトウさんが言っていたっけ。

「そんなの、当たるわけないわよ。うちは籤運《くじ》が悪いの、よく知っているでしょ」

和佳子は、春菊をザルに上げると勢いよく水を切った。

そう、私も夫も籤運はない。お年玉付年賀はがきも、切手シートすら当たらないのだ。何年か前までは宝くじもよく買っていたが、あるときその効率の悪さにふと気がつき、最近では買っていない。運任せのものに頼るのはよそう、結局は、堅実にコツコツとお金を貯《た》めるのが一番の早道なんだ。

……夫の俊夫《としお》とそう決意しあったのは五年前、婦人雑誌に付いていたライフプラン表に遊びで記入していたときだ。

「やっぱり、マイホーム、欲しいね」ということになり、本格的に自己資金を貯めることにした。それまではどちらかというとどんぶり勘定な家計だったが、雑誌のアドバイスに従い徹底的に洗いなおしてみるとかなりの無駄が発覚し、それをすべて貯蓄に回してみたところ、年間七十万円近く貯めることができた。

あれ以来、我が家の目標は〝マイホーム〟、それを合言葉に節約に励んでいる。娘たちも協力的で、照明はこまめに消してくれるし、水だって流しっぱなしにしない。決まった小遣いをそれぞれ計画的に遣ってくれている。ときには、娘たちから「あそこのスーパーで特売やってたよ」などと情報が入ってくる。つもり貯金で貯めている家族の貯金箱もすでに五百円玉と百円玉でいっぱいだ。夫がお酒を飲んでくると、「もったいない」などと責めるのも娘たち。

あの二人は、ゲーム感覚で貯金を楽しんでいるようだ。マイホーム用の預金通帳をなにかと見たがるのも娘たちだ。先月も、「ママ、今月はあまり貯金できなかったね。来月はもっと頑張ろうよ」などと下の娘に言われた。その実香が「五百万円だよ、ママ！」と、再び叫んだ。

「だから、懸賞でしょう？」

「懸賞じゃないよ。確実にもらえるんだよ、五百万円！」

姉の真由までが、カウンターに寄ってきた。

「確実に？　まさか」和佳子が軽くあしらうと、

「本当だよ、ママ。テレビ出演のギャラが、五百万円なんだよ」と真由がむきになる。

「でも、出演しなくちゃいけないんでしょう？　出演できるまでに、いろいろと審査があったりするんでしょう？　そんな不確実なもの、あてにならないわよ」

「でも、五百万円あれば、一気にマイホーム預金が八百万円になるよ。そうすれば、いますぐにでも、マンション買えるじゃん」

真由は、先日取り寄せた駅前のマンションのパンフレットを持ち出してきた。最多価格帯四千万円のタワーマンション。オール電化仕様で、セキュリティもバスルームもトイレも最新の技術が施されている。パンフレット一ページ目のモデルルームを見て、姉の真由がまず気にいったようだ。それからは毎日のように眺めている。

「ね、ママ、自己資金が一気に八百万円になるよ！」

「八百万円？　でも、目標は一千万円でしょう？　八百万円でももちろん買えるけど、でもそしたらローン返済で躓《つまず》くわよ」

自己資金ゼロとか自己資金少額でマイホームが買えることはもちろん知っていたが、それは危険だと、どの雑誌にも書いてある。買ったはいいがローン返済が苦しくなり、結局手放すことになるのだ。そんな失敗はしたくはない。理想だと言われている販売価格の三分の一の自己資金は、なにがなんでも用意したい。

「でも、五百万円あれば……」

真由が、いつになくしつこい。冷蔵庫の中から牛肉を取り出すと、和佳子は宥《なだ》めるように言った。

「だから、いったい、どういうことなの？　詳しく説明してみて」

「家族で、団地に住むんだよ」

実香が、プリントアウトした用紙を一枚、カウンターに置いた。

「今日はすき焼きだったのか」

食卓の上の鍋《なべ》を見て、夫が、力なく言った。鍋の中身は、ほぼ空だ。

「駅前のスーパーで牛肉が安かったのよ。だから、久しぶりにみんなですき焼きを食べようって。……あなた、今日は帰りが早いって言うから」

「そっか。……ごめん」

「安心して。あなたのは、ちゃんと別にとってあるから」

印刷会社に勤める夫は以前から残業が多かったが、新型コロナ騒ぎで、さらに残業が増えた。世の中は未だにテレワークだ自粛だと煩いが、どうやらそれは、印刷会社には関係ないことのようだ。

「ああ、疲れた」

これが、ここ最近の、夫の口癖だ。

が、今夜はそれを言う前に「なにこれ」と、テーブルの隅にあった用紙を摘《つ》まむ。例のテレビ局の募集要項だ。夫の表情が一気にほぐれた。笑い皺《じわ》が、久々に夫の顔に刻まれた。

「ああ、それね。さっきまで、子供たちが騒いでいたのよ」

電子レンジから皿を取り出すと、和佳子は夕方の騒動を説明した。子供たちはあれからプロフィールを考えたり、スマートフォンでお互いを撮影したりと、すっかりその気になっていた。興奮収まらない二人を、ようやく寝室へと追いやったところだ。

隣の和室から、幽《かす》かな寝息が聞こえてくる。

「へー、おもしろそうじゃない」

「何言ってんのよ、あなたまで」

「でも、三ヵ月、撮影に協力したら五百万円だろう？　すごいじゃん。ほぼ俺の年収じゃん」

「あなたまで、五百万円に釣られて……。きっと、想像以上にいろいろとやらされるのよ、そういうのって。それに、そんなのに出演してみなさいよ、ご近所の人にあれこれ言われるだけよ」

和佳子は言ってみたが、しかし、久々に夫の笑顔を見て、本心は嬉《うれ》しかった。お笑い芸人のボケのようなお調子者振りを見るのは本当に久しぶりだった。やっぱり、夫はこうでなくちゃ。

「それにしたって、五百万円だよ？　それに、普段では絶対体験できないことが体験できるんだから」

夫のおしゃべりは、なかなか止まらない。話はいつのまにか、昭和三十年代の話題に移っていた。昭和四十八年生まれの夫はもちろん昭和三十年代の思い出なんかないはずなのだが、テレビや映画で見たイメージを総動員して架空の思い出話を繰り広げる。

夫の話を聞きながら、和佳子も、どことなく気持ちが高揚していくのを感じていた。

十

五月下旬、Gテレビ局のアシスタントディレクターと名乗る人物から電話があった。はじめは、振り込め詐欺《さぎ》か、それともなにかの勧誘の電話だろうとつっけんどんな口調で対応していた和佳子だったが、そういえばこの三月、娘たちの強い希望で『一九六一東京ハウス』という番組に応募したことを思い出した。

「……ということで、一次選考を通過いたしましたので、ご連絡いたしました。つきましては、最終選考に——」

次々と繰り出される言葉に、和佳子は裏返った声で「はい、はい」と、繰り返すばかりだった。電話が終わり、つーつーという音だけになっても、受話器を持ったまま頭を下げ続けた。はっと我に返ったあとも、しばらくはぼんやりとしていた。無我夢中で書き殴ったメモには、「六月十三日日曜日、午後一時、Gテレビ局別館」とだけ書かれている。

その夜、夫の帰りを待って、和佳子は家族をテーブルに集めた。娘たちはこの春、それぞれ小学六年生、四年生になっていた。

かしこまった和佳子の前で、家族三人が顔を見合わせる。

「どうしたの、ママ」

長女の真由が、代表して口火を切った。

「当たったのよ。……ううん、厳密にはまだ当たったわけじゃないんだけど、いや、一次は通過したわけだから、当たったといっても間違いではないんだけど」

「わけわかんない」

次女の実香があくびを飲み込んだ。もう、十時になろうとしている。

「つまりね、六月十三日の日曜日、Gテレビ局で、最終選考があるのよ」和佳子は、声を震わせた。

しかし、夫も娘たちもきょとんとしている。まだ飲み込めていないようだ。

「何よ、あんなに騒いでいたのは、あんたたちじゃない。五百万円の出演料の、あれよ」

五百万円と言ったところで、娘たちの顔から眠気が吹き飛んだ。

「当たったの？」真由が、立ち上がった。

「だから、まだ決まったわけじゃないのよ。最終選考が……」

「当たった！」実香も飛び上がった。

五百万円、五百万円とはしゃぐ娘たちとは対照的に、夫の顔には特に変化はなかった。というか、困惑したように苦笑いしている。申し込みをするときは、娘と一緒にあんなに盛り上がっていたのに。

「あなた、もしかして、六月十三日の日曜日、仕事？」

「うん？　うん……」

「なら、辞退したほうがいい？」

「やだ、辞退なんて」娘二人が同時に声を上げた。

「パパ、だって、日曜日じゃん、なんで仕事なの？」

「うん。……まあ、俺がいなくてもなんとかなると思うけど……」

夫の言葉は歯切れが悪かった。

「あなた、やっぱり――」

「いや、大丈夫だ。うん、その日、ちゃんと休むよ」

オーディション　二〇二一年六月

六月十三日。

受付で指示された通り待合室に入ると、すでに、三十人ほどの人が席についていた。和佳子は夫の背中をそっと押し、空いている席を視線で示した。夫の俊夫は先頭に立ち、そろそろと体を進める。

「結構、人いるね。……密だね」

真由が、不安そうに隣の妹に囁《ささや》いた。

確かに多いが、家族単位にすると、たぶん、七組ぐらいだろう。時間はもう過ぎている。あと入ってくる家族があったとしても、一組か二組だ。自分たちを入れて、……もしかしたら最終候補の家族は十組なのかもしれない。

十組中二組、五分の一の確率だ。そんなに悪い確率じゃない。案外、いけるかも。もしかしたら、もしかするかも。

いつか内見したマンションのモデルルームが浮かんできた。あそこなら、誰に見せても恥ずかしくない。友人を呼んでも体面が保てるだろう。思えば、短大時代のグループで持ち家がないのは私だけだ。だから、今まで友人たちを呼ぶことができなかった。そのせいか、結婚前はあんなに頻繁に会っていたのに最近では疎遠《そえん》になってしまった。もしかしたら、私抜きで会っているのかもしれない。それは意地悪ではなくて、思いやりだ。持ち家がない私を気遣って。

……マンションを買ったら真っ先に短大時代の友人たちを呼ぼう。リビングにはイタリア製のソファーを置いて、カーテンはイギリス製の花柄。サイドボードはアンティーク、いつか雑誌で見た十五万円のやつだって買える、そう、五百万円あれば――。

ここまで考えて、和佳子ははっと顔を赤らめた。家族の中では一番消極的だったはずなのに、いつのまにか皮算用している自分がおかしくなる。

少し、蒸し暑い。外は梅雨空で肌寒いのにこの待合室は夏を先取りしたかのようだ。膝《ひざ》が、少しだけ疼《うず》く。寒いのも駄目だが、暑さにもこの膝は弱い。膝をさすっていると、二組の家族が同時に入ってきた。その後ろを追うように、フェイスシールドをつけた若い女性が入ってきて、今日の予定を簡単に説明する。

「……ということで、面接はご家族ごと個別に行います。お名前を呼ばれたご家族は、あちらの部屋にお入りください」

一番目の家族が呼ばれ、十五分ほど経《た》った頃、夫以外の家族が部屋から出てきた。その後、また一人ずつ呼ばれて部屋に入っていく。

こんな調子で、人が何度も部屋に入っては出て行くを繰り返して一時間半ほどが過ぎた。

娘たちは緊張の糸が切れたのか、山手線ゲームをはじめた。お題は数字がつく地名。しばらくは調子よく続いていたが、「六本木」と姉が言うと、次に妹が「七本木」と答えた。

「七本木？　そんな地名、聞いたことない。だから、あんたの負け」そうジャッジする姉に対して、「どこかを探せばあるかもしれないじゃん。絶対ないって言い切れる？」などと妹も応戦。「ない、ない、絶対ない！」と姉が切れると、「遊びなんだから、そんなに真剣にならないでよ」と妹がへらへら笑いだす。

こういう些細《ささい》な事で、性格がはっきりと分かれる。姉の真由は融通がきかず短気、妹の実香はお調子者でのらりくらり。

「もう、ゲームはおしまい」と、真由の一方的な試合放棄で山手線ゲームが終了したあとは、それぞれお気に入りの漫画の単行本を取り出して読みはじめた。真由は典型的な少女漫画、実香は少年漫画。

二時間が過ぎて、ようやく名前が呼ばれた。

面接会場のドアを開けると、むわっとした熱気が体にまとわりついてきた。待合室よりさらに室温が高い。膝が、がくんと落ちた。背中を、汗が一筋落ちていく。

「さあ、お座りください」

ノースリーブの女性が、声をかける。見ると、長テーブルが向かい合わせに二つ並べられ、一方のテーブルには、お揃《そろ》いのフェイスシールドをつけた五人の面接官が座っていた。まず、夫の俊夫が、「よろしくお願いします」と頭を下げた。それに倣うように、和佳子と二人の娘が、「よろしくお願いします」と、それぞれ頭を下げた。

「今回は、ご応募、ありがとうございました」

テーブルの右端に座る、この中では一番若い男性が、まず言った。

「これから、簡単にこの企画の説明をいたします。そのあとに質疑応答を設けますので、疑問がありましたら徹底的につぶしてくださいね。では、はじめます」

男の合図で、各席に取り付けられた小型の液晶モニターに映像が表示された。

まず流れたのは、団地の俯瞰《ふかん》図だ。そこからある部屋にズームインしていき、部屋の内部に切り替わった。どうやら、撮影場所の団地らしい。そして昭和三十年代当時の生活の様子がコマーシャルのように次々と紹介されていく。それは五分ほどで終わり、次に、企画のコンセプトと契約に関する説明を、女性アナウンサーの声が淡々と伝える。

「つまり、三ヵ月間、その団地内だけで生活するということですか？　日用品や食料は？」

質疑応答の時間になると、早速、夫が質問した。

「はい。団地内だけで生活していただきます。日用品や食料につきましては、団地内のショッピングセンターに当時の商店を再現させますので、そちらをご利用いただきます」

応《こた》えたのは、中央に座るノースリーブの女性だった。襟ぐりも大きく開き、その首にはチェーンネックレスがいくつも巻かれている。

「病気とかしたら？……例えば新型コロナとか」

「感染対策は徹底します。スタッフ及び出演者は毎日PCR検査を行い、陰性であることを確認いたします。陰性が確認された演者はノーマスクで撮影に臨んでいただきますが、スタッフは陰性であってもマスク着用を義務づけます。また、医療チームも常時控えていますので、万が一のときは迅速に対応します」

常時？「ということは」和佳子はハンカチを握り締めた。「スタッフの方が常時、私たちの生活を監視しているということですか？」

「監視、というのとは少し違いますが」ノースリーブの女性の顔が少し険しくなる。

「あ、すみません。言葉が悪くて」和佳子は言葉を濁した。

「もちろん、定点カメラは部屋に複数設置させていただきます。撮影することが、今回の最大の目的ですから」

面接官側から笑いが起こった。和佳子は体を強張《こわば》らせた。汗が止まらない。しかし、ノースリーブの女性は涼しげに、説明を続けた。

「定点カメラは、皆様もご確認できる位置に設置します。隠しカメラではありませんのでその辺はご安心ください。防犯カメラのようなものをイメージしていただければ結構です。また、トイレ、お風呂《ふろ》など、プライバシーに関係する場所には設置いたしません。皆様の判断で、カメラをそちら側で遮断することもできます。ですから、監視とは違うことをご理解ください」

「あ、いえ、本当にすみません」

何気なく使用した〝監視〟という言葉をねちねちと責められているような気がして、和佳子は肩を竦《すく》めた。しかし、夫は気にせず、次の質問を口にした。

「わたしの仕事はどうなりますか？　あと、子供の学校は？」

「ご主人様とお子さんは、例外的に普通に出勤、通学していただいて構いません。職場、または学校までは、局の車で送迎いたします。ただし、団地内に入るときは、当時の時代考証に則《のっと》った服に着替えていただくことになります。持ち物も、現在のものはすべて預けていただくことになります」

「つまり、団地内では、当時のものだけで生活しなくてはならないということですね」

「はい、そうです」

それから質疑応答は十五分ほど続いた。それでも足りないとばかりに次の質問をしようとする夫を、長女が肘《ひじ》で軽くつっついた。長女の前髪も汗で濡《ぬ》れている。もう我慢ならないのだ。夫は、乗り出した体を元に戻した。

「質問はもうよろしいですか？」ノースリーブの女性が、事務的に言う。

「はい」夫が小さく答える。

「では、これから個人面談に入ります」

「個人面談？」今度は、和佳子が身を乗り出した。

「一応の形式です。この企画に参加していただく意思をそれぞれ確認させていただければと。一人でも消極的な方がいらっしゃれば、その時点でご辞退という形をとらせていただきます。では、ご主人様以外の方は、一旦《いったん》、部屋の外に出ていただけますか？　お名前を呼びますので、呼ばれた方は、再びお入りください」

夫を残して、外に出る。

待合室には、あと一組の家族しか残っていなかった。いかにもチャラい夫婦と三、四歳ぐらいの男の子、そしてベビーカーに寝かされた乳飲み子。夫婦はそれぞれスマートフォンに夢中で、男の子は居眠りしている。ベビーカーの赤ん坊だけが、あちこちと体を伸ばして、この暑さから逃れようとしている。ほどなくして、夫が出てきた。次に自分の名前が呼ばれ、和佳子は再び部屋に入った。

個人面談は、なんてことはない質問をいくつかされただけだった。長所、短所、特技、趣味、食べ物の好き嫌い。最後に、「この企画に参加することに、心から賛成していますか？」と訊《き》かれ、和佳子は、他の家族がなんと答えたのか気になったが、ここで自分が消極的な態度をとってそれが原因で落とされでもしたら何を言われるか分からないとばかりに「はい。昭和三十年代の生活にとても興味があります。ぜひ、体験したいと思います」と、汗を拭《ぬぐ》いながら、少し緊張気味に答えた。

「失礼ですが、足をひきずっているように見えたのですが、なにかお怪我《けが》でも？」

訊かれて、和佳子は、あっ、と左手で膝を押さえた。

「いえ、古傷で。今はなんともないんです」

まさかこれがマイナス要素になるのだろうか。和佳子の背中に、今度は違う汗が流れた。

＋

「じゃ、家族Aに中原《なかはら》家、家族Bに小池《こいけ》家、これで決まりということでいいかな？」

黒マスクの前川プロデューサーが、ホワイトボードに貼《は》られた家族写真を丸で囲った。ホワイトボードには、写真のほかに各人の性格や癖などが細かく貼り出されている。すべて、最終選考のときに収集したデータから割り出したものだ。実際の面接はもちろんのこと待合室での様子まで備え付けのカメラで記録されていたことを、下請けスタッフである深田隆哉は、今日、知らされた。

今となっては完全に一人歩きしてしまった、『一九六一　東京ハウス』。隆哉の思惑とはまったく関係ないプロジェクトに化けてしまった。本来は、隆哉が〝構成作家〟の席に座るはずが、その席に座っているのは、テレビ局が連れてきた新進気鋭の構成作家。大手の制作プロダクションも参加し、隆哉を含め、創界社のスタッフは末席に追いやられていた。

「中原家と小池家、それでいいと思うよ」ディレクターの坂上女史が、二の腕を震わせながら言った。「どちらの家族も、企画に参加する意思が強いし、なにより、その動機も強い」

女史は、これで五本目の煙草《たばこ》を灰皿から摘まみあげると、それをまるで女優のように優雅に指に挟み、顔をアンニュイ気味にしかめながら唇にくわえ込んだ。彼女の手首に巻き付くブレスレットが、じゃらじゃらと音を立てる。紫煙が、〝禁煙〟と書かれた壁のプレートの前をゆったりと流れる。

この坂上女史が、今となってはこのプロジェクトの中心人物である。彼女は続けた。

「それに、対照的な家族でいいんじゃないかな。おもしろい被写体になると思うよ」

「しかし……。ちょっと気になりますね」

創界社の社長である岡島さんが、おだやかな口調で言葉を挟んだ。隆哉は、その様子をひやひやしながら見守った。坂上女史と岡島社長はこれまでも何度もやり合っている。

「なにが？」視線も合わさずに、坂上女史は、煙草を軽く叩《たた》いた。灰が、床にゆっくりと落ちていく。

「メンタル的に」

「メンタル的に？」女史が、煙草をくわえ込む。ブレスレットが激しく揺れる。「そのために、心理学者と精神医学の専門家をスタッフに加えてんじゃない」

「ジンバルドの監獄実験というのはご存知ですか？」

「ああ、スタンフォード大学の。で？」

「というか、その喩《たと》えを出してくるのは反則でしょう？」黒マスクのプロデューサーが、すかさず口を出した。「この企画とはまったく関係ないことだよ」

「そうでしょうか？　私が気になっているのは、キャラクター付けなんです。選ばれた家族の一人一人に、役割を指示しようとしていますよね？　それは、ちょっとやりすぎだと思うんですが。私が考えていたのは――」

「なにを今更。っていうか、役割って、そんな大袈裟《おおげさ》なものではないでしょう。なにも、看守と囚人になれって指示するわけではないんだし。ただ、ちょっとした性格付けをするだけじゃない。それに、専門の先生たちの監修のもとちゃんと行うわけだし」

「その性格付けというのが気になるんです。当初のコンセプト通り、被験者それぞれのパーソナリティを保ったまま、昭和三十年代の生活を体験させるというのでなければ」

「だから、その辺のことは今までも何度も何度も話し合ってきたでしょう」女史は、煙草を灰皿の上で捻《ひね》り潰《つぶ》した。顔は笑っているが、その真っ赤な唇は激しく震えている。「素の状態では、画的《え》におもしろくないんだよ。だって、素人《しろうと》だよ？　なんの特技も特徴もない素人。そんなんで数字とれると思う？　キャラクターは立てなくちゃ。ドキュメンタリーだって、キャラクターが立っていなければ視聴者は見向きもしないよ」

「でも、今度の企画は素人であることに意味があるんです」

「素人だからこそ、キャラクターをこちらが立ててあげなくちゃ。視聴者の観賞に耐え得るものにするには、ある程度〝演出する〟ことが必要だってこと、あなただってプロなんだから、分かるでしょ？」

「百歩譲って、キャラクター付けをするのはいいでしょう。でも、それぞれの役割を他に知らせることなく演じさせるのはどうかと思うんです。出演者は混乱するでしょう」

「何言っちゃっているわけ、このおばさんは」女史は、隣に座っている黒マスクのプロデューサーに向かって、肩を竦めた。「他がどういう役割を演じているのか知らないからこそ、おもしろい展開が期待できるんじゃないの。ね、そうでしょう？」

「うん、もちろん、そうだ」黒マスクのプロデューサーは、坂上女史の興奮を宥めようと、その八の字眉《まゆ》をさらに下げた。そして、下請け会社の社長の顔も立てなくてはと考えたのか、岡島さんのほうに体をよじると、

「仮に、何か問題が出たら、その時々で対処すればいいんじゃないかな。とにかく、もう時間がないんだから。中原家と小池家で決定ということで、いいですね？」

＋

Gテレビ局近くのパスタレストラン。

深田隆哉は、言葉少なに、パスタをフォークに巻き付けていく。

目の前に座るのは、営業の吉本さん。

岡島さんは行くところがあるからと、Gテレビ局前でタクシーを拾って行ってしまった。

「ジン……、ジンバル……」

隆哉は、しどろもどろになりながら、その名前を出した。

「ジンバルドの監獄実験のことか？」

吉本さんが、助け舟を出す。

「そう、それです。それって、なんですかね？」

「ま、おいおい分かってくるよ。きっと、これからも何度も出てくる言葉だろうから」

「はぁ」

ますます気になる。

吉本さんはにやにや笑いをするばかりで、この先は絶対教えないとばかりに、パスタをフォークごと口に押し込んだ。はみ出した数本のパスタがゆらゆらと揺れる。吉本さんはそれを掃除機並みの吸引力で一気に吸い込んだ。

仕方ない、話題を変えるか。タバスコを振りかけながら、隆哉は次の質問を投げかけた。

「……というか。小池家はいいとして、中原家はちょっといろいろと問題がありそうじゃないですか？」

「うん？」

「だから、中原家ですよ。……だって」隆哉は、むにゃむにゃと言葉を濁した。「いかにも、なんかヤバそうじゃないですか。大丈夫なんですかね？」

「……さあ、どうだろうね」吉本さんのにやにや笑いが止まらない。

「どうせ、中原家を推したのは、あの坂上さんなんでしょうけど。まったく、あのノースリーブおばさんは……」

「いや、違う。中原家を最終まで残したのは、岡島さんだと思う」

「岡島さんが？　そうなんですか？」

意外だ。隆哉は身を乗り出した。

「社長の選考メモを見てみたら、中原家に二重丸がついていた」

「へー、そうなんですか。岡島さんのことだから、ああいう訳ありな家族は真っ先に外すかと思った」

「なに言ってるの。訳ありだから、残すんだよ」

吉本さんは、トマトソース塗《まみ》れの唇をぺろりと舐《な》めると、

「岡島さんは、ある意味、あのノースリーブ女史なんかよりよっぽどプロだよ。視聴者が何を求めているのか、ちゃんと知っている。知っているのに、今まではあえてそれをやってこなかった。でも、今回はふっきったみたいだよ」

「どういうことですか？」

「まあ、それは置いておいて。……ちなみに中原家がヤバそうなのは、見た目の印象だけじゃない。実際、相当ヤバい」

「え？」

「中原家、不倫問題を抱えている」

「不倫？」隆哉は、紙ナプキンで唇を押さえた。「なんで、そんなことまで」

「うちの会社、もともとはリサーチ屋だぜ？」吉本さんは、何を今更という顔でパスタをずるずると吸い込む。「応募してきたお客様は大切なカモ、いやいや、貴重なデータなわけよ。中原家のことは、表から裏まで全部調査済みだよ。ほんと、あの家族はヤバいよ」

「は……」

「不倫だけじゃない。あの奥さん、元々ギャルで、若い頃は相当なワルだったみたい。そして、バツイチ。上が前の旦那《だんな》のタネで、下が今の旦那のタネ。……いや、今の旦那のタネじゃないっていう噂《うわさ》もある。それが原因か、喧嘩が絶えない。しかもだ、旦那には前科があるという噂も」

「うわ……。そんな状態で、よく応募しましたね」

「そんな状態だから、今回の企画に応募したんでしょ。これを機によりを戻したいとか、暮らしを再建したいとか、そんな感じじゃないの？　もちろん、五百万円というのが一番の動機だろうけど」

吉本さんは、残り少なくなったパスタをソースごと絡《から》めとると、

「五百万円。確かに大金だけれど、まさか、食いついてくる人がこんなに多いとはね。俺は、イヤだね、絶対。そんな金で自分のプライベートとキャラは売りたくないね」

冗談めかしながらも、吉本さんはせっかくかき集めたソースとパスタをそのままに、しばしフォークを止めて、その視線をどこかに飛ばした。その様子が何か意味ありげで、

「でも、僕は応募しちゃうかな？　やっぱり、魅力ですよ、五百万円は」

と、隆哉はおどけてみせた。

オリエンテーション　二〇二一年七月

出演決定の知らせがあった一週間後、和佳子たち一家は再びGテレビ局に呼ばれ、「オリエンテーション」という名目で、午前中、三本の映像を見せられた。どれも当時の風俗や生活習慣などを伝えるもので、最後の一本は当時の団地についての解説映像だった。

流暢《りゅうちょう》なナレーションが続く。

『食べる場所と寝る場所を分けた、いわゆる欧米型の食寝分離をコンセプトにした団地の大きな特徴は、ダイニングキッチンでしょう。今では当たり前に使われているDKという表示は、この頃にできた造語です。また、流し台とは別に洗面台も設け、それまでは台所で行われていた洗面を分けたことも特徴として挙げられます』

……「台所で顔を洗うほうが、信じられないよね」長女の真由が、和佳子のわき腹をつっついて、同意を求める。和佳子は、唇をすぼめて「しっ」と頭を軽く振った。

『当時の団地には厳しい収入条件がありました。その結果、世帯主の年齢は比較的若かったにもかかわらず、所得水準の高い、一流の大企業や官公庁に勤めるインテリ、つまりホワイトカラーが大多数を占めました』

というナレーションが入ると、「うちとはまったく違うね」と、次女の実香が父親の肩をとんとんと叩いた。夫は特に反応せず、それがおもしろくなかったのか、それから実香は少し不機嫌になった。

ビデオが長かったのも原因かもしれない。最終選考のときに見せられたものと一部重複もあったため、飽きたのだろう。長女はいたるところにぼやきのような突っ込みを入れ、次女はきょろきょろと落ち着かず、ときには居眠りしそうになる。ひやひやする和佳子をよそに、夫の俊夫は腕を組んだまま、じっとビデオを見続けている。

ビデオがようやく終わると、今度はひとりずつ、別の部屋に呼ばれた。

まず夫が呼ばれ、それは十五分程度で終わり、次に長女が呼ばれ、そして次女が呼ばれた。

戻った三人とも、表情に変化はない。「何を言われたの？」と娘たちに訊いてみたところ、「別に」と返されただけだった。

娘たちは、それぞれGテレビのロゴ入り紙袋を持たされていた。「なに、それ」と訊いてみたが、「なんか、資料の一部だって」と、そっけなく答えただけだった。

そして、最後に和佳子が呼ばれた。

部屋に入ると、最終選考のときに見かけたノースリーブの女性と黒マスクの男性とベリーショートの初老の女性と、あとは初めて見るギョロ目の男性、計四人。

「今回の企画では、奥さんであるあなたの負担が一番重いかもしれません。なにしろ、一日中家にいて、家事をこなさなければならないからです」

ノースリーブの女性が、やや険しい顔で言った。彼女は、前回の最終選考のときに、〝ディレクター〟だと紹介があった。今回の企画の中心的人物だという。彼女は続けた。

「戦前に比べれば当時の家事も幾分便利になっていましたが、それでも現在の便利さとは比べ物になりません。ストレスを感じたり、精神的に苦痛を覚えましたら、我慢なさらずにご相談ください。団地内の集会場にスタッフを常駐させますので、いつでも来てください。また、分からないことがありましたら、そのたびにご相談くださ い」

「はい」

和佳子は、緊張気味に答えた。深い考えもなしにここまで来てしまったが、これはもしかしてひどく大事《おおごと》なのではないか、和佳子はようやくその重責に気がつきはじめた。

「では、簡単に、団地内でのルールをご説明しますね」

それから分厚いファイルが渡され、それをもとにルールが説明された。

ファイルの中には、ガスの使い方、ゴミの出し方、トイレの使い方などの団地内での生活マニュアル、そして、団地内の地図などがまとめられていた。

「日用品や食料は、団地内のショッピングセンターに用意しておきますので、それをお買い求めください。生活費は、こちらが用意します」

「は……」

「二万八千円」

「は……」生活費として二万八千円を支給してくれるってこと？　案外、ケチなのね。足りるかしら？

「ご主人の年齢とキャリアをもとに、当時のホワイトカラーの平均月収も考慮に入れて割り出した生活費が、二万八千円です」

「え？　月収？」

「そうです。このお金をもとに、一ヵ月やりくりをしていただきます。基本的には、団地内設定金額以上はお渡ししない方針です。当時の貨幣価値で生活できるように、団地内では当時の物価を再現いたします。無論、お仕事をされているご主人様だけは、団地外では現在の貨幣で生活していただきますので、それは別途、そちらでご負担いただければと思っております」

「要するに、夫の仕事にかかるランニングコスト以外は二万八千円で生活すればいいのですね」

「そういうことです。いうまでもなく、この二万八千円の中から家賃や光熱費も払っていただくことになります」

「はい」やりくりは、得意だ。和佳子は胸を張った。

「では、十ページを開いてください」

ノースリーブディレクターの指示に従い、ファイルの十ページ目を開く。ここからは、当時の風俗に関する情報が図を交えて詳しく解説してある。

「団地内では、当時の髪型、服装で生活していただきます。下着や洋服は、こちらである程度ご用意いたしますので、後ほどサイズをお教えください。また、新しい洋服が必要になったり、服の修繕が必要になったりした場合は、ご自分で解決していただくことになります。では、次のページ……」

次のページは、調理用具や食事についての解説だった。これは十ページほどあった。

「食事の献立は基本的にそちらの自由ですが、なるべく、当時の平均的メニューで食事を作っていただけると助かります。参考までに、当時の料理番組や雑誌で紹介された献立表とレシピをご用意いたしましたので、ご活用ください。では、次に、二十五ページ……」

ページを開くと、メートル法の換算表だった。

「昭和三十六年は、計量法が改正されたばかりなので、まだメートル法は徹底されていません。なので、昔の尺貫法の単位がしばしば出てくると思いますので、分からなくなったときにご活用ください。それと――」

こんな感じで、当時の生活様式やルールが事細かに説明されていった。ファイルの中身は相当な量で、たった六十年でこれほど違うものなのだろうかと、首の後ろから汗がじわじわと湧《わ》いてくる。

「――ということで、あとは、実際に生活していただいて、分からないことがでてきましたらその都度、ファイルを開いてみてください。たいがいのことはそこに書いてあります。もちろん、直接スタッフに相談しても構いませんが、なるべく、ご自分で解決していただけるよう、ご協力お願いします」

ファイルを三分の二以上残したところで、ノースリーブは言った。

「いずれにしても、奥様のご活躍が、この番組の要《かなめ》となります。期待しておりますので、よろしくお願いします」

「……はい」

「あ、それと。撮影時、あなたたちご家族の苗字《みょうじ》は〝ヤマダ〟となります」

「え？　……ヤマダ？」

「個人情報を守るためです。本名だと、なにかと面倒に巻き込まれますからね」

「なるほど、だから仮名を……」

「そうです。なるべく面倒なことにならないように、こちらも細心の注意を払いますので」

「は……」

仮名にしたところで、顔出ししている以上、すぐに身バレするんじゃないかしら？と、少し不安になりながら、分厚いファイルを持って部屋を出ると、夫と二人の娘が無言で出迎えてくれた。

「なんか、私が一番、大きい荷物を持たされちゃったみたい。いやんなっちゃう」

和佳子は、大袈裟に肩を竦めた。そして一緒に渡されたテレビ局のロゴ入り紙袋にファイルをしまった。

ずしりと重たい。

それは、最後にノースリーブのディレクターに言われた言葉のせいかもしれない。

「あなたの〝良妻賢母〟振りを、期待します。どんなときも明るくたくましく、あなたが中心となって、三ヵ月、ご家族をひっぱってくださいね」

それは、まるで暗示のようだった。明るくたくましく家族をひっぱるだなんて、私のキャラクターではない。自分はどちらかというと、消極的なタイプだ。何かを決定するにもぐずぐずとなかなか決められないし、誰かの同意なしでは不安になる。しかも、明るくだなんて。これは、どちらかというと、夫の役割だ。

……そんなことを考えている間に、仕出し弁当が配られた。これを食べ終わったら、次は、T市にある博物館に行くのだという。そこは住宅と暮らしに関する展示においては国内最大級のもので、明治時代から現在までの生活の様子が再現されているのだという。昭和三十年代の団地の様子も再現されており、いわば、本番前の心の準備といったところか。

「あ。そういえば、もう一組、家族がいるんだよね？」

弁当の蓋《ふた》を開けたところで、和佳子は思い出した。しかし、他の家族の気配はない。

「きっと、別々なんだよ」

弁当のおかずを箸《はし》でつまみながら、夫が言った。

「そうね、撮影当日まで、別々なのね」

和佳子は、答えた。

ようこそ、ニュータウンへ　二〇二一年八月九日

八月九日月曜日、晴れ。

東京オリンピックは無事に終わったが、緊急事態宣言の真《ま》っ只中《ただなか》。一時は撮影中止も噂されたが、いよいよこの日がやって来た。

午前十時、約束どおり、引越し業者がベルを鳴らした。ドアを開けると、古臭い作業服を着た男性三人が立っていた。その後ろには、撮影隊。カメラとマイクと照明がこちらを狙《ねら》っている。

和佳子たちは玄関先に立ち、「では、よろしくお願いします」とそれぞれ頭を下げた。

娘たちは、どこか仏頂面《ぶっちょうづら》だ。早朝からやってきたメイク担当のスタッフが、娘たちをオカッパ頭に仕上げたからだ。服も、白いブラウスにつり紐《ひも》つきのひだスカート。夫もポマードでオールバックにセットさせられた。開襟《かいきん》シャツにゆったりめのズボン。

和佳子も前日にぐりぐりのパーマをあてられ、今日はヘアピンでさらにあちこちをカールしその上からスカーフをかぶせられた。そして綿のブラウスにサブリナパンツ。外からは見えないが下着も当時のものだ。ブラジャーがどうも調子が悪くて、むずむず感が拭えない。ショーツも当時のもので、フィット感がいまひとつで、なにか不安になる。

娘たちも当時のものを穿《は》かせられ、それも彼女たちの仏頂面の原因のひとつだろう。もっとも、オカッパ頭が一番こたえたみたいだが。ハサミを入れられたとき、まず次女の実香が泣き出した。「五百万円、五百万円」と宥《なだ》める真由の目にもうっすらと涙が滲《にじ》んでいた。

事前に言い渡された設定はこうだ。

――公団が募集する団地に当選したヤマダ家。今日が引越しで、引越し業者の案内で団地に入る。

そのあとのシナリオはない。頼りになるのは、オリエンテーションのときに渡されたマニュアルのファイルのみ。

「携帯電話など、現代の利器は持っていませんね？」引越し業者の一人が、尋ねた。

「はい」夫が答える。「事前に申告した私物以外は、持っていません」

「では、参りましょう。私たちはトラックで行きますので、あなた方は別のスタッフが運転する車で私たちのうしろについてきてください」

引越し業者の顔には見覚えがあった。オリエンテーションのとき、スタッフの一人として紹介された男性だ。確か、構成作家だったか。

「ちょっと待ってください」

三ヵ月も家を空けるのだ。ガスと電気、そして戸締りをもう一度確認するために、和佳子は部屋に戻った。

忘れ物はないか。消し忘れはないか、閉め忘れはないか。あ、そうだ、留守番電話をセットしておかなくては……。

最後に玄関ドアを施錠《せじょう》し、それを何度も確認すると、和佳子は先に行った家族を追った。

アパートの前には、ロケバスが二台、そしてテレビでしか見たことがないような古いトラックに自家用車。トラックには家具が一式積まれている。

何事かと、見物にやってきた近所の人もちらほらいる。お隣のサトウさんの顔も見える。サトウさんには、昨日、十一月中頃まで留守にすることだけは告げた。サトウさんは、まんまるい目をさらにまんまるくして、「もしかして、五百万円？」と訊いてきた。なんで知っているのだろう？　この人の地獄耳は、ただものではない。そのときは、「なんのこと？」とかなんとか、適当に誤魔化したが。

サトウさんが、ずっとこちらを見ている。これじゃ、丸分かりだ。テレビ出演のことは、黙っておくつもりだったのに。まさか、こんなに仰々しいセレモニーがあるなんて思ってもなかった。

「ママ、早く」

長女の声に促されて、和佳子は足早に車に乗った。助手席には、夫がすでにスタンバイしている。セダンだが、公道を走れるんだろうか？というほどの古い型だ。

「近所のおじさんに、引越しですかって訊かれちゃった」

長女が相変わらずの仏頂面で言う。

「なんて答えたの？」

「違います。旅行ですって言った。それでよかった？」

「うん。それで大丈夫」

二台のロケバスに挟まれ、トラックと自動車が走り出す。

「じゃ、ちょっと予習しておこうか？」

娘二人を両脇《りょうわき》に置いた和佳子は、紙袋の中から例のファイルを取り出した。その中から部屋の見取り図を引き抜くと、膝の上に広げる。もう何度も眺めているものだが、最後にもう一度、おさらいしておきたい。

玄関を入ると右側にはトイレ。さらにその奥の突き当りには浴室。再び玄関に戻って、左側に行くとダイニングキッチン、その横が六畳の和室、その隣が四畳半の和室。収納スペースは四畳半部屋に押入れ、ベランダにも物置がある。

「なんか、うちと変わんないね」見取り図を覗《のぞ》き込みながら、真由。

「そうね。六十年前といっても、今とそんなに変わらないのよ。かえって、今より親切な設計かもしれないわよ？　ほら、下駄箱《げたばこ》は作りつけだし、食器棚だって。ベランダには物置まであるみたい。これだけ収納スペースが充実していると、安心ね」

「これは何？」

実香が、キッチンの食器棚横に描かれている四角いものを指した。

「うーん、なんだろう。洗面って書かれているけれど。まさか、こんなところに洗面台があるとも思えないしね」

「っていうか、脱衣所は？」

「え？」

言われてみれば、確かにない。トイレの奥が浴室になっているが、ドアを開けるといきなり浴場になっている。

「どこで、服を脱ぐの？」

「そう言われれば、そうね……」

「ママ、聞いてないの？」

「うん、そこまで気が回らなかった」

一ヵ月前、オリエンテーションで当時の団地を再現した展示物を見学して、質疑応答の時間もあったのに。あのときは、昭和三十年代の団地よりも、それ以前の民家の再現のほうが興味深く、そちらのほうにばかり気を取られて、肝心な団地のほうはあまり観察しておかなかった。いや、それどころか、じめじめと薄暗くて狭くて不衛生で不便を絵に描いたような生活様式をずっと見せられたものだから、「わー、すごい、近代的！」と、団地の展示前では声を上げて喜んだものだ。それまでの展示物とは比べ物にならない、広さ、明るさ、そして機能。遭難したあとにようやくたどり着いた懐《なつ》かしい我が家、というほっとした気分になって、気が抜けてしまったのかもしれない。そのあとは、疲れもあって、ガイドの説明も適当に流し、せっかくの質疑応答にも、「質問は特にありません」と答え、早く見学会が終わればいいと、それればかりを考えていた。

「あ、そういえば」

和佳子は、小さい頃に、よく遊びに行ったクラスメイトの家のことを思い出した。そこは団地で、やはり2DK、間取りも膝に広げた見取り図とほぼ同じだったと思う。和佳子は、瞼《まぶた》を閉じて、懸命に記憶を辿《たど》った。……その子の団地は学校の近くで、下校時、よくお手洗いを貸してもらったものだ。その子のランドセルに括《くく》りつけられた鍵《かぎ》、それで玄関ドアを開けるその子の手つきが大人びて見えて、羨《うらや》ましかった。自分も鍵が欲しい、自分の鍵でドアを開けたい、そんなささやかな羨望《せんぼう》は、しかし、ドアが開けられたときに吹き飛んだ。その子の部屋は、いつも黴《かび》の臭《にお》いがした。中には誰もいなくて、薄暗くて、湿っていた。私は、運動靴を急いで脱ぐと、右側のトイレのドアの前に立ち……。

「そうよ、カーテン、カーテンがあったわ」

「カーテン？」

「そう。ほら、トイレと浴室の間に、少しスペースがあるでしょう」和佳子は、見取り図に指を置いた。「この部分にカーテンをつけるの。で、お風呂に入るときは、カーテンを引いて、この部分を脱衣所にするのよ」

「なるほど！」実香が、大人がするように膝を打った。

いつのまにか、窓の外の風景に広がりができた。空が広い。どの辺を走っているのか、そういえば、さきほど、〝Q市〟という標識を見たような気がする。Q市？ 同じ静岡県だけど、行ったことがない。

しばらくは、風景を愉《たの》しむ。のどかな田園風景、開けっ放しの窓から入ってくる風が、気持ちいい。

あ、富士山！　富士山があんなに大きい！

娘たちに見せようと声をかけてみたが、二人とも眠っている。和佳子もつられて睡魔に襲われる。が、瞼を閉じた途端、正午の時報が聞こえたような気がした。

助手席の夫が、こちらを振り向いた。

「そろそろ着くって」

オールバックの夫の顔は、別人のようだった。年甲斐《としがい》もなく、胸がときめく。両隣を見ると、二人の娘はハムスターのように体をまるめて寝息を立てている。この子たちも、昨夜は眠れなかったのだろう。額に滲む汗をハンカチでぬぐってやる。

車のスピードが落ちた。気のせいか、風の匂《にお》いが変わった。うまく説明できないが、湿っていて、青臭くて、饐《す》えていて、しかし懐かしい匂いだ。前を行くトラックの運転席の窓から腕が伸びる。何かの合図だろうか。車はさらにスピードを落とし、ゆっくりと右に曲がった。真由の体がびくっと反応し、それにつられて、実香の腕もがくっと落ちた。

「着いたわよ、着いたわよ」

和佳子は、声を上げた。目の前には、空にまで届くかのようなフェンスが迫ってくる。それは視界をはるかに超えた範囲に広がっていて、現在と過去を区切る要素としては充分過ぎるほどの規模と迫力があった。

戻れなかったらどうしよう。そんな馬鹿馬鹿《ばかばか》しい思いが瞬間過《よ》ぎったが、「あ、着いた」と二人の娘が嬉《うれ》しそうに叫んだため、和佳子の不安は期待に変わった。

ようこそ、昭和三十六年へ。

どこかから声が聞こえてきた。それは、あとになって思えば、催眠術の暗示だったのかもしれない。その証拠に、その声を聞いたとたん、軽い眩暈《めまい》がやってきて、次に瞼を開けたときには、その光景を当たり前のように受け入れていたからだ。

「ああ、なんて美しいニュータウン。ここに私たち、住むのね！」

和佳子は、いつのまにか、そんな芝居じみたセリフを吐いていた。

整然と並ぶ白い四階建ての建物とそれを彩る緑《いろど》。午後の陽に照らされてきらきら光っている。遠くで、子供のはしゃぎ声が聞こえる。見ると、車は公園の横を通り過ぎるところだった。何に反射しているのか、真っ白な太陽光の玉があちこちでふわふわと輝いている。それは車体に当たり、ついには、和佳子の顔に跳ね飛んできた。眩《まぶ》しい。あっと目を閉じて、次に目を開けたとき、車は停まった。

塗料の臭いが、鼻の奥に忍び込んでくる。真っ白に塗られたその外壁を見上げたとき、和佳子は、再び、芝居じみた声を上げた。

「ここが、私たちの住まいなのね！」

「そうです。ここが、あなたたちの住まいです。十一街区の四棟二〇二号室、二階の部屋です」

運転手が、はじめてしゃべった。

「繰り返しますが、局で認めた私物以外の持込は、ご遠慮ください」

運転手は、助手席の夫のほうだけを見て、用件のみを淡々と告げていく。

「撮影隊もここで一旦、撤収します。そのあとは特に指示はございません。ご自分たちのお好きなようにお暮らしください。では、車を降りて、部屋に向かってください。これが、鍵です」

運転手が夫に鍵を渡した。夫はそれを受け取ると、ゆっくりと頷《うなず》いた。鍵を渡すと、運転手が何かを言ったようだが、それは、こちらまで聞こえなかった。運転手に促され、夫がまず、車を降りる。そして、後部座席にいた和佳子と娘二人も、車を降りた。

「あ」長女の真由が、上を見上げる。

「なに？」

「誰か、こっちを見ていた」

「え？」

和佳子も顔を上げてみる。視線が四方から飛んできた。しかし、人影はない。洗濯物や布団《ふとん》が干してあるだけだ。それは、お天気の日によく見る集合住宅の、ありふれた風景だ。

「建て替えが予定されている団地の一角を借りて、当時の団地の様子を再現いたします」オリエンテーションのときにノースリーブのディレクターに説明された内容を思い出す。「実際に出演していただくのは二組の家族ですが、多数のエキストラにご協力いただいて、当時の団地の様子を徹底的に再現いたします。なので、あなたがたは、タイムスリップでもしたかのようなバーチャルリアリティを体験することになります」

あのディレクターが言っていたのは、このことだったんだ。この団地では、すでに、多くの人が当たり前のように生活している。二〇二一年の中にぽっかりと開いた昭和三十六年という空間。

それにしても、なんて大掛かりな企画なんだろう。この調子では、相当なお金も動いていることだろう。そんな中、選ばれた私たち。両の肩に、何か重いものが落ちてきたような気がして、和佳子は身震いした。

荷物の搬入は、すでにはじまっていた。

部屋に次々と家具が置かれていく様子を見ながら、実香がつぶやいた。「これじゃ、うちのアパートのほうが広いかも？」

「なんだか、狭いね」

確かにそうかもしれない。事前に渡された資料によると、2DK、約四十三平米。現在住んでいるアパートが2LDKの五十五平米だから、十平米以上狭い。ダイニングキッチンと呼ぶには狭すぎるスペースに、安っぽいテーブルだけがぽつんと置いてある。これは、テーブルで食事をする習慣がなかった当時、公団が唯一《ゆいいつ》用意した家具らしい。資料にそんなことが書いてあった。テーブルなど、そうそう売っていない時代だったのだ。

「でも、ベランダは結構広いよ。物置もある」

娘二人の興味が外に向かったところで、家具が次々と運ばれてきた。椅子《いす》、洋服簞《だん》笥《す》、整理簞笥、三面鏡、ミシン、茶簞笥、本棚。次に電器屋が到着したという設定で、真新しい家電製品が運ばれてきた。冷蔵庫、洗濯機、扇風機、ラジオ、電気釜《がま》、……。

四十三平米の部屋はまもなく家電製品と家具と段ボール箱と布団でいっぱいになっ

た。

「うわ、なに、これ――」

ベランダに洗濯機が運ばれると、そこにいた実香がバカにするように指を差した。そんな実香に向かって、姉の真由が目で何かを合図する。すると、実香は胸のところで手を組んで、

「うわー、電気洗濯機！」

と、いきなりくるくると回りはじめた。

「素晴らしいわ。これで、ママの負担も減るわね」

そして真由まで、くるくる回りはじめた。

なに？　どうしちゃったの？　そんな急に〝いい子〟になっちゃって。ね、あなたたち、いったいどうしたの？

くるくる回りながらも、真由と実香の視線は明らかに、同じ方向を向いている。その視線の先を追うと、そこには小型のカメラが設置されていた。防犯カメラほどのサイズで六畳部屋の天井近くに固定されている。それは六畳部屋とベランダの様子を捉《とら》えているようだった。娘たちはそれに気づいたのだ。だから、いきなり、子役がやるような小芝居じみた真似《まね》を。

　事前に渡された見取り図によると、カメラは全部で九箇所設置されている。この六畳部屋に二つ、ダイニングキッチンに二つ、四畳半部屋に二つ、玄関の内側に一つ、玄関外に一つ、そしてベランダに一つ。見取り図では特に何も思わなかったが、こうして実際にカメラを向けられていると、辟易《へきえき》してしまう。多すぎではないか？　これでは、気が抜けない。

「大丈夫ですよ。はじめは意識してしまうでしょうが、しばらくすればそこにカメラがあることを忘れてしまいますよ」

　オリエンテーションのときに、ノースリーブのディレクターはそんなことを言っていたが。

「これで、すべて納品いたしました。ここに、受け取りのハンコをお願いします」

　電器屋が、用紙を広げた。そこには、部屋に持ち込まれた家電製品が一覧で記されている。そして最後の行には、「では、これから三ヵ月、昭和三十六年を存分にお楽しみください」と書かれていた。電器屋に変装してはいるが、この人もスタッフの一人なのだろう。

「あ、ハンコ、もってきていないかも……」和佳子は、唯一持参が許された私物のバッグを探った。この中には、持病の薬と貴重品がしまわれている。

「なら、サインをお願いします」電器屋は、万年筆を取り出した。

「あら、ボールペンじゃないのね」

「ええ、この時代、ボールペンはまだ一般には普及してないんです」

こんなところにまで、こだわっているのか。和佳子は感心しながら、用紙に書かれている一覧に目を通した。

「あら。テレビがないわ」

「あ、そうなんです。お宅では、まだテレビは購入していないという設定ですので」

「そう……なんですか？」

サインする手が躊躇《ちゅうちょ》する。汗ばんで、万年筆がするすると手の中を滑る。

「……あの、クーラーは？」

「何をおっしゃるんですか。三種の神器のひとつ、白黒テレビもまだ購入していないのに、３Ｃなんて、まだまだ先の話ですよ」

「３Ｃ……？」

「車のカー、カラーテレビ、そしてクーラーです」

「……そうなんですか」

サインする手元に、汗が落ちてきた。

時間は午後の三時を過ぎた頃で、じりじりと暑さが増してきている。ベランダにいた娘たちも、部屋に戻ってきたようだ。トイレ、風呂場《ふろば》をのぞいて、「えー、変な形のトイレだな」「っていうか、木のお風呂だよー」などと、部屋のあちこちを回って歓声を上げている。食器棚の横に唐突に取り付けられている洗面台の前では、「マジで、洗面台だったんだ」と、顔を見合わせながらくすくす笑う。ダイニングキッチン横の六畳部屋の隅にいる夫を見てみると、どこで見つけたのか、雑誌を団扇《うちわ》に別の雑誌を読んでいる。

サインし終えると、電器屋に扮《ふん》したスタッフは帰っていった。引越し業者に扮したスタッフも、荷物をすべて運び終えたようだ。「お疲れ様でした」と声を掛け合いながら、ぞろぞろと帰っていく。次に、ガス屋と水道屋と電気屋がやってきて、それぞれガス栓やら蛇口やらブレーカーやらを点検し、「これで、ガスも水も電気も使えます」と言うと、慌《あわただ》しく帰っていった。

最後に、見覚えのある構成作家の男が残った。

「これが、生活費です。半月分です。初めは何かと入りようでしょうから、少々余分に入っています。消耗品はこちらでは用意しておりませんので、お早めにショッピングセンターでご購入ください」

と、封筒を差し出してきた。

「それでは、わたしたちの仕事はここまでです。あとはそちらでよろしくお願いいたします」

蟬《せみ》の声が聞こえてくる。ベランダからは、午後の太陽が燦々《さんさん》と降り注いでいる。引越しのあとの、静けさ。和佳子は、部屋をぐるりと見渡した。家具も電化製品も、大雑把にレイアウトされているが。

やらなければならないことは山積みのようだ。

カメラが回っているせいか、家族の働きは素晴らしいものだった。娘二人も、率先して次々と片付けていってくれる。夫も、いつもならおもしろくもない駄洒落《だじゃれ》を飛ばしたりいきなり薀蓄《うんちく》話をはじめたりと手より口が動いているほうが多いのだが、やはりカメラを気にしてか、別人のように仕事が早かった。それでも、作業は手こずった。なにしろ、この部屋に運ばれてきたのは、すべて他人が用意したものだ。しかも、昭和三十六年当時のもの。服はもちろん、雑貨、食器、調理器具など、見慣れないものも多かった。調理器具にいたっては、いったい、これは何に使うんだろう？というようなものがほとんどで、逆に、なんであれがないんだろう？というのも数多くあった。

箱には一応〃調理器具〃と書いてあるので、台所に置いてみるが、不安は募る。

「ママ、トイレットペーパーがないよ！」

妹の実香が、台所に飛んできた。

「もれちゃうよ！」しかし、カメラの方向をちらっと見ると、「トイレットペーパーは？」と小声で、和佳子に質問した。

「え？　トイレットペーパー？」

積んであった箱はほとんど開けた。が、トイレットペーパーは見かけていない。あと開けていない箱は七つ、あの中にあるのかしら？　あ、ちょっと、待って。トイレットペーパーどころか、

「調味料もない！」

和佳子は、台所に並べた品々に視線を這《は》わせて、言った。

「あ、そういえば、消耗品は用意していないって、言ってた」

自分で買えってことなんだ。

和佳子は、ここに来てようやく、このテレビ出演はそうそう甘いもんじゃないということを理解した。テレビ局だって、慈善事業ではない。五百万円も報酬を出して、容易《たやす》くクリアできる設定を用意するはずもない。いや、むしろ、難しい課題を次々と

つきつけて、私たちを翻弄《ほんろう》する気なのだろう。台所に設置してあるカメラのレンズが、じじじと、こちらに向かって伸びてきたような気がした。それは神の視線のようにも思えて、和佳子は身を竦《すく》めた。

――あなたの〝良妻賢母〟振りを、期待します。どんなときも明るくたくましく、あなたが中心となって、三ヵ月、ご家族をひっぱってくださいね。

あの、ノースリーブのディレクターに言われた言葉が蘇《よみがえ》る。そうだ、私が頑張らなくちゃいけないんだ。

和佳子は、さきほどスタッフに渡された茶封筒の中身をテーブルの上にぶちまけた。聖徳太子《しょうとくたいし》の一万円札が一枚、同じく聖徳太子の千円札が四枚、岩倉具視《いわくらともみ》の五百円札が一枚、そして、四枚の百円玉と九枚の十円玉。それらを、テレビ局が用意した〝がま口〟にすべて詰め込んだ。がま口は、〝装飾品〟と書かれた箱の中に入っていた。

「どこ行くの？」実香が、不安げに和佳子を見上げた。

「買い物。雑貨とか、食料品とか。昼ごはんもまだだったでしょう？」

「トイレットペーパー、忘れないでね」

「うん。でも、それまで我慢できる？」

「……分かんない」

「だったら、一緒に行きましょう。ショッピングセンターにお手洗い、あるかもしれないし」

「じゃ、私も行く」姉の真由も、飛んできた。

「うん、じゃ、三人で行きましょう。あとは、パパに任せて……」

夫に声をかけると、和佳子は娘二人を連れて外に出た。

日は随分と傾いていた。干されていた布団も風になびいていた洗濯物も、すべて取り込まれている。しかし、まだまだ明るい。

「ショッピングセンターって、どこにあるの？」

おトイレを我慢している実香が、早口で聞いてきた。

「確か、すぐよ」

しかし、なかなかたどり着かない。あのファイルにあった団地内の地図では、自分たちの部屋がある四棟のすぐそばにあったはずなのだが。

「道に迷ったのかな……」

歩いても歩いても似たような風景が続くばかりで、一向に目的地には着かない。

「ママ……」実香が、半泣きで和佳子のブラウスの端を引っ張る。見ると、顔は真っ青で、足もがくがくと震えている。もう、我慢の限界なのだ。

「我慢できないの？　どこか、茂みでする？　そうよ、茂みで」

「やだよ、絶対いや」

ぐしゃぐしゃになった実香の頬に涙が零《こぼ》れた。

「でも」

「だって、どこにカメラがあるか分かんないもん。もし、撮られていたら」

考えてもいなかった。そうだ、撮影の対象は部屋だけではないのだ、この団地そのものなのだ。きっと、おろおろと団地を彷徨《さまよ》う親子三人の姿も、どこかで撮られているに違いない。

「いったん部屋に戻りましょう。トイレットペーパーなんかなくても、なにか代用できるものがあるわよ」

「でも、でも、トイレットペーパー以外の紙は使用するなって、トイレに貼《は》り紙があったよ」

「そんなこと、言っている場合じゃないでしょう」

歩き出した和佳子に、真由が言った。「でも、ママ、ここはどこなの？　私たち、どこに帰ればいいの？」

和佳子は足を止めて、建物を見上げた。クローンのような同じ建物が、無機質に並んでいる。遠くでは、子供のはしゃぎ声、大人の声も聞こえる。「××ちゃん、ごはんよ」「はーい、お母さん」

しかし、人影は見えない。誰かにすがろうにも、人がいない。親子三人の哀れな影だけが、見る見る伸びていく。

「ママ……」

実香のか細い声が、ますます和佳子を焦《あせ》らせた。どうしよう、どうしよう。

「どうしましたか？」

後ろから、別の影がひとつ、伸びてきた。振り返ると、そこには、買い物籠《かご》を手にした女性が立っていた。セミロングの黒髪は耳のところできれいにカールしている。ウエストをきゅっと絞ったタイトスカートと花柄のブラウスがよく似合う。昔の映画にでてくる、いかにもおしゃれな若奥さんという感じだ。和佳子は、自身のパーマ頭にそっと手を添えた。ぐりぐりにされたその髪は、センスのかけらもない。おしゃれというよりは実用のためだけにパーマをかけたというような、おばさんパーマだ。しかも、水玉のスカーフ。この色合いがなんとも……。

「もしかして、今日引っ越してらした方？」

「……はい」

「私、スズキと申します」

「あ、あなたが」もう一組の家族。……そうか、〝スズキ〟さんっていうんだ。

「はじめまして、私は……、ああ、そう〝ヤマダ〟です、どうぞよろし――」

「娘さん、どうしたんですか？」

スズキさんは、実香のほうに視線を投げた。実香が下半身をよじりながら限界と必死に戦っている。

「実は、おトイレに行こうとしたら、トイレットペーパーがないことに気づいて、買いに出たんですけれど、道に迷って……」

「じゃ、おトイレ、我慢しているの？」

「はい」

「じゃ、急がなくちゃ。よかったら、うちのお手洗いをお使いください。トイレットペーパーもありますよ。さあ、いらしてください。うちは、ここの三階なんです、四棟の三〇二号室」

「え？　四棟？」

和佳子は、すぐそこの建物を見上げた。いつのまにか、スタート地点に戻っている。

「あら、いやだ。うちも四棟なんです、二〇二号室」

「はい、存じあげております。うちの下の階ですよね。……そんなことより、早く、娘さんをお手洗いに」

「ああ、すっきりした……」

用を済ませた実香は、満面の笑顔でトイレから出てきた。

スズキさんの勧めで部屋に上がりこんだ和佳子と上の娘は、ダイニング横の六畳のソファーセットで、お茶をご馳走《ちそう》になっていた。冷えた麦茶。そういえば、今日はろくに水分をとっていない。

それにしても、この部屋はうちとは随分と様子が違う。ソファーセットにサイドボードに、それから……。

「驚いたわ、すっかり片付いているんですね」

「ええ、ここには三日前に入ったんです。今はなんとか片付きましたが、昨日まで、大変だったんですよ」

「ソファーまであるんですね」

「ええ。そのせいか、ちょっと狭いんですよ。寝るときは隣の四畳半で、親子四人で寝ています」

「四人？　お宅もお子さんは二人？」

「はい。四歳の息子と、そして生後八ヵ月の娘の二人」

「まあ、赤ちゃんが？」和佳子は声を潜めた。「大丈夫なんですか、そんな小さな子がいて？」

「撮影のこと？　ええ、かえって監視してもらったほうが、私としては楽なんです。何かあったら、局のスタッフが飛んできてくれますでしょう？　昨日も、下の子がちょっとぐずったんですけれど、すぐに看護師さんが来てくれて、助かりました」

「今、赤ちゃんは？」

「隣の部屋で主人と一緒に昼寝です。夕飯ができるまで、起きてきません。まったく、暢気《のんき》なものです」

「息子さんは？」

「児童会館に遊びに行きました」

「児童会館？」

「……保育園みたいなものです。局の人が用意してくれたんですよ。ヤマダさんのお子さんも利用されるといいわ。明日、ご一緒しましょう」

「是非、よろしくお願いします。……そうだ、買い物。私も買い物に行ってこなくちや」

和佳子は、キッチンのテーブルに置かれた買い物籠を見ながら言った。

「あら、ショッピングセンター、閉まっちゃいましたよ」

「え？」腕時計を見てみると、六時を過ぎたところだ。「だって、まだこんな時間」

「昭和三十六年では、こんな早い時間にお店も閉まっちゃうみたいですよ」

「そんな。だって、夕飯。お昼だって食べてないのに……、それに、トイレットペーパー」

和佳子の言葉に、娘たちまで不安げに視線をきょろきょろとさせた。

「ママ、今日はご飯なし？」

「……よかったら、お米、お貸ししますよ？」娘たちの不安を吹き飛ばすように、スズキさんは言った。「それと、今夜、うち、カレーなんです。出来上がりましたら、そちらにお持ちしますよ？」

「でも、それじゃ、悪いわ……」

「何言っているんですか、お互い様じゃないですか。うちもなにか困ったことがありましたら、真っ先にヤマダさんにご相談させてくださいな。……買い物籠、ありますす？」

「買い物籠？」

「ああ、やっぱり、そうですよね。レジ袋に馴《な》れちゃうと、籠なんて思いつきもしませんよね。……じゃ、今日は私の籠をお持ちください」

それからスズキさんは、買い物籠にお米と、カレーが出来るまでのつなぎとしてクッキー缶を詰めてくれた。

「あ、そうだ、オレンジジュースもあるんです。これも持っていって」

冷蔵庫から瓶のジュースを三本取り出すと、それも籠に入れてくれた。……気のせいか、うちの冷蔵庫よりも大きい気がする。

「あ、それと、トイレットペーパーね、ひとつで大丈夫かしら？」

スズキさんが、ばたばたとトイレに向かった。その間に、台所を見回してみる。綺《き》麗《れい》に片付いている。すっかり馴《な》染《じ》んでいる感じだ。

私も頑張らないと。

下の階の部屋に戻ると、ランニングシャツ一枚の夫が扇風機を独り占めにして、涼んでいた。

「おー、待っていたよ、なんか、食わしてくれよ」

夫が、早速、籠の中身を見にやってきた。

「へー、懐かしいな、このジュース。小さい頃、おばあちゃんちで飲んだことあるよ。お、クッキーもあるじゃん」

夫はコップをテーブルに並べると、次に栓抜きを探した。

栓抜き。確か、見たような気がする。でも、どこにしまったのか、……記憶にない。

「よし、なら、俺の必殺技をみせてやるよ」そう言うと、夫はいきなり瓶を咥《くわ》え込んだ。

「あなた、なにするの！」

かぱっという音とともに、栓が抜かれた。

「昔はこうやって、歯で栓を抜いたものさ。歯だけは、馬並みに丈夫なのが俺の自慢」

「もう、変なことしないで」和佳子は囁《ささや》いた。「撮られているんだから」

食器棚の引き出しの奥から、ようやく栓抜きが出てきた。我ながら、なんだってこんなところにしまったんだか。残り二本のジュースの栓を抜くと、コップについでいく。真由と実香が、喉《のど》を鳴らしながらその様子を見ている。こうやって見ると、このオカッパ頭もかわいらしい。カチューシャなんかすれば、昔の少女漫画に出てくるヒロインだ。一方、自分は……。髪に手をやって和佳子はため息を吐き出した。このスカーフの下は、昔の新聞連載四コマ漫画に出てくる近所のおばちゃんだ。

「ね、これは何?」和佳子は、椅子の上に載っていた大学ノート四冊と〃家計簿〃と書かれたノート一冊を見つけた。

「ああ、それ。さっき、局のスタッフがきてね、置いていったんだ。日記だって」ジュースをちびちび飲みながら、夫。

「日記?」

「その日の出来事や感想なんかを簡単でいいから記録してほしいってさ。で、和佳子は、日記プラス家計簿もだって」

「いやだ、そんなこと聞いてないわよ、なによ、いまさ――」

カメラのレンズが光ったような気がした。和佳子は、言葉を切った。

「そろそろ、夕飯の支度しなくちゃ」

と言ったものの、籠の中には米しかない。とりあえず、これを炊《た》かなくては。和佳子は、電気釜をみやった。なんとも歴史を感じるいかめしい電気釜だ。……うまく炊けるんだろうか? 裸のまま運ばれてきたから説明書はない。普通に炊けばいいのかしら? 例のマニュアルファイルをテーブルまで運んでくると、電化製品の項目を捲《めく》っていてみる。


ってみる。

「あった、あった。これだわ」

うんうん、なるほど、目盛に従って水を入れ——うん？　注意書きがある。

『電気釜はメートル法には対応していないため、付属の計量カップの目盛は〝勺《しゃく》〟が単位です。カップ一杯で一合となります。また、内釜の目盛は計量カップに連動しており、例えば〝六〟と表示されていれば、米六合のときに入れる水位を表していま す』

この辺は、令和の時代も同じだわ。なるほど、意識してなかったけど、炊飯器はいまだに〝合〟を継承しているのね。要するに、普段どおりに炊けばいいのね。炊き終わったら、自動的にスイッチが切れると。これも、現在と同じじゃない。じゃ、とりあえず、中の釜を取り出して、洗うところからはじめよう。

しかし、洗剤もスポンジもない。ああ、そうか、それも消耗品。仕方ない、水洗いだけで……と蛇口を捻《ひね》ってみると、ものすごい勢いで水が飛び出してきた。水量を絞って水を細くしても、流し台に当たって跳ね返ってくる。あれも買ってこなくちゃ。あれ、なんていうんだろう？　水道口に取り付けて水の出を柔らかくするやつ。とにかく、アレ。……頭の中にメモすると、和佳子は籠から小さなブリキの缶を取り出した。この中に米を分けてもらっている。現在の感覚ならレジ袋やビニール袋を使うところだが、さすがにこの時代はそうもいかない。米をブリキの缶からボウルに移し、それからはいつもの要領で研ぐ。……いやだ、水の跳ね上がりで服がびしょびしょだ。エプロン、エプロンはないかしら。あ、あの箱に入っていたかもしれない。〝普段着〟と書かれた箱。

「しかし、腹へったな」

クッキーをばりばり食べながら、夫が繰り返す。娘たちも、競うようにクッキーを食べている。いやだ、そんなにがっついて。撮られているのに。と思いつつも、和佳子も自然とクッキーに手が伸びる。はっきりいって、あまり特徴のない味気ないクッキーだが、朝から何も食べていない胃袋には、それでもおいしい。

クッキーを食べていると、なんの工夫もない荒々しいブザー音が鳴った。ドアの覗き穴から覗いてみると、スズキさんの奥さんだった。その手には鍋《なべ》を持っている。

「お待たせしました。カレーです」

「あ、本当に、すみません」

「火は通っているんですけれど、途中ですので、あとはお好みで煮込んでください。

それと、明日の朝食にと思いまして。食パンとジャムもお持ちしました」

あ、そうか。夕食だけではなくて、明日の朝食の心配もあったんだ。

「本当に、なにから、なにまで」

「いいえ、お互い様ですから」そして、スズキさんはにこりと小首を傾《かし》げた。

玄関外に設置してあるカメラが、じじじとこちらを狙《ねら》っている。ピンク色のエプロン姿のスズキさんは、きっと素敵な被写体として映っているのだろう。それに比べ、自分は、割烹着《かっぽうぎ》姿だ。だって、これしかなかったんだ。〝普段着〟と書かれた箱に入っていたのは、この、食堂のおばちゃんが着るような割烹着だけだった。なんで、うちの箱にもエプロンを入れてくれなかったんだろう。

「では」自分の部屋に戻っていくスズキさんを見送りながら、和佳子は、カメラに背を向けて小さなため息を吐き出した。

食卓に戻ると、夫と娘たちが電気釜の様子をじっと見詰めている。

「もう炊けたのかな？」

「っていうか、なんだか炊いている気配ないよね」

「うん。湯気もでてないし、音もしてないし」

あ。スイッチ。スイッチ入れるの忘れてた！　和佳子は鍋をテーブルに置くと、慌《あわ》てスイッチを入れた。

みっつの「えー」が合唱する。

「だって、仕方ないじゃない、こんな炊飯器、はじめてなんだもん」

「でも、〝入〟って書いてあるスイッチがあるだけじゃん。押すだけでしょう？　これほど分かりやすいものもないよ」夫が、嫌味を言う。

「いいの、いいの。初日なんだから、こういう失敗もなくちゃ、番組としてはおもしろくないじゃん？」真由が、弁護してくれる。「ママ、わざとでしょう？」

「そうよ、お米に水を吸わせていたのよ」

「一時間も？」

「そう、長ければ長いほど、おいしく炊けるのよ」

本当なら三十分ぐらいでいいのだが、和佳子は適当に言い分けを繰り返しながら、スズキさんが持ってきた鍋の蓋《ふた》を開けた。

「うわー、カレーだ、美味《おい》しそう！」真由が鍋の中を覗き込む。

「早く、食べよう、早く」実香もはしゃぎだした。

「あ、食パン！　これとカレーでいいじゃん、もう腹ペコだよ」首筋を掻《か》きながら、夫。

「うん、私もそれでいい、カレーライスじゃなくて、カレー食パン、それでいい」実香も、ほっぺたを掻きながら、そんなことを言う。

「何言ってんのよ。ご飯炊いているんだから、もう少し我慢してよ。すぐに炊けるわよ」

あ、今、なんか飛んでいった。そういえば、さっきからあちこちが痒《かゆ》い。虫刺され？

「なんだか、蚊がいるね、窓、閉めようか？」台所側の窓を閉めようと手をかけたところで、「あ、嘘《うそ》、なに、これ?!」と、和佳子は声を上げた。夫と娘たちが寄ってくる。

「なに、どうした？」夫の問いに、和佳子は窓の留め具を指差した。

「この、ネジのようなもの、なに？　……もしかして」

和佳子は、恐る恐る、それを回してみた。ああ、これで施錠《せじょう》するんだ！　ああ、そうだそうだ、昔、見たことがある。おばあちゃんちの窓がまさにこれだった。

こんな小さいことでも、いちいち今と異なる。一言で六十年というけれど、やはり、それは長い年月なのだ。

「あ、カーテン」

カーテンレールはついているが、そういえば、カーテンがない。これじゃ、外から丸見えだ。……でも、大丈夫か。向かいの棟とは結構距離があり、窓から人影も見えるが、それはどれも小さく輪郭もはっきりしない。あちらからも、こちらはよく見えないだろう。それでも、ちょっと落ち着かない。というか、カーテンまで買えっていうの？　これじゃ、予算内でやっていけないわよ！

「ママ、カーテン、あったよ」

実香が、緑色のチェックのカーテンを抱えて走ってきた。

「まだ開けていない箱がいくつかあったから、開けてみたら、あった」

その箱には、〝雑貨、その他諸々《もろもろ》〟と書かれている。中身は、他のカテゴリーから漏れた日用品や日用雑貨や小物やリネン類。

買い物籠も入っている。

「やだ！　こんなところにあった！　もっと詳しく書いておいてくれればいいのに。とにかく、ご飯が炊けるまで、箱の中身をできるだけ出しちゃいましょう――」

娘たちと手分けして箱の中身を取り出し、それを所定の位置に仕舞っていく。未開封の箱も、いよいよ残り四つ。

時計は、すでに八時。

なのに、ご飯はまだ炊けていない。炊き終わったら、自動的にスイッチが切れるはずなのだが。

「ママ、なんか、焦げ臭《こ》いよ！」

本当だ。それに、なにか空気が濁っている。あ、これって。

「あなた、窓、窓開けて！」

黒い煙は、電気釜から上がっていた。なんで？　どうして？

和佳子は、テーブルの上に置いてあるファイルを慌てて捲った。いつものように炊けばいいんだと安心してそれ以上は捲らなかったが。

「あ」

説明は、まだ続いていた。

『外釜に、カップ一杯の水を入れてください』

なんで。なんで、内釜だけじゃなくて、外釜にも水を入れる必要があるの？

「おい、なにぼんやりしてんだよ！」

夫が半ば怒り顔で、電気釜の電源プラグを引き抜いた。

「もしかして、焦げちゃったの？」「ご飯が焦げるなんて、あり？」娘たちが、唖然《あぜん》と立ち尽くす。

「パン、パンを食べましょう。カレーとパン。今、鍋を温めるから」

和佳子は、無理やり笑顔を取り繕うと鍋の取っ手をつかんだ。

「うんもー、はじめから、そうすればいいのに」

カメラが回っていることも忘れて、実香がさっきから機嫌が悪い。いつもなら、姉の真由も一緒になって機嫌が悪くなりついには喧嘩《けんか》をはじめるのだが、真由はまだカメラを気にしているようだった。皿を食器棚から取り出したり、スプーンを探したりと、健気《けなげ》に手伝ってくれている。

和佳子も、いつもならここで自分の失敗を棚に上げて愚痴のひとつやふたつ漏らして夫に当り散らしていたところだが、おとなしく、鍋をガスコンロに運んだ。

……というか、これ、どうするの？

和佳子は、カレーの鍋を持ったまま、ガスコンロの前で、固まった。

自分の知っているコンロじゃない。なんで？　スズキさんちのコンロは、型は古いけれど見慣れた着火式の二口ガスコンロ台だったのに。なんで、うちは、こんな鉄の塊のようなものがひとつなの？　鍋をテーブルに置くと、再びファイルを捲る。

「うそ、マッチ？　マッチが必要なの？

マッチといえば……消耗品だ。

ということは、たぶん、この部屋のどこを探してもないだろう。

「あなた、マッチかライター持っている？」

「持っているわけないだろう？　俺、禁煙中だもん」

「うそ……」和佳子はよろよろと椅子に崩れ落ちた。「マッチもライターもなければ、……これ、どうするの？」

カレーの鍋に触れてみると、すっかり冷たい。蓋を開けると、みごとに膜が張っている。このまま食べても美味しくないだろう。

しかし、それを上回る空腹。

よし、仕方ない。和佳子は立ち上がった。

「このまま、食べましょう。カレーは、ちょっと冷えたぐらいが美味しいのよ」

和佳子は、出来るだけの笑顔を作って言った。

「えーっ」という子供たちの声。が、カメラを意識してか、それ以上の抗議は聞こえてこない。いつもなら、「いやだいやだ、ちゃんと温めて！」とか「もう外食にしようよ！」とか「ピザを注文していい？」とか、姉妹そろって大騒ぎするところだが。

二人とも、小さなダイニングテーブルに行儀よく座っている。ちらちらと、カメラの方向に視線を飛ばしながら。

一方、夫だけが、クッキー缶を独り占めしながら、むしゃむしゃ、ぱりぱり。

ちょっと、イラっとくる。

――あなたの〝良妻賢母〟振りを、期待します。どんなときも明るくたくましく、あなたが中心となって、三ヵ月、ご家族をひっぱってくださいね。

いつかの、言葉を思い出す。ノースリーブの女性ディレクターが言った言葉だ。

和佳子は、ちらりとカメラの方向に視線をやった。

そうよ。私は「良妻賢母」。どんなときも明るくたくましく、家族をひっぱらなくちゃ。

和佳子は瞬時に笑顔を作ると、

「さあ、カレーとパン、食べましょう！」

と踊るように鍋からカレーを皿に盛り、スプーンを並べ、食パンを一斤《きん》、テーブルの中央に置いた。

「……この食パン、どうするの？　カットされてないけど」

真由が、泣きそうな顔で言った。実香などは、ほとんど泣いている。

「だって。包丁が見当たらないのよ。たぶん、どっかにあるとは思うんだけど」

和佳子は、未開封の段ボール箱に視線を飛ばした。

「それとも、今からあれを全部開けて、包丁探す？」

真由と実香が、同時に首を横に振る。

「でしょう？　だから、このまま食べましょう。こうやって、ちぎって……」

と、食パンに手を伸ばしたところで、夫の手も伸びてきた。そして、我先にと食パンをひきちぎると、それを口の中に押し込む。

娘たちも、渋々それに倣《なら》う。和佳子も、食パンを静かにちぎるとそれを口に運んだ。

が、言葉はない。……咀嚼《そしゃく》する音だけが部屋にこだまする。

「まずっ」そう最初に言ったのは、実香。が、カメラのほうをちらりと見ると、口元を手で隠した。

たぶん、吐き出したいのだろう。

和佳子もそうだった。

あれほど空腹だったのに、噛《か》めば噛むほど食欲が失《う》せていく。

だって、この食パン、全然美味しくない。というか、恐ろしいほどまずい。かたくて、ボソボソパサパサしていて、なかなか喉を通らない。無理して飲み込んだら喉に詰まりそうだ。

いったい、なんなの？　この食パン。

この時代の食パンがすべてそうなのか、それとも、この食パンだけが変なのか。

「水」

夫が、命令するようにつぶやいた。

娘たちも、目で「水」と訴える。

え？　私が持ってくるの？　なんで？

いつもなら、水が飲みたくなったら、自分で用意するのに。

そう、夫は「家事の分担」には積極的だ。自分のことは自分でする。シングルマザー家庭で育った夫は、それが身についている。そして娘たちにもそう躾《しつ》けてきた。

……そういえば、今日の夫はどこか威丈高《いたけだか》だ。クッキーだってほとんど自分で食べてしまったし、なにより、ずっと踏ん反り返っている。まさに、横のものを縦にもしない亭主関白のそれ。しかも、扇風機は夫のほうだけに向けられている。一方、娘たちの額は汗まみれ。和佳子もそうだった。ずっと暑さを我慢している。

「おい、水」

夫が、きつく催促する。

「水、もってこい！」

見かねた真由がすっくと立ちあがる。そしてカメラの方をちらりと見ると、まるで優等生を演じる子役のような機敏さでコップを四つ用意し、蛇口の栓をひねった。

激しく飛び跳ねる水。

「ママ！」真由が、助けを求めるようにこちらを見る。が、すぐに唇を噛み締めると、黙々とコップに水を注いでいく。可哀想《かわいそう》に、真由の服はびしょびしょだ。

……明日は、絶対、アレを買っておかないと。蛇口の先に取り付けて水の出を柔らかくするやつ。とにかく、アレ。

「おい、水、まだか？」

キッチンに向かって、夫が叫んだ。

……ね、あなた。本当にどうしたの？　なにか変よ？

和佳子は、夫を見つめた。

なんか、知らない人みたい。……その髪型がいけないのかしら。

そんな和佳子の不安をよそに、夫がカレーをスプーンで掬《すく》った。が、それを口にしたとたん、

「まずっ！」

と、怒気を含ませて言った。

和佳子も、カレーを一口試してみる。

うっ。なにこれ。人参《にんじん》もジャガイモも、しゃりしゃりしている。……あの奥さん、料理はあまり得意じゃないのかしら。……ああ、そうだった、煮込んでいる途中だって言ってたっけ。あとはお好みで煮込んで……って。

いずれにしても、このままではとても食べられない。

なのに、実香だけは、美味しい美味しいとカレーを食べ続ける。が、その顔は真っ青で、両の頬もリスのようにパンパンに膨れている。たぶん、その口の中には、食パンとカレーがぎゅうぎゅうに詰め込まれているのだろう。

「無理に食べなくていいんだからね」

が、実香は首を横に振るばかり。その目には涙。

「だから、無理しないで——」

「お待たせ」

真由が、躾《しつけ》の行き届いたウェイトレスのごとく、水の入ったコップを四つ、しずしずと運んできた。

そのひとつを夫の前に置く。

夫は「ありがとう」もなく、それが当然とばかりに無言でコップをひっつかむと、それを一気に飲み干した。

――ね、あなた、本当にどうしたの？　なにか変よ？

和佳子の不安が募る。

だって、いつもの夫じゃない。髪型のせいだけじゃない。その顔は、まるで知らない人だ。……いや、違う。こういう表情の人を知っている。兄だ。横のものを縦にもしなかった、兄。暴君のように家族を支配していた兄。

和佳子は、左足の膝《ひざ》にそっと手を触れた。

しくしく痛い。

どうしよう。たまらなく、痛い。

「ママ？」

水が入ったコップをテーブルに置きながら、真由が顔を覗《のぞ》き込んできた。

「ママ、泣いているの？」

え？　頬に手をやると、濡《ぬ》れている。

いやだ、私ったら。

「違うわよ、汗よ」

和佳子は、涙なのか汗なのかよく分からないそれを手で拭《ふ》くと、真由が入れてくれた水を口に含んだ。

……まずっ。

吐き出しそうになったが、咄嗟《とっさ》に飲み込んだ。

……いったい、なんなの？　これ。

食パンもまずければ、カレーもまずくて、水までまずいなんて。

……なにかの、罰ゲーム？

それでも、子供たちはそれらを黙々と口にしている。夫も「まずい、まずい」と言いながら、懸命にそれらを胃に流し込んでいる。

扇風機の音だけが、やけに煩《うるさ》い。

そうか、テレビ。テレビがないと、こんなに静かなんだ。

「ね、……お風呂は？」

カレーを渋々食べながら、真由が独り言のように言った。

「今日は無理」和佳子は応《こた》えた。

「なんで？　いやだ、汗でべたべただよ」実香が、涙目で訴える。

「しっ、もっと小さな声で」和佳子は、天井のカメラをちらっと見た。そして、囁くように言った。「マッチがないんだから、今日は無理」

「マッチがないと、入れないの？」

「そう。そういうお風呂なの」

「じゃ、上の人に借りればいいじゃん」実香は、声を潜めて正論を吐いた。

「悪いでしょう、そうなにもかも頼っちゃ」

「マッチぐらい、貸してくれるよ。私が行って来るよ？」

「じゃ、シャンプーもリンスも石鹸《せっけん》ももらってこられる？　そんな図々《ずうずう》しいこと、できる？」

「……シャンプーもリンスも石鹸も、ないの？」

「そう、シャンプーもリンスも石鹸も、ないの」

「じゃ、歯ブラシも歯磨き粉もないの？」真由が、恐る恐る訊《き》いてきた。

「もしかして、髭剃《ひげそ》りも？」夫も、不安げに和佳子の顔を見る。それはいつものひょうきん顔で、和佳子は少し安心する。

「そう、ありません。消耗品は、一切、ありません」

和佳子は、観念したようにコップの水を飲み干した。

「一日ぐらい、我慢して。遭難したとでも思えばいいのよ」

「家で遭難するなんて、ありえないよね」「だよね」真由と実香がこっそり顔を見合わす。

まったく、なんという一日なの。

和佳子は、はぁと長いため息を吐き出しながら、すぐそこで寝息を立てている夫と子供たちを眺めた。

いい気なものだ。

再度ため息を吐き出すと、和佳子はテーブルに日記帳を開いた。スタッフから渡された日記帳。これを毎日書くことが義務付けられている。夫と子供たちは、和佳子が布団《ふとん》を敷いている間に書き終えたようだった。

さて、何を書こうか。……書きたいことはいくらでもあったが、いざ、真っ白い紙面を目の前にすると、何も出てこない。とりあえず、日付を書いてみる。

そうだ、忘れないうちに。

和佳子は、明日買わなくてはならないものを書き出した。

トイレットペーパー、米、食材、調味料、洗剤、シャンプー、リンス、石鹸、歯ブラシ、歯磨き粉、髭剃り、蛇口の先に取り付けるアレ……。

あ、また、蚊だ。ぷっくりと腫《は》れあがった二の腕をかりかりと掻きながら、〝蚊取り線香〟、と日記帳に鉛筆を走らせる。

……それから、それから。

＋

「いいじゃん。期待通りだね、ヤマダ家は」

ノースリーブの女傑、坂上女史が満足げに親指を立てた。

ここに、坂上女史が現れたのは一時間前。午後十時のことだった。

本当は、撮影開始から立ち会う予定だったが、結局はこんな時間になってしまった。

もしかしたら、最初から立ち会う気はなかったのかもしれない。なにしろ「ショートカット」が口癖の忙しい人だ。『一九六一　東京ハウス』の初日の様子も、ショートカットでチェックできればそれでいいと考えているのだろう。実際、ここに到着して最初の言葉が「一時間ぐらいにまとめてくれた？」だった。

深田隆哉は、肩を竦《すく》めた。

今日だけで十二時間以上、カメラが回っている。その十二時間を一時間以内にまとめろというのだ。無論、それは想定内だ。坂上女史の好みをよく知るＡＤが、すでに一本のテープにまとめていた。その時間、四十五分。ＡＤは躾の行き届いた犬のごと

く、坂上女史が椅子《いす》に座るや否《いな》や、再生ボタンを押す。そして、三十五分ほどが過ぎた頃、

「ほんとヤバいねー、ヤマダさん一家は！」

と、モニターを見ながら坂上女史がゲラゲラ笑いだした。

「トイレットペーパーのところなんて、絶対、視聴者が食いつくと思う。あと、電気釜《がま》のところも。あの悲惨な夕食、最高じゃん！」

坂上女史のダミ声が、部屋中に響く。

ここは、Gテレビスタッフの控え室。

撮影が行なわれている四棟の裏側、三棟の一室に設けられている。ここにはありとあらゆる機材がもちこまれ、ちょっとした編集室のような風景になっていた。

「一方、スズキ家はまだおとなしいね。特にこれといったアクシデントはなさそう。……ちょっと、過保護すぎたかな」

つまり、こういうことだった。

ヤマダ家にはあえて厳しい設定を与え、スズキ家には優しい設定を与える。

例えば、スズキ家には家具も家電も当時最先端のものを揃《そろ》え、インテリアや雑貨も高級品、食材などの消耗品も過不足なくこちらで用意し、モデルハウスのごとくすべ

てお膳立《ぜんだ》てができている状態の部屋に入ってもらった。家電の使い方も、スタッフがつきっきりでひとつひとつレクチャーした。キッチンの水栓の先には、浄水蛇口を取り付けた。

片やヤマダ家は、ゼロ……いやマイナスの状態から部屋に入ってもらった。スタッフもつかない。すべて、自ら解決しなければならない。しかも、家電も家具もインテリアもスズキ家より格下で、雑貨や食器や衣類などもどこか足りない状態、さらに消耗品はすべて自分で調達。そして、錆《さび》だらけの水道管から吐き出される水は、信じられないほどまずい。……まるで罰ゲームのような設定だ。

これを提案したのは、言うまでもなく坂上女史だった。

「同じ団地とはいえ、やっぱり格差はあると思うの。裕福で完璧《かんぺき》なスズキさんと、背伸びしていてギリギリでトラブルの多いヤマダさん。この二組がどんな摩擦を生むか。……これこそが視聴者が望むものよ」

確かに、ここまで差をつけたらなにかしら摩擦は起きるだろう。

隆哉は、どこか不安になる。

「大丈夫かな、ヤマダ家は。……特に、あの奥さん」

隆哉は、モニターに映し出されたその姿を見つめた。

まるで老婆《ろうば》のような、疲れた背中。

「今朝までは、あんなにハツラツとしていたのに。一日で、一気に老《ふ》け込んだよな……。三ヵ月、もつかな……？」

お金持ちのスズキさん 二〇二一年八月十日

翌日。

和佳子は、ぐりぐりパーマ頭にスカーフを巻くと、買い物籠《かご》とがま口だけを持って家を出た。

ショッピングセンターは十時からだと、スズキさんの奥さんが言っていた。一刻も早く必要なものを揃えなくては。昨日は、子供たちもいて、しかもトイレのこともあって妙に焦《あせ》って迷ってしまったが、今日は迷わずに行けそうだ。

あ、あれだ、〝ショッピングセンター〟と書いてある。

しかし人影はなく、しかも店はすべてシャッターが閉まっていた。

「なんで？」腕時計の針は、十時を過ぎている。

人が一人、通り過ぎた。エキストラの人だろうか。それともスタッフの一人だろうか。どっちでもいい、和佳子は声をかけた。

「あの、ショッピングセンターって、何時からなんですか？」

「え？　今日からしばらくお休みですよ」

呆然《ぼうぜん》と部屋に戻ると、空の買い物籠をテーブルに置く。お腹《なか》を空《す》かせた夫と子供たちが、言葉もなくこちらをうかがっている。

「っていうか、聞いてないわよ、お店が夕方の六時に閉店とか、お盆休みとか」

和佳子は、ふるふると体を震わせた。そして、

「なによ、こんな分厚いくせして、肝心なことは書いてないじゃない！」

と、ファイルをテーブルに叩《たた》きつけると、乱暴に開く。

「あ」

それは、一枚目にあった。

『ショッピングセンターの営業時間は十時から十八時、十日から十二日までは休みになりますので、ご注意ください』

なんていうこと。一枚目なんて……よくよく見てなかった。というか、明後日《あさって》まで

休み？

和佳子は、その場にへたり込んだ。自然と左膝に手が伸びる。しくしく痛い。

……カメラが、こちらを狙っている。駄目な主婦の姿を余すことなく、記録している。和佳子は、膝を擦《さす》り続けた。あ、こんなところにも、虫刺され。

「朝メシは？」

夫が、冷たく言い放つ。

子供たちも、すがるようにこちらを見ている。

そうよ、ご飯。どうしよう？

朝一で、ご飯を炊いてみたが、見事に失敗。丸焦げになってしまった。とても食べられたものではなかった。

あの食パンだって、捨ててしまった。だって、ボソボソパサパサを通り越して、石のように堅くなっていた。しかも、カビまで……。あのカレーだって、そう。冷蔵庫が小さすぎて鍋を入れることができなかったから、そのまま放置してしまった。朝、蓋を開けてみたら、悪臭。表面には白いカビがびっしり。あんなのを食べたら、間違いなく食中毒を起こすだろう。

どうしよう？　朝ご飯どころか、昼も夜も、ご飯がない。明後日まで、ない！

和佳子は、マニュアルファイルを捲ってみた。どうしても自分では解決できないことがあったら、スタッフが助けてくれるって。そんなようなことを言っていたはずだ。スタッフは、この団地のどこかで常時待機しているとも聞いた。

入居二日目でSOSを出すのはさすがに早すぎるとも思ったが、そんなことも言っていられない。このままでは餓死してしまう！

「ね、ママ……」

真由が、和佳子のスカートの端をそっと引っ張った。

「……昨日、カレーをくれた人に、頼んでみたら？」

「え？」

「だから、上の階の――」

「スズキさん？」

もちろん、それは考えた。

でも、昨日の今日。また食料をください……とは言いにくい。きっと、スズキさんだって、いい顔をしない。あっちだって、たぶん、ギリギリの生活費しか渡されていないのだろうし、その中でやりくりをしているはずなのだ。私がスズキさんの立場だったら、大いに困惑する。「信じられない。一日目だけならまだしも、二日目も食料をねだるなんて！　いったい、どういう神経してんのかしらね！」と呆《あき》れかえってしまうだろう。そして、顔では笑いながらも、心の中では侮蔑《ぶべつ》の言葉を吐くのだ。「まるで、物乞《ものご》いね！」

しかも、その様子が全国に放送されてしまうのだ。

だからといって、このままなにもしなくても、その様子が放送されてしまう。おなかを空かせた子供がいながら、なにもしない非道な母親か、それとも、おなかを空かせた子供のために、近所の人に頭を下げる健気な母親か。……後者のほうがまだマシかしら？

などと損得勘定をしていると、

「ママ、スズキさんちに行こう？」

実香も、和佳子のスカートの端を引っ張ってきた。

そのせいなのか、それともずっと前からなのか、スカートの裾《すそ》がはらりとほつれている。

「やだ！」

和佳子は、カメラのほうを見た。

こんな姿、放送されたらたまったもんじゃない。だらしない女と認定されてしまう。

えっと。裁縫道具、どこかで見たような気がする。どの段ボール箱だったかしら……。ミシンならあるけど、使い方は分からないし。

「おい、腹減った！　飯は？　飯も作れないのか！　この役立たずが！」

背後から、怒鳴り声。

左膝に、鈍いしびれが走る。

恐る恐る振り返ると、そこには無表情の兄の顔。

「お兄ちゃん！　ごめんなさい！　ぶたないで！」

和佳子は、咄嗟に身をかがめた。

「……なにを言っているんだ、おまえは」

いや、違う。その声は、夫だ。

和佳子は、そっと姿勢をただした。

……そうよ。こんなところに、お兄ちゃんがいるわけないじゃない。

「いいから、飯にしろ！」

和佳子は、夫の声に責められる形で買い物籠を手にすると、足を引きずりながら家を出た。

「はーい」

呼び鈴《りん》に応える、明るい声。

和佳子は、背筋を伸ばした。

ドアの向こう側から、パタパタと軽快な足音が聞こえてくる。

和佳子は、買い物籠を後ろに隠した。

がちゃん。

大袈裟《おおげさ》な音を出して、ドアが開く。

「あら、ヤマダさん。こんにちは。……どうしました？」

スズキさんの奥さんが、ホームドラマの若奥さんのように、にこりと笑う。

相変わらず、おしゃれだ。そのエプロンも可愛《かわい》い。

一方、私は……。ぐりぐりおばちゃんパーマに、割烹着。

それに、なんだろう、めちゃくちゃ良い匂《にお》いがする。そして、涼しい。

「とにかく、こんなところではなんだから、お上がりくださいな」

「いえ、ここで——」

じじじ……

そんな音がしたような気がした。なんとなく上を見てみると、二台の小型カメラがこちらを狙っている。

こんなところにも……。

和佳子は、喉《のど》に力を込めると、

「では、お言葉に甘えて、上がらせてもらおうかしら」

と、よそ行きの声を絞り出した。

「で、どうされたの？」

スズキさんが、センターテーブルに冷たいお茶を差し出しながら、首をかしげた。

和佳子は、ソファーに座っていた。オフグリーンのふかふかのソファーだ。その後ろにはサイドボード。ウイスキーやらおしゃれなグラスやら人形やらが並んでいる。

壁には前衛絵画。名前は知らないが、有名な絵だ。

足下は、これまた前衛的な模様が施された絨毯《じゅうたん》。それに合わせたのか、スリッパにも個性的な模様が描かれている。

カーテンだっておしゃれだ。……これは、知っている。イギリスのウィリアム・モリスのデザインだ。窓の端には、観葉植物。

そして、お茶が置かれたセンターテーブルは、ガラス製。その中央には、クリスタルの灰皿。


昨日は、慌てていてよくよく観察しなかったが、こうやって改めて見ると、うちとなにからなにまで違う。

和佳子は、のけぞった。

これ、本当にうちと同じ間取りなの？　全然違うんだけど。

うちは絵に描いたような昭和の団地で、ダイニングキッチン以外はすべて、畳。家具だって、三面鏡やら洋服簞笥《だんす》やら、いかにも昭和な古いデザインのものばかりで、まだ片付けは終わっていないが、どう考えてもこんなおしゃれな部屋にはならない。

うそ。テレビまである。……あれは、もしかしてステレオ？　そうだ、ステレオだ。昔、おばあちゃんの家の物置にあった。なに、あれ？と訊くと、レコードを聞くやつだよ……とおばあちゃんが教えてくれた。……っていうか、電話もある。昔懐《なつ》かし、黒電話！　おばあちゃんから聞いたことがある。「電話はね、今じゃ誰でも持っているけど、おばあちゃんが若かった頃は、お金持ちしか持ってなかったものなのよ。だって、加入権というのがあってね。それが高くて。しかも電話代も高くてね……。村に電話があったのは地主さんとこだけで、よく電話を借りに行ってたっけ。肩身が狭かった」

つまり、スズキさんちは、お金持ち……ってこと？

……え？　どういうこと？　うちと同じじゃないの？

「どうなさったの？」

スズキさんが、まるで聖母マリアのような顔で訊いてきた。

「え？」

「なんか、さっきから、きょろきょろと」

「ううん、……というか。ここ、洋室なのね。うちは畳の和室なのよ。だから、なにをどうしても、おしゃれな感じにならないの」

「うちも、和室よ。だって、ヤマダさんのお宅とうち、まったく同じ間取りで仕様も同じはずだもの」

「え？　本当に？」

「ここだって、和室。畳の上に絨毯を敷いているだけよ」

「そうなの？」

「絨毯、いいわよ。部屋が明るくなるわ」

「本当ね。この部屋、とっても明るいわ。それに、とっても涼しい。うちなんて、蒸し暑くて……。扇風機だって、なんの役にも立たないの。風の通りがうちと違うのかしら」

「ああ、クーラーをつけているからよ」

「クーラー!?」

きょろきょろ見渡してみるが、それらしきものはない。

「上じゃないわよ、窓よ。あそこ」

スズキさんが指さす方を見てみると、窓に何かが取り付けられている。

「あれが、クーラーよ」スズキさんが、涼しげに笑う。

返す言葉がなかった。

なんで、クーラーが? なんでテレビが? なんで電話が? なんで……。

「昨日のカレー、どうだった?」

訊かれて、あっと、和佳子は小さな声を漏らした。……しまった。鍋《なべ》を持ってくるのを忘れた。というか、あのまま台所に放置している。洗ってもない。だって、カビが……。

「とても、美味《おい》しかったわ」和佳子は、苦し紛れに言った。「美味しすぎて、……夕飯もカレーにしようと思っているの」

「夕飯も？　もしかして、余っちゃった？　……ごめんなさいね、私、ちょっと作りすぎてしまって。うちでは食べきれないから、お裾分けしたんだけど。なんだか、押しつけた感じになっちゃって、昨日からずっと気にしていたのよ」

「ううん、ありがたかったわ。本当よ」

「なら、いいんだけど」

「そういうことだから、鍋は、またの機会でいいかしら？」

「ええ、もちろん。……でも、昨日からずっとカレーだなんて、飽きない？」

「ううん、全然。だって、本当に美味しかったから」

あまり嘘《うそ》は得意じゃない。これ以上カレーの話を続けたら、本音が飛び出してしまう。

「旦那《だんな》さんは？」和佳子は、話題を変えた。

「隣で寝ているの。下の子と一緒にね」

「ああ、そうなの。……上のお子さんは？」

「どこかに遊びに行ったわ。児童会館にでも行ったんじゃないかしら」

「ああ、児童会館」

「お宅の旦那さんは？」

「うち？　今は、夏休みなの。ほんと、いやになるわ。旦那がずっと家にいるって、息がつまる」前は、こんなことはなかったのに。今は、夫の存在が疎《うと》ましい。今日だって、特になにをするわけでもなく、ゴロゴロと。「……明後日の木曜日から会社がはじまるんで、それまでの辛抱」

「明後日から会社？」

「ええ、印刷会社に勤めているの」

「印刷会社に？　すごいわね」

すごい？　それって嫌味かしら。……そういえば、スズキさんのところの旦那さんはなにをしているのかしら？　クーラーやテレビまで買えるんだから、さぞ……。

「うちは、ただの自営業よ」

「自営業？」

「そう。自宅で仕事をしている」

自宅で仕事？　視線を巡らせると、サイドボードの横に本棚をみつけた。本がぎっしりと詰め込まれている。

「もしかして、小説家とか？」

当てずっぽうで言ってみたが、どうやら当たりのようだ。スズキさんの奥さんが、首をかしげながら、にこりと笑った。

そうか、小説家か。和佳子は、ふぅぅと肩の力を抜いた。

同じ会社員でここまで差があるんだったら、なにかしらの妬《ねた》みも生まれるものだが、……実際生まれそうになったが、〝小説家〟などという未知の職業なら比べようがない。プライドなんていうものが邪魔する余地もない。心置きなくお願いすることができる。なにしろ、相手はお金持ちなんだから。

「実は、お願いがあるの。私、困っているの」

和佳子は、困っている人を助けるのがお金持ちの務めでしょう？とばかりに、言った。

「……お米と調味料とお肉とお野菜と、それからシャンプーとリンス、そしてマッチとカミソリと蚊取り線香、それとできたら蛇口の先に取り付けるアレ、お借りできるかしら？　ほら、あれよ。あれ」

和佳子は、キッチンの蛇口の先を指差した。

ジンバルドの監獄実験 二〇二一年八月十六日

「ヤマダさん、持ち直したようだな」

深田隆哉は、モニターを見ながらほっと肩の力を抜いた。

モニターに映し出されているのは、ヤマダ家の楽しげな食卓の風景だった。

撮影開始から一週間、最初のうちはトラブル続きで殺伐としていたヤマダ家も、夫が仕事に出るようになってからは、落ち着きを取り戻した。

奥さんも要領をつかんだのか、それとも覚悟を決めたのか、昭和三十六年の主婦を見事にこなしている。今も、意気揚々と、子供たちのために服を作ろうとミシンを踏んでいる。適応力の高い人なのだろう。期待通りの「どんなときも明るくたくましい〝良妻賢母〟」だ。

子供たちもさすがだった。与えられた役割をきっちり務めている。長女は「お母さんを助けるしっかりもの」、次女は「ムードメーカーで、食いしん坊」。夫も負けていなかった。「昭和時代の亭主関白」。

これらのキャラクター設定はオリエンテーションのときに伝えたものだが、まさかこれほどまでに完璧に、その設定を呑《の》み込んでくれるとは。

なにより驚いたのはヤマダさんの奥さんの、そのメンタルの強さだ。ヤマダさんの奥さんは、なにかと上の階に行っては、スズキさんから食料や調味料、時にはミキサーなどの家電まで借りている。ミキサーは四日前に借りたもので、一向に返す様子はない。水栓の先に取り付けられていた浄水蛇口まで外して持っていくのだから、肝が据わっている。

なのに、

「……うーん。ヤマダ家、設定を変えたほうがいいんじゃない？」

などと、坂上女史が言い出した。彼女にしては珍しく、朝からスタッフルームに詰めている。

「え？　設定を変える？」

そう応えたのは、岡島牧子。制作プロダクション創界社の社長だ。今日は、岡島さんも朝から同席している。

「ちょっと、待って。設定を変えるって、どういうことです？　奥さんも旦那さんも子供たちも、みんな期待通りのキャラをこなしているじゃないですか」

岡島さんの問いに、

「確かに、最初は期待通りだった。トラブル続きで、ワクワクした。でも、今はどう？　普通にご飯を作って、普通に和気藹々《わきあいあい》と食事して、普通に掃除して、普通にお風呂《ふろ》に入って。……なにもかも、普通すぎるじゃない」

「普通じゃ、ダメなんですか？」

「いやだ、なにそれ。どこかの政治家の真似《まね》？」

「いえ、そういうわけじゃ……」

「私が期待しているのはね、〝普通〟じゃないの。〝普通〟の暮らしを記録した動画なんて、ユーチューブにいけば腐るほどある。でも、私たちが撮っているのは、〝テレビ〟よ、マスメディアよ。視聴者だって、テレビにはそれだけの期待をしているのよ。ユーチューブにはアップされていないようなものを見られるっていう期待をね」

「…………」

「というか、そうじゃなきゃ、テレビの意味がないじゃない。ユーチューブに追従するようになったら、もうテレビなんて誰も見ないし、必要なくなる。違う？」

「…………」

「ここが正念場よ。素人《しろうと》の動画に負けるわけにはいかない。だって、私たちはプロなんだから。エンタメのプロなんだから」

「じゃ、お訊きしますが。坂上さんは、なにをしたいんですか？」

「そんなの、分かっているでしょう。事件よ。事件を起こすのよ」

坂上女史が、平然と言ってのけた。

「事件？」岡島さんの眉毛《まゆげ》がつり上がった。

「そうよ。事件。トラブル、アクシデント、衝突。なんでもいい。視聴者の心を鷲掴《わしづか》みにするようななにかを起こしてもらわなくちゃ。……なのに、ここんところ、まったくなにも起きてないじゃない。特にヤマダさんの奥さんなんか、順応しすぎ。家事も普通にこなして、しかも、なんだか楽しそうじゃない。もっと葛藤《かっとう》してもらわないと。これじゃ、数字がとれない。それどころか、話題にもならない」

「だから、設定を変えるっていうんですか？」

「そう」

「でも、そろそろ子供たちの夏休みも終わります。そしたら、なにか変化がでてくると思いますよ。設定を変える必要はないと思います」

「学校がはじまるぐらいで、どんな変化があるっていうのよ。もっと、根本的に変えなくちゃ。ハードな設定に。一方が追い詰めて、一方が追い詰められるような設定に！」

「それじゃ、まるでジンバルドの監獄実験じゃないですか！」

「だから！」

坂上女史が、持っていた手帳をデスクに叩きつけた。

見ると、部屋には他のスタッフは誰もいない。早々に逃げたのだろう。坂上女史と岡島さんのバトルはいつものことだが、今日は一段と激しい。

隆哉も、「ちょっと、休憩入ります……」と言いながら、こそこそと部屋を出た。

少し歩いたところに児童会館がある。本来は十年ほど前に閉鎖された廃墟《はいきょ》だが、今は、スタッフとエキストラの休憩所及び食堂になっていた。

「ジンバルドの監獄実験って、なんだろう？　そういえば、前にも出てきたよな、この言葉」

適当な席に陣取ると、隆哉はスマートフォンを手にした。そして、〝ジンバルドの監獄実験〞と入力したところで、

「よっ」と、肩を叩かれた。

見ると、やけに日焼けした男が立っていた。創界社の営業、吉本さんだ。

「吉本さん！　お久しぶりです。今までどうしてたんですか？」

隆哉は、少々の嫌味をこめて言った。なにしろ、撮影がはじまってから一度も現場に姿を現していない。今日が初めてだ。

「鹿児島に行ってたんだよ」

「鹿児島？」

「そう。夏休みだったからね。ちょっとお墓参りに」

はぁ？　夏休み？　こっちは休日返上で、ここに詰めているというのに。

隆哉は、あからさまに、納得がいかないという表情をしてみせた。

「そう怒るなよ。半分仕事だったんだから」

「仕事？」

「そんなことより、なにを調べていたんだ？」吉本さんが隆哉のスマートフォンを覗き込んだ。「ジンバルドの監獄実験？」

「はい。岡島さんと坂上さんが、今日もやりあって。それで、〝ジンバルドの監獄実験〟という言葉が出てきたので、気になって」

「で、分かった？」

「検索する前に、吉本さんに声をかけられたんで」

隆哉が冷たく言い放つと、

「ご機嫌斜めだね。……これで、機嫌なおして」

と、吉本さんが、手にしていた紙袋の中から包みを取り出した。

「かるかん。美味《うま》いぞ。あと、ボンタンアメもある。それから、さつま揚げも買ってきた」

次々と包みを取り出す吉本さんに、あちこちから視線が飛んでくる。エキストラのみなさんだ。エキストラは、この団地に実際に住んでいる人たちにお願いしているのだが、なにしろ、高齢者ばかり。なので何人かは、Gテレビ友の会で募集をかけた一般人にも来てもらっている。

「よかったら、みなさんもどうぞ」

吉本さんは、空いているテーブルに紙袋の中身をぶちまけた。

わらわらとテーブルに群がるエキストラ。

その隙《すき》を狙《ねら》って、吉本さんは隆哉を給湯室の横の暗がりに誘った。そして声を潜めると、

「エキストラの中には、現場で知り得た情報をネットに流す不届き者もいる。滅多なことは言わないほうがいい」

と、いつになく真剣な顔で言った。

「滅多なこと？　俺、なにかヤバいこと、言いました？」

「だから、ジンバルドの監獄実験だよ」

「それが、どうしたんです？」

「いいから、検索を続けて」

吉本さんが、隆哉のスマートフォンを視線で指した。

言われるがまま検索すると、まずはウィキペディアの記事がヒットした。

1971年8月14日から1971年8月20日まで、アメリカ・スタンフォード大学心理学部で、心理学者フィリップ・ジンバルドー（Philip Zimbardo）の指導の下に、刑務所を舞台にして、普通の人が特殊な肩書きや地位を与えられると、その役割に合わせて行動してしまうことを証明しようとした実験が行われた。模型の刑務所（実験監獄）はスタンフォード大学地下実験室を改造したもので、実験期間は2週間の予定だった。

「ジンバルド……って、学者の名前だったんだ……」隆哉がつぶやくと、

「そう。〝ジンバルドの監獄実験〟というのは、ジンバルドっていう心理学者が行っ

た、大規模な心理実験のこと。職業や地位、または役割によって、人間はいとも簡単にキャラクターを変えることができる……ということを証明しようとした」

「職業や地位なんかで、そうそう変わるもんですかね……」

半信半疑で記事を読み進めると、
新聞広告などで集めた普通の大学生などの70人から選ばれた心身ともに健康な21人の被験者の内、11人を看守役に、10人を受刑者役にグループ分けし、それぞれの役割を実際の刑務所に近い設備を作って演じさせた。その結果、時間が経《た》つに連れ、看守役の被験者はより看守らしく、受刑者役の被験者はより受刑者らしい行動をとるようになるということが証明された、とジンバルドーは主張した。

「……マジか」

隆哉の指先に、じんわりと汗が滲《にじ》む。隆哉は、スクロールを続けた。

次第に、看守役は誰かに指示されるわけでもなく、自ら囚人役に罰則を与え始める。反抗した囚人の主犯格は、独房へ見立てた倉庫へ監禁し、その囚人役のグループにはバケツへ排便するように強制させ、耐えかねた囚人役の一人は実験の中止を求めるが、ジンバルドーはリアリティを追求し「仮釈放の審査」を囚人役に受けさせ、そのまま実験は継続された。

「マジか！」

隆哉は、思わず声を上げた。

「そう、マジ」吉本さんが、ニヤニヤ笑いながら、続けた。「受刑者役は次々と精神的に追い詰められて、看守役はどんどん高圧的にそして暴力的になっていった。が、ジンバルドはそれを止めることはなく、看守役の暴力を黙認。危険を察知したカウンセリング担当の牧師が被験者たちの家族に連絡、家族たちが実験の中止を訴えたことにより、実験開始六日目で、ようやく実験は中止されたんだ」

「なぜ、ジンバルドさんは、もっと早く中止しなかったんでしょうか」

「ジンバルド自身が、この実験に呑み込まれてしまったらしい。それで、止めることができなかったと、あとで証言している」

「なるほど。ミイラ取りがミイラになる……というやつですね」

「ところがだ。このジンバルドの監獄実験じたいにヤラセ疑惑があるんだよ」

「ヤラセ？　なんか、途端に胡散臭《うさんくさ》くなりましたね……」

「しかも、この実験には、十七年間服役していた元受刑者が監修として参加していて、いろいろ演出の助言をしたりしていたらしい」

「演出?!」

「そう。つまり、看守役がより看守らしく見えるように、看守役にいろんな指示を出していたみたいなんだ。受刑者役にバケツで排便させたのも、そう。受刑者役に暴力を振るったのも、そう。つまり、看守役は、演出家の指示に従って演技をしていたにすぎない」

「え……」

「もっといえば、受刑者役にも演技疑惑が出ている。受刑者役の一人が後に証言しているんだけど、精神的に追い詰められて錯乱状態に陥った振りをしていたと」

「そっちもヤラセ……？」

「もちろん、全員ではないと思う。例えば、キャラ立ちした人物が一人いるだけで、他は自然とそれを模倣《もほう》するものだ。まあ、良く言えば、ファッションリーダーみたいなものかな。看守役の被験者にはそういう人物がいて、彼は、いつか映画で見た横暴な看守を真似てそれっぽく看守を演じていたらしい。そしたら、自然と、他の被験者も真似しはじめた。たぶん、受刑者役にも、そんなリーダー的人物がいたんだろう」

「つまり、職業や地位によってキャラクターが変わるというより、与えられた役を自ら演じてしまう……ということですか？」

「そうかもしれないね。ジンバルドの監獄実験は色々と疑惑の多い実験ではあるけれど、人間というのは、他者からの期待に応《こた》えがち……というのは証明したと思う」

「他者からの期待……というのは、つまり、実験者の期待ってことですか？」

「そう。実験者の期待に応えるために、看守役は事件を起こそうとしたし、そういう振る舞いもした。受刑者も同じだ。つまり、被験者たちは〝権威〟に従ったんだよ」

「実験者が権威ってことですか？」

「そう。例えば、家庭でいえば〝親〟だな。学校でいえば〝教師〟。子供は、権威である親や教師の期待に応えようと、無意識のうちに、彼らが望むような子供像を演じてしまいがちだろう？」

「なるほど。会社でいえば、〝上司〟ですね。あるいは、〝クライアント〟」

「そう。テレビでいえば〝視聴者〟。ＳＮＳでいえば〝いいね〟の数や閲覧数。この社会、いたるところに権威がころがっている。その権威の期待に応えようと、人々は従うんだよ。服従するんだ」

「服従……」

「その服従に拍車をかけるのが、カメラ。ジンバルドの監獄実験でも、常に監視カメラが回っていて、実験者に観察されていたことが、被験者を暴走させたんじゃないかな。人は、案外怠け者で、誰も見てなかったらズルもするし、頑張らない。でも、誰かに見られていることで、俄然《がぜん》、ハッスルしちゃうんだろうな。『いつでもどこでも神様が見ている』なんていう教訓は、そういう人間の習性を見抜いたからこそ生まれたんだと思う」

「いつでもどこでも神様が見ている、か……」

隆哉は、鹿児島土産のかるかんの包装フィルムを剝《む》きながら、ふと視線を巡らせた。あるはずもないカメラの存在を感じ、緊張が走る。

「なるほど、カメラが神様ってことか」

隆哉が呟《つぶや》くと、

「そう。神様にずっと見られているんだからいいところを見せようって、頑張って演技してしまうのが人間なんだよ」

吉本さんもかるかんを手に取ると、包装フィルムを剝きはじめた。

「でも、その頑張りが気に入らないようですけどね、坂上女史は」

「ああ、ノースリーブか」

「そう。全然期待通りじゃない！って、ヒスってました。特に、ヤマダ家が――」

「ダメだって？」

「まあ、確かに、見ていて退屈っちゃ退屈なんですけど――」

自分で言って、驚いた。これが、自分の本音なんだ、自分もどこかで事件を待っているんだ……と気づかされ、軽い自己嫌悪《けんお》に陥る。

「あ、でも、めちゃ頑張っているんです、ヤマダ家は。こちら側の期待に応えようと必死に取り組んでいるんですよ、夫も妻も、そして子供たちも。その姿はなかなかハートフルなんです」

「ハートフル……」

「いっそのこと、ハートフル路線でいったらいいんじゃないでしょうかね？　何気ない日常の中に垣間見える、優しさとか愛とか」

「悪くはないけど。でも、ハートフル路線で行くとしても、やっぱり、なにか事件が起きないことには、テレビ的にはきついなぁ」

「吉本さんまで、そんな……」

「いや、なにも、おどろおどろしい事件じゃなくてもいいんだよ。財布を落とすとか、猫を拾うとか、水漏れが発生するとか」

「または家族の誰かがちょっとした病気になるとか？」

「そう、病気！」

吉本さんが、かるかんを持つ手を軽く振り上げた。そして、

「ヤマダ家の奥さん、時々足を引きずるだろう？」

「ああ、そういえば」

「オーディションのとき、坂上さんはそこに目をつけたんだよ。これは、使えるって」

「は？」

「それで、リサーチを頼まれて。いったい、なんで足を引きずるようになったのか
……って」

「そんなことまで、調べたんですか？」

「キャストのバックグラウンドは重要だからね。徹底的に調べたよ」

「……で、なぜ足を？」

隆哉は、自身の好奇心に嫌悪を抱きながらも、身を乗り出した。

「小学校三年の頃、兄にバットで足を殴られたようだ」

「お兄さんに？」隆哉は、さらに身を乗り出した。

「そう。いわゆる、家庭内暴力ってやつ。……兄は、地元でも一、二を争う進学校に通っていた優等生だったみたいなんだけど、あるときから登校拒否がはじまって。で、お決まりの引きこもり。毎日のように家族に暴力を振るっていたらしい。特に標的にされたのが、母親。生傷が絶えなかったみたい。で、あるとき、夕飯のメニューが気に入らないとかそんな些細《ささい》なことで暴れ出し、金属バットで母親を襲おうとした。止めに入ったのが当時小学生の妹。そのとき、バットで膝《ひざ》をおもいっきり殴られて、膝の骨が砕ける大怪我《おおけが》を負った」

「膝の骨が……」隆哉は顔をしかめながら自身の膝をさすった。想像するだけで、痛い。

「とはいえ、今は完治していると聞いた。普段は、普通に歩いている。でも、なにかの拍子で痛むらしい」

「なにかの拍子？」

「例えば、極度のストレスを感じたときに痛むんじゃないのかな」

「まさか、坂上さん、ヤマダ家にタイトな設定を与えたのは、それが理由ですか？奥さんにストレスを与えて、足を引きずらせるのが狙い……？」

「だって、画《え》になるじゃん」

「最低だ」隆哉は、唾《つば》を吐き捨てる代わりに、かるかんを頬張った。

「まあ、ちょっとエグいよな」

「でも、最近は、ヤマダさんの奥さん、まったく足を引きずってませんよ。……あ、だから、坂上さん、気に入らないんだ。〝画《え》〟にならないから」

「そんなところだろうな」

「ああ、いやだいやだ」隆哉は、大袈裟に首を振ってみせた。「坂上さん、最低だ」

「その手伝いをしている俺たちも、最低だけどな」

「…………」

返す言葉がみつからず、隆哉は二個目のかるかんに手を伸ばした。

吉本さんも、気がつけば、三つ目のかるかんを手にしている。

「そうそう。ミシシッピープレミアムでの配信が決まったらしいよ。来月からスタートだ」

「え？　そんなに早く？」

「ミシシッピープレミアム側が乗り気なんだってさ。ミシシッピープレミアムは、去年、婚活リアリティショーで叩《たた》かれたから、その汚名を一刻も早く返上したいんだろう」

「ああ、あの婚活ショー……」確か、キャストの一人が、謎《なぞ》の死を遂げている。誹謗《ひぼう》中傷に耐えられず、自殺したとも囁《ささや》かれている。

「汚名返上できるんですかね……。また、叩かれるんじゃないですか？　ヤラセだのなんだのって」隆哉が他人事《ひとごと》のように呟くと、

「おいおい。もともと、この企画を持ち込んだのは深田くんじゃない」

「え、まあ、そうですけどね」

でも、今となっては、なんの思い入れもない。なにしろ、自分はただの使いパシリで、コピーをとらされたり、会議の書記をさせられたり、そんな扱いだ。……できれば、もう辞めてしまいたい。……というか、自分に自信がない。

「なんだよ、その顔は。もっと自信を持ってよ。『希望』と『絆《きずな》』だろう？　『希望』と『絆』こそが、現在のリアリティショーに求められている要素なんだろう？」

「希望」と「絆」？　こうやって言葉にすると、なんて虚《むな》しい響きだろう。

「とにかく。スタッフルームに行こう」

吉本さんが、三つ目のかるかんを丸ごと口に押し込んだ。

「でも、きっと、まだやりあってますよ、岡島さんと坂上さん……」

「だからって、ここで油を売り続けているわけにもいかないでしょ」

「そうですけど……」

隆哉もかるかんを口に詰め込むと、渋々、吉本さんの後を追った。

恐る恐るスタッフルームのドアを開けると、

「これは、いいね！」

という、坂上女史の弾んだ声がこちらまで飛んできた。

見ると、坂上女史が、サンバでも踊るように軽快なリズムを踏みながらモニターに食らいついている。

なんだ？　さっきまでの険悪な空気はどうした？

「逆転したのよ」

そう言ったのは、岡島さん。その顔はいつものポーカーフェイス。

「逆転って、なんです？」

隆哉が問うと、

「いいから、モニターを見てみなさい」

そう言われて見てみると、モニターには、スズキ家の奥さんの険しい顔。しかも、何かを叫んでいる。「ちきしょー」とか「なめやがって」とか「ぶっ殺す」とか、そんな物騒な言葉にも聞こえる。

あら……。隆哉は固まった。

スズキ家の奥さんといえば、金持ちで上品で楚々《そそ》としていて。

なのに、モニターに映し出されている姿は、ヤンキーのそれだ。

「……とうとう〝素〟がでちゃったか」そう言ったのは、吉本さんだった。

素？

気になったが、もっと気になるのは、なんでスズキさんの奥さんはこんなに怒っているのか……？ということだった。

「ヤマダさんの奥さんが、またお米を借りに来たのよ」

上機嫌でそう言ったのは、坂上女史。いつもは隆哉の存在を無視している女史だったが、珍しく、視線を合わせてきた。

「お米を？　またですか？」隆哉は、緊張気味に応えた。

「そう、また借りたの。昨日も一昨日《おととい》も借りて、今日も借りたの。借りた……というより、ねだったの。お米だけじゃないわよ。買ってきたばかりのお刺身も、ヤマダさんの奥さんにもっていかれた」

「お刺身まで……」

「あと、牛乳とおせんべいとお砂糖と……とにかく、いろいろともっていかれて、スズキさんの奥さん、とうとう爆発しちゃったのよ。ほら、見てみなさいよ、すごい暴れよう。……画《え》になるわね」

＋

ちきしょー、なめやがって！　なんなの、あの女は！

梨乃《りの》は、買い物籠《かご》を引っ掴むと、それをテーブルに投げつけた。

その音に驚いたのか、寝室として使っている部屋から、夫がひょっこりと顔をのぞかせた。

「おい、なんだ、どうした」

オールバックに浴衣《ゆかた》姿の夫は、ここでは〝小説家〟という設定になっているが、とんでもない。実際はただのパチプロだ。〝プロ〟といっても、職業として認められているものではないので、世間一般では〝無職〟扱いだ。そのせいで、アパートだって、なかなか借りられなかった。……たく、この穀潰《ごくつぶ》しが！　梨乃は、さらに買い物籠をテーブルに叩きつけた。

「おい、やめろよ。さっちゃんが起きちゃうよ」

さっちゃんというのは、下の子供で、生後八ヵ月の赤ん坊だ。本当は欲しくなかったが、出来てしまったので仕方なく産んだ。夫が、堕胎に反対したからだ。まったく、産む身にもなってほしい。十ヵ月、自分以外の他者に体を乗っ取られ、産むときは超苦しくて、産んだ後は二時間おきの授乳。もう、心身ともボロボロだ。歯も二本抜けたし、おっぱいだって垂れ下がっちゃったし、お腹《なか》は醜い妊娠線だらけだし、ウエストもだるだるだ。もう、ビキニも着られない！　ヘソ出しファッションだってできない！

なのに、無職のくせして、夫は妙に子煩悩《こぼんのう》で、あともう一人は欲しい……なんて抜かしやがる。

冗談じゃない。もう、子供なんて、絶対、産まない！　五百万円積まれたって、産まない！

……いや、でも、五百万円積まれたら、産んじゃうかも？

事実、五百万円につられて、こんな企画に参加してしまった。

今では、ほんと、後悔している。

ただ、昔の団地に住めばいいと思っていた。昔の団地に三ヵ月住んで、その様子をテレビカメラに撮られるだけだと。

カメラがある生活には慣れている。動画配信で、ライブ映像をしょっちゅう流しているからだ。小遣い稼ぎにはじめたが、これがまったく稼げない。奮発して、照明とカメラを買ったのに。登録者数は四十人ぐらいで、閲覧数も多くて三十回前後。儲《もう》かると聞いてはじめたのに。ママ友のあの人なんて、動画配信サイトで月に二十万稼いでいるって、いっつも自慢している。そのお金で、ブランドの子供服なんか買ったりして。しかもそれを見せびらかしたりして。うちの子にも買ってあげたい！　あの人がそんなに稼げるなら、あたしなら百万円はいくんじゃない？　そしたら、あの服とあの服とあの服を買ってあげようと思って、はじめたのに。稼ぐどころか、広告すらつかない。そのレベルに達するには、あと千人ほどの登録者数と、一万回の再生回数を実現しないといけない。……程遠い。

悔しかった。なんで、あんな人にあたしが負けるの？　どうして、うちの子にはネットフリマの中古の服しか買ってあげられないの？　これも、あの夫のせいだ。甲斐《かい》性《しょう》なしの、あの男のせいだ！

と、荒れていたところに、「五百万円」という数字が目に入った。

『古きよき昭和30年代。希望と夢に満ちたこの時代にタイムスリップし、その生活を体験してみませんか』

なんだかよく分からない企画だけど、「五百万円」もらえるなら！と、承諾した。

そして、こんな辺境の地に連れてこられて。

しかも、「サラリーマンの平均年収の三倍の収入があるベストセラー小説家の妻」という、訳のわからないキャラクターを与えられた。さらに「お嬢様育ちで女子大を卒業後、大手出版社に就職、その二年後に結婚し家庭に入った、しっかり者だけどどこか世間知らずのおっとりした専業主婦」という、自分とは正反対の設定まで。参考に……と言われて昔の映画を見せられたけど、よく分からなかった。松原智恵子《まつばらちえこ》のような感じで……と言われても、聞いたことがない名前だった。でも、できると思った。なにしろ、元々は女優志望だったし、小さな事務所に所属していたこともあるし、エキストラで映画にも出演したことがある。松原智恵子も、動画サイトでチェックした。この人を真似ればいいんでしょう？と、繰り返し、閲覧した。

役作りは完璧《かんぺき》なはずだった。この団地での暮らしも、そう悪くはなかった。なんなら、現実の住まいより快適だ。

「これなら、楽勝ね」

と、浮かれていたときだった。

あの女が現れたのだ。

ヤマダさんの奥さんが。

ヤマダさんの奥さんは、なにをするにも失敗ばかりで、見ていてイライラする。はじめは、仕方なく色々と世話を焼いていたが、それがいけなかったのか、どんどん図に乗ってきて、毎日のように、なんだかんだと借りに来る。もちろん、それが返ってきたためしはなく、お礼になにかをくれるわけでもない。一方的に、奪い取っていくのだ。

まさに、恐怖のたかり女だ。

今日なんて、買ってきたばかりの刺身をもっていかれた。大好物のトロを！

ほんと、なんなの？　あの女は？

「ちきしょー、なめやがって！」

梨乃は、思わず叫んだ。叫んだら、止まらなくなった。

「ぶっ殺す！」

梨乃は、買ってきたばかりのトイレットペーパーを、窓に向かって投げつけた。

個別インタビュー　二〇二一年八月二十七日

「え？　今、なんて？」

　梨乃は、目の前の女性の言葉をすぐには理解できなかった。

　その女性は、Ｇテレビの制作スタッフだった。……名前は、なんて言っただろうか？　そうそう、坂上さんだ。昔、隣に住んでいたおばさんにどことなく似ている。がさつで横暴で、そして、早口。

　梨乃は、スタッフルームの一室に呼び出されていた。「個別インタビュー」という名目で。

　納戸《なんど》のようなその部屋には窓はなく、しかも薄暗く、なにか穴蔵に入っているようで不安になる。狭いところは苦手なのだ。小さい頃、ことあるごとに押し入れに閉じ込められた。丸二日、閉じ込められたこともある。トイレにも行けず、ご飯も食べられず、もちろん、水も。あのときの恐怖が蘇《よみがえ》るのだ。

　だからなのか、動悸《どうき》がして、汗が止まらない。早く、ここから出たい。

　だが、目の前には、坂上さんが立ちはだかっている。簡単には、ここを出してくれそうもない。

「あの……、もう一度、説明していただけますか？」

梨乃は、汗を拭《ぬぐ》いながら言った。恐怖のせいもあるが、実際、ここは猛烈に暑かった。

坂上さんだって、こんなに汗だくなのに。ここから早く、出たがっているのに。

その証拠に、早口が過ぎる。なにを言っているのか、まったく意味不明だ。

「あの……すみません。もう一度、説明をお願いします。……ゆっくりと」

梨乃は汗を拭いながら繰り返した。

なのに、坂上さんはさらに早口で言った。

「だから、ヤマダさんのご主人を誘惑してみてはどうですか？と言っているのです」

「は？　なんで？」

「あなた、ヤマダさんの奥さん、嫌いでしょう？　ムカついているでしょう？」

ズバリと言うものだ。自分も、割とズバズバ言うほうだが、それを上回る。

「まあ、……嫌いというか」梨乃は、視線を巡らせた。

「大丈夫、ここには、カメラはないから。本音を吐き出しても、それが残ることはない」

「……本当に？」

梨乃が念を押すと、坂上さんはゆっくりと頷《うなず》いた。

「そう、あたし、ヤマダの奥さんが大嫌い」梨乃は、一気にまくしたてた。「この世で一番苦手なタイプ。マジ、ムカつく。なんなら、ゴキブリより嫌い。だって、ゴキブリは、お肉やお米を奪っていかないじゃん。ミキサーだって持っていかない。あいつは、ゴキブリ以下の泥棒だよ！」

梨乃は、呼吸も忘れて心にたまったものを吐き出していった。

吐き出しても吐き出しても、止まらない。次から次へと、ヤマダに対する憎悪《ぞうお》が湧《わ》き上がってくる。気がつけば、十五分が過ぎていた。それでも足りない。どういうわけか、十五分前より憎悪が募っている。

さすがに息切れだ。はぁはぁと息継ぎしていると、

「お気持ち、分かります。ヤマダさん、ちょっとやり過ぎですよね。スタッフの中でもそれが問題になっています」

「でしょう？　なんなの、あの人？　いったい、どういう人なんです？」

「まあ、普通の主婦としか」

「あんなのが、〝普通〟だったら、日本は滅びるよ！」

「ですよね……。それで、我々は考えたんです。ヤマダさんにはお仕置きが必要だと」

「お仕置き？」

「そうです。お仕置きです」

〝お仕置き〟という言葉に、梨乃の腕が一瞬、粟立《あわだ》った。というのも、母の口癖だったからだ。が、

「今こそ、反撃するのです。倍返しです」

という言葉には、興奮を覚えた。〝倍返し〟、座右の銘にしたいほど好きな言葉だ。

「で、我々は考えました。ヤマダさんが一番こたえる〝お仕置き〟はなにかと。……それこそが、不倫なんです。先程からずっと、それをおすすめしているんです」

梨乃は、ここでまた、頭を抱えた。これが分からないのだ。なんでお仕置きが〝不倫〟なのかが。

もちろん、〝不倫〟の意味なら分かる。既婚者がパートナー以外の相手とそういう関係になることだ。

「……あの、誰と誰が不倫の関係になるというんですか？」

「ですから、先程からずっと説明している通り、あなたが、ヤマダさんの旦那《だんな》さんを

誘惑するのです」

ここでまた、梨乃の思考回路は絡《から》まった。

なんで、あたしがあんな男を？

一度見かけたことがあるが、好みとはほど遠い、というか苦手なタイプだ。あんなのを誘惑するなんて、いくら演技とはいえプライドが許さない。

「あなたは、ヤマダさんの奥さんにいろんなものを盗《と》られて、頭にきていますよね？」

そりゃ、そうだけど。

「だから、倍返しをおすすめしているのです。自分の夫が他の女に盗られたら、あの図々《ずうずう》しい奥さんだってダメージが大きいでしょう？」

確かに、そうかもしれない。

だからって――。

「でも、その様子は全国に流れるんですよね？」梨乃が訊《き》くと、

「そりゃ、もちろん」と、坂上さんはにこりと笑った。

あんな男を誘惑するのだっていやなのに、それが全国に流れるなんて……。

「もちろん、強要はいたしません。あくまで、おすすめしているだけです」

坂上さんは、なにやら書類を取り出した。それは契約書だった。梨乃のサインも見える。契約書の類《たぐ》いは苦手だ。だから今回も、ろくに読みもせずサインをしたのだが。

でも、「意に沿わないことがあったら、出演者は契約を無効にすることができる。そのときは、出演料も無効になる」……的なことが書かれていたのは強烈に記憶している。夫が、その部分を何度も確認していたからだ。そして、「つまり、撮影の途中で降板したら、五百万円はパー……ということだな」と、珍しく真剣な表情をしてみせた。

「降板しなければいいんだよ」と、そのとき梨乃は簡単に受け流したが。まさか、ここに来てその意味がこんな形でクローズアップされるなんて。

「……あたしが、ヤマダさんの旦那さんを誘惑しないと選択したら、どうなります？」

「特には」

坂上さんは無表情で言った。その手には、契約書。

それが、答えのような気がした。

ここでノーと言ったら降ろされる。五百万円もパーになるのだ。……それは、困る。五百万円で今ある借金をチャラにして、生活を立て直そうと思っていたのに。

「まあ、強くはおすすめしません。あなたの自由意志にお任せします」

坂上さんは書類をしまうと、にこりと笑った。

「では、長々と引き留めて、すみませんでした。もう、お部屋に戻って結構です」

＋

「え？　今、なんて？」

あまりに突飛な提案に、和佳子はすぐに理解ができなかった。

和佳子は、目の前の女性を見つめた。

その女性は、Gテレビの制作スタッフだった。……名前は、えーと、なんだったろう？　忘れた。とにかく、中学校の頃の担任にどことなく似ている。高圧的で独りよがりで、そして、怖い。

和佳子は、スタッフルームの一室に呼び出されていた。「個別インタビュー」という名目で。

納戸のようなその部屋には窓はなく、しかも薄暗く、なにか押し入れに入っているようで、わくわくする。暗いところは、割と好きだ。小さい頃は、よく押し入れに隠れていたものだ。押し入れで本を読んだりお人形遊びをしたり。あのときの興奮が蘇る。

だからなのか、動悸がして、汗が止まらない。いや、違う。暑いからだ。とてつもなく、暑い。狭く暗いところは好きだが、暑さは苦手だ。

ああ、……暑い！　早く、ここから出たい。

なのに、女性スタッフは涼しげな表情で言った。

「だから、スズキさんのご主人を誘ってみてはどうですか？と提案しているんです」

「え？　なんで？　スズキさんの旦那さんを？」

「あなた、ああいうタイプ、嫌いじゃないですよね？」

和佳子の顔が、かぁぁっと火照《ほて》る。暑さとは別の、恥ずかしさからくる火照りだ。

……確かに、〝小説家〟という響きには、なにか特別なものがある。それに、あの旦那さんは初恋の君に似ている。通学電車でよく一緒になった、男子校に通っていた檸檬《れもん》の君。はじめて見たとき、梶井基次郎《かじいもとじろう》の『檸檬』を読んでいたから、こっそりとそう呼んでいた。もちろん、言葉を交わしたことはない。

「タイプというか。……あ」和佳子は、視線を巡らせた。

「大丈夫、ここには、カメラはないから。本音を吐き出しても誰も聞いていません。私以外は」

「……本当ですか？」

和佳子が念を押すと、女性スタッフはゆっくりと頷いた。「大丈夫、信じてください」

そんなふうに優しく言われると、なんだか隠し事ができなくなる。

「おっしゃる通り、あの旦那さんのこと、ちょっと気になっていました。あ、変な意味ではなくて——」ためらいながらも、和佳子は心の内を吐露していった。「——っていうか、小説家って憧《あこが》れちゃいます。うちの主人も、もともとは小説家志望だったんですよ。本人は隠しているつもりみたいですが、昔は、投稿とかもしていたみたいなんです。……でも、どっかで諦《あきら》めちゃったんでしょうね。仕方ないです。生活が優先ですもの。子供も二人いるし、主人にはしっかりと働いてもらわないと。……スズキさんの奥さんが心底羨《うらや》ましいです。旦那さんは小説家であんなに贅沢《ぜいたく》できて。……かなりの売れっ子なんでしょうね。ね、よかったら、教えてください。スズキさん、本当の名前はなんていうんですか？　なんていう名前で小説を書いているんですか？……ああ、分かってます、それはダメですよね。現実世界のプライベートなことには触れないっていう約束ですもんね。……でも、すごく気になるんです。ヒントだけでも。下の名前だけでも——」

和佳子は、呼吸も忘れて心に押し込めた憧憬《しょうけい》を次々と吐き出していった。吐き出しても吐き出しても、止まらない。次から次へと、スズキさんの旦那さんに対する憧れが湧き上がってくる。気がつけば、十五分が過ぎていた。それでも足りない。どういうわけか、十五分前より憧憬が募っている。

さすがに息切れだ。はぁはぁと息継ぎしていると、

「しのぶれど色に出《い》でにけり……ですね。あなたの、スズキさんの旦那さんに対する気持ちは、スタッフの中でも話題になっています」

「え？」

和佳子の顔が、さらに火照る。スタッフのみんなにバレていたなんて。……いやだ、恥ずかしい……。

「あなたが、しょっちゅうスズキさんの家に行ってあれやこれや借りていたのは、スズキさんの旦那さんが目当てだったんでは？」

ああ、それもバレていたか……。和佳子は、恥ずかしさで、身悶《みもだ》えた。

「で、話を戻しますが。……スズキさんの旦那さんも、あなたが気になっているようです」

「え？」

「だから、あなたにそれとなく、気持ちを聞いて欲しいと頼まれたんです」

「え？　え？」

「もし、あなたに少しでも気があれば、ぜひ、ふたりっきりで、会いたいと」

「え？　え？　え？」

「だからといって、唐突にふたりっきりで会ったら問題があると思うんですよ。この企画はあくまで家族ショー。恋愛ショーではありませんので」

「……はい、もちろん承知しています」

「でも、なんとか応援したいとは思っているんです。企画とは別に」

「いいえ、応援だなんて。……私はただ、小説家に憧れているだけで……スズキさんの旦那さんとどうこうなろうだなんて……私は、人妻ですし……」

「それでいいんですか？」

「え？」

「あなたの秘めた思いはダダ漏れです。誰が見ても、あなたの恋慕は明らかです」

「…………」

「せっかくのテレビ企画です。せっかくのショーです。……ちょっと、羽目を外してみませんか？」

「羽目を外す？」

「そう。期間限定の恋愛に身を委《ゆだ》ねてみては？」

「は？」

「この撮影期間は、いってみれば〝お祭り〟です。非日常です。非日常では、みな、羽目を外すものです」

「でも……」

「一線を越えなければいいのです。〝ごっこ〟でもいいのです。羽目を外しましょうよ」

「…………」

「でなければ、この撮影が終わったあともずっと引きずりますよ、その恋慕を」

「…………」

「後腐れなく日常に戻るためにも、今は羽目を外しましょうよ」

「…………」

「もちろん、強要はいたしません。あくまで、おすすめしているだけです」

女性スタッフは、なにやら書類を取り出した。それは契約書だった。和佳子のサインも見える。契約書の類いは苦手だ。だから今回も、ろくに読みもせずサインをしたのだが。

「……私が、スズキさんの旦那さんとふたりきりで会わないと選択したら、どうなります？」

「特には」

女性スタッフは無表情で言った。その手には、契約書。

それが、答えのような気がした。

ここでノーと言ったら降ろされる。つまりそれは、五百万円がパーになるということだ。

「まあ、強くはおすすめしません。あなたの自由意志にお任せします」

女性スタッフは書類をしまうと、にこりと笑った。

「では、長々と引き留めて、すみませんでした。もう、お部屋に戻って結構です」

炎上　二〇二一年九月四日

——ミシシッピープレミアムで今日から配信が開始された『一九六一　東京ハウ

ス』。地上波の宣伝につられて見てみたんですが、かなりのクソ番組ですね。

深田隆哉は、スマートフォンに滑らせていた指を止めた。

『一九六一東京ハウス』に関する書き込みをみつけたからだ。

「クソ番組か」

隆哉は、複雑な笑みを浮かべた。

この手の匿名《とくめい》掲示板は人気のバロメーターだ。早速スレッドが立ったのは、それだけ見ている人が多いということを意味する。

今、隆哉が見ているのは、女性を限定とした掲示板「ウーマンチャンネル」。通称、「ウーチャン」だ。

女性限定……といっても、なにしろ匿名だ。本当に女性ばかりだとは限らない。事実、隆哉もこうして見ているし、そして、書き込もうとしている。

というのも、坂上女史に命令されたからだ。「ボヤが発生した。火消しして」と。

遡《さかのぼ》ること、一時間。

徹夜明けのスタッフルームに、坂上女史の雄叫《おたけ》びが木霊《こだま》した。

「なんなの、これは！」

その声に共鳴するかのように、テーブルの上の空き缶のひとつがコロコロと床に落ちる。

この日、午前一時に『一九六一　東京ハウス』の配信がめでたくスタートし、初配信を祝ってちょっとした宴会が開かれた。

ネットの実況掲示板やSNSでは、なかなかの盛況。閲覧者数も予想を超えた数字を叩き出した。

「大ヒット、間違いなしね！」と、缶ビールをあおる坂上女史。

他のスタッフも大いに羽目を外した。隆哉も、缶チューハイを二本、空にした。

なにしろ、ここのところ刑務所に収監された囚人のようだった。家にも帰れていない。ミシシッピープレミアムの配信が前倒しになり、編集作業に追われていたからだ。

そんな拘束状態が続いていたのだ、目の前に酒と料理が並べられたら、タガが外れないわけがない。緊急事態宣言中だけど、そんなの知ったこっちゃない！

だって、上機嫌の坂上女史を前にして塞《ふさ》ぎ込むわけにもいかない。今や、坂上女史こそが君主で、独裁者だ。この人がとる音頭《おんど》に逆らえるはずもなく、みな、馬鹿《ばか》みたいに酒をあおり、馬鹿みたいに醜態をさらした。隆哉も、坂上女史の無茶振りに応じ、裸踊りをしてみせた。

お祭り騒ぎのような一夜が過ぎ、朝日が差し込む頃。坂上女史の雄叫び。浮かれ気分が、一気に冷めた。

「なによ、この掲示板！」

坂上女史が、タブレットを掲げる。

「誰よ、こんな悪口を書いたのは！」

もちろん、スタッフの中にはいない。なにしろ、今までずっと馬鹿騒ぎしていたのだ。

「いや、でも。悪口だったとしても、話題になるのはいいことです」

そう言ったのは、岡島牧子。

「ええ、確かに、悪名は無名に勝る……とは言うわよ？」坂上女史が、テーブルの空き缶をひっつかむと、それをぐにゃりと握りつぶす。「でもね。悪名は身を滅ぼす……とも言うのよ」

「誰の言葉ですか？」

「誰だっていいじゃない！　とにかく、このまま放っておいたらダメ。雪玉のようにどんどんと大きくなる。あっというまに大炎上！」

「まだ、炎上の兆《きざ》しはありません。冷やかし程度です。これは、無視したほうが得策です」

「無視なんてできない。だって、もう見ちゃったし！」

「それでも無視するんです。そうすれば、数日もしないうちにスレッドそのものがなくなります」

「そうかしら？　前に放送中止に追い込まれた番組では、匿名掲示板を無視した結果、大炎上しちゃったのよ？　そのせいで――」

「あれは、出演者のMCが不倫騒動を起こしたからじゃないですか。しかも、準レギュラーのタレントまで週刊誌に反社とのつながりを暴《あば》かれて。……まったく事情が違います」

「同じよ。匿名掲示板に悪口を書く連中は、無視をすればするほど調子に乗るのよ。まるで自分が世界を動かしているかのような気分で、あることないこと書き散らすもんなのよ。あいつらは、放火魔のようなものなのよ。火のないところにも火をつけちゃうのよ。しかもガソリンまでまいてね！」

「放火魔を刺激しない……というのも、ひとつの手です」

「ばっかじゃないの？　そんな性善説、令和の時代には通用しないわよ。今の時代は、コントロールが必要なの」

「コントロール？」

「そう。放火魔の餌食《えじき》になる前に、コントロールしなきゃ」

「俗に言う、工作員ってやつですか？」

「そう。工作員」坂上女史は、次の空き缶を捻《ひね》り潰した。「あなたが言う通り、確かに、ネットでの悪名はある意味宣伝にもなる。いわゆる炎上商法ってやつよ。でも、今回ばかりは、それはダメ。炎上しちゃだめなのよ。ボヤだって、ダメ」

「なぜ？　てっきり炎上が目的なのかと」

「どういう意味よ？」

「だって、被験者たちをあんな形で焚《た》き付けて。キャラを設定したり演出をつけたり、あげくには、不倫――」

「だって、それは、あなたが――」

「とにかく、今、下手にコントロールしようとしたらますます炎上します。ネット民とはそういうものです。工作員であるかどうかなんてすぐにバレます。バレたら最後、彼らは容赦しません」

「じゃ、バレなきゃいいんでしょう？　バレないようにすれば！」

「できますかね……」

「できるわよ」坂上女史はくるりと体の向きを変えた。そこには、間の悪いことに隆哉がいた。「あなた、できるわよね？」

そう強い圧で言われ、隆哉は反射的に「はい、できます」と答えてしまった。

まさに、後の祭りだ。

「なんだって、僕は、こうもツイてないんだ」

隆哉は、それから別の部屋に籠《こ》もり、〝一九六一　東京ハウス〟をキーワードに、検索を続けている。

ツイッター、フェイスブック、インスタ、ブログ、そして、匿名掲示板。

三十分もしないうちに、大量にヒットした。文字通り、大漁だ。

さすがは、ミシシッピープレミアム。地上波でのうざいぐらいの宣伝も功を奏したのだろう。

そう、今回の企画は、しゃれにならないぐらいの金が動いている。坂上女史がナーバスになるのも分かる。

だからって、ネットで悪口を見つけ出して、それを鎮火するために工作員になれ……って。

今のところ、悪口が書き込まれているのは、匿名掲示板だけだ。特にひどいのが、「ウーチャン」に立てられた、悪口前提のスレッドだ。坂上女史がみつけたのも、たぶんこれだろう。

「よりによって、悪名高き『ウーチャン』で、工作員しろってか……」

ため息をついていると、「よっ」と肩を叩かれた。創界社の営業、吉本さんだ。

「岡島さんに言われてね。深田くんを助けてやれって。……で、なにを助ければいいんだ？」

「吉本さん……」

そう言われて、隆哉の緊張が一気にほどけた。

そして、まるでか弱い少女のように、その袖《そで》にしがみついた。

「ふーん、なるほど、工作員か」

吉本さんは、パイプ椅子《いす》にどっこらしょと座ると、困惑の表情を浮かべた。

「つまり、いち視聴者になりすまして、匿名掲示板に書き込めと？」

「そうなんですよ」

「でも、そういうのってバレるんだよな……」

「ですよね？　僕も、匿名掲示板よく見てますが、工作員って、すぐ分かりますよね？」

「みんな、下手なんだよな。掲示板に溶け込む前に、目的を遂行しようとするから。……昨日、ある匿名掲示板で、あるゲームのスレッドを覗《のぞ》いていたらさ、突然、やたらと褒めまくるコメントが連続で投稿されてね。そのゲームの関係者だってすぐにバレて、そのあとは大炎上」

「あるある……ですね」

「その逆もある。あるお菓子スレッドを覗いていたら、唐突に悪口が投下されてね。そのお菓子メーカーのライバルメーカーの関係者だとすぐにバレた」

「それも、あるある……ですね」

「工作っていうのは、難しいんだよ。どの国だって、工作員《スパイ》を養成するには、長い時間と大金をつぎ込んでいる。素人《しろうと》が、一夜漬けでできるものではない」

「ですよね……」

「だからといって、不可能なわけでもない」

「え？」

「ド素人でも、こつさえつかめば、即席の工作員になれる」

「……即席の……工作員？」

「そう。難しいことではない。はじめは徹底的に同調するんだよ。その掲示板の空気にね」

「一緒に悪口を書き込めと？」

「そう。で、場に馴染《なじ》んだところで、やんわりと、ポジティブな意見を少しずつ書き込んでいく。そして、違うアカウントで、その意見に同意する」

「ああ、一人で何役もやるやつか……。それも、割とすぐにバレません？」

「一人で何役もやるとバレる。でも、違う人間が、違う端末から投稿すれば、案外、バレない」

「え？」

「まずは、深田くんがしばらく書き込む。折を見て、俺が深田くんの意見に同調する。で、さらに折を見て、違う人間も深田くんに同調する」

「違う人間って？」

「うちの会社には、そういうことを専門にしているスタッフがいる。十名ほどね。深田くんと俺と、そのスタッフで十二名。十二名もいたら、そのスレッドでは多数派だ。すんなり、乗っ取れる」

「……乗っ取る？」

「そう。これが、工作の極意。つまり、乗っ取ればいいんだよ。そうすれば、鎮火どころか、宣伝にもなる」

「どういうことです？」

「匿名掲示板に書き込むプレイヤーは、案外少ない。大多数は閲覧のみだ。つまり、観客だ。プロレスを想像してみてくれ。悪役レスラーがリング上でやりたい放題。その様子が話題になり、観客がわらわら集まってくる。血しぶきが飛び、悲鳴が木霊し。そんな阿鼻叫喚《あびきょうかん》のリングに、正義の覆面レスラーが現れて、悪役レスラーをばっさばっさやっつけたら、どうなる？」

「それは、大興奮ですね！」

「だろう？　家族や友人も呼んで、一緒に見るだろう？」

「なんなら近所の人にも教えて、その試合の面白さを伝えます」

「だろう？　匿名掲示板もそれと同じなんだよ。匿名掲示板を便所の落書きに喩《たと》えた人がかつていたけれど、便所の落書きだって、立派な宣伝なんだよ。便器に座っている間、そこしか見るところはないからね。案外、宣伝効果は大きい」

「宣伝？」

「そう。匿名掲示板は、宣伝媒体に他ならない。あれほど、有効な宣伝ツールもないんだよ。口コミで大ヒットしたものは、たいがい匿名掲示板から生まれている。……例のあの漫画だって、匿名掲示板でアンチスレッドがたくさん立ったことで、あの大ヒットにつながったんだからさ」

「なるほど……」

「ということで、早速、はじめますか。工作活動。まずは深田くん、なにか投稿して」

そう言うと吉本さんは、隆哉の肩をポンと叩《たた》いた。

＋

『「東京ハウス」なんていうタイトルだけど、全然、〝東京〟じゃない件』

『あの団地は、静岡県のQ市にあるやつだね。バレバレ』

『ああ、やっぱり、そうだと思った。静岡県のはずれにある、例の団地だ』

『そうそう、例の団地』

『例の団地って、なんですか？』

『十年ぐらい前に、あの団地で連続監禁殺人事件があったんだよ』

『ああ、あの事件か。確か、犯人とその母親も、その団地に住んでいたんだよね?』

『そうそう。犯人と母親もその団地で死んじゃったから、結構な死人が出てる』

『ああ、そういえば、聞いたことがある。六十年前、あの団地が竣工《しゅんこう》した年にも殺人事件があったって。確か、未解決事件。犯人は捕まってない』

『竣工早々、殺人事件? その団地、呪《のろ》われてんな!』

『今、事故物件サイトで調べたら、炎マークでびっしり! なんじゃ、こりゃ』

『あの団地はね、自殺の名所でもあるから。昔は、月一で誰かが自殺していたらしい。で、最近では、月一で孤独死』

『殺人と自殺と孤独死。まさに、事故物件の百貨店だ!』


隆哉は、その様子を見ながら、「へー」と感心した。

見事に、話題が、逸《そ》れた。

それまでは、『一九六一　東京ハウス』の悪口のオンパレードだったが、ある書き込みをきっかけに、大きく転調した。

そのきっかけになる書き込みを投稿したのは、吉本さんだった。

隆哉が書き込みをためらっていると、吉本さんが自身のスマートフォンから投稿したのだった。

吉本さんが書き込んだのは、

『あの団地、東京なのかな？』

という、短いコメント。

この疑問をきっかけに、悪口のターゲットは、団地そのものに移った。

あれから半日経《た》つが、まだ〝団地〟の話題が続いている。

「でも、ここの団地の所在がバレて、大丈夫なのかな？……しかも、殺人って」

隆哉は、気になり「事故物件サイト」に行ってみた。そのサイトは簡単にいえば地図で、殺人や自殺などがあった場所や物件に炎のアイコンがついている。そして、どんな事件があったのかも詳しく説明している。実に便利なサイトだ。

事故物件サイトにアクセスして数分後。

「うげっ」

隆哉の全身が粟立つ。

Sヶ丘団地に、無数の炎マークがついていたからだ。……そう、隆哉が今いる団地に！

しかも、しゃれにならない数だ。

隆哉は、匿名掲示板を再び開いてみた。すると、こんな書き込みが投稿されていた。

『ばあちゃんに聞いたら、もともとあそこは、沼があったところなんだって。しかも、祟《たた》りの伝説がある禁足地。地元の人間だって、怖がって近づかなかったらしい。そんなところに建った団地だ、竣工当時から、なんだかんだと事件続きらしいよ』

日記帳　二〇二一年九月十日

突然のメールで、失礼いたします。

私は、静岡県に住む、いち視聴者です。

『一九六一　東京ハウス』が話題になっていますね。ママ友が集まるたびに、その話題でもちきりです。でも、私はなかなか話についていけなくて……。というのも、ミシシッピープレミアムを視聴できる環境にないからです。前は加入していたのですが、最近、退会しました。はじめは安いと思っていた月二千円の会費が、どんどん負担になっていったんです。でも、あまりにママ友たちが話題にするので、もう一度、加入しようか？なんて思っていたところ、地上波での放映がはじまり、本当に感謝しています。

なるほど、確かに、話題になるだけのことはあります。とても面白かったです。

ただ、ちょっと心配な点もあります。

出演されている、お子さんたちの件です。なにか悪い影響があるんじゃないか……と、ひやひやしています。

というのも、実は、『一九六一　東京ハウス』に出演されているお子さんと、私の子供が同じ小学校でして。クラスが違いますので直接的な交流はないのですが、学校で話題になっている……と子供から聞きました。

そう、ママ友たちの間で話題になっていたのも、そういう理由からなんです。

なんでも、『一九六一　東京ハウス』に出演しているお子さんが、ひどいからかいを受けているんだとか。……〝いじめ〟といってもいいかもしれません。学校中の注目の的になり、とてもかわいそうだと、うちの子が申しておりました。

ちなみに、うちの子は六年生、児童会会長をしております。うちの子は割と正義感の強いところがあり、そういうのを放っておけないんです。それで、あるとき出演者のお子さんを呼び出して訊いたんだそうです。「つらくない？」って。すると「大丈夫」と答えたとのことですが、それはやせ我慢だろう……と。

聞いた話だと、この企画の出演家族には五百万円のギャラがでるとか。でも、途中降板したら、ギャラはパー。それを気にして、出演されているお子さんは我慢しているんではないかと、うちの子は心配しております。

心配はそれだけじゃありません。

企画が、どんどん変な方向に行っている気がします。配信を見ているママ友が言うには、ヤマダさんの奥さんとスズキさんの旦那さんが、変な雰囲気になっていると。

本当のことなんでしょうか？　それとも、演出？

いずれにしても、巻き込まれた格好のお子さんたちのメンタルがとても心配です。母親が隣人の旦那さんと不倫だなんて……。学校でも話題になっています。うちの子も、大変、心配しています。このままでは、なにか〝事件〟が起きるかもしれない……と。

深田隆哉は、そのメールを「重要」というタイトルがついたフォルダーに移動させた。

今、隆哉は、視聴者から届いたメールやファクス、そして電話の内容を整理する係についている。はじめは大した量ではなかったが、ここ数日で、その量はぐんと増えた。

地上波の放映がはじまったからだ。本来の計画では年末に二時間スペシャルで地上波放送することになっていたがそれが前倒しになり、週一で十二回放送することになったのだ。

ミシシッピープレミアムで限定配信していた頃は、ネットの匿名掲示板で悪口がこそこそと囁《ささや》かれていた程度で、だから鎮火もたやすかったが、直接、ご意見が届くようになると、そう簡単にはいかない。匿名掲示板は「便所の落書き」で済むが、ご意見となると、ある程度、慎重に扱わないといけない。匿名とはいえ、大切なお客様だからだ。

特に、出演者の関係者と思われる人物から届いたご意見は、ことさら慎重に扱う必要がある。どんな爆弾が仕込まれているか分からないからだ。厄介なのは、その爆弾が、他にも送られている可能性があることだ。例えば、週刊誌とか。

そんな関係者らしき人物からのご意見が、劇的に増えている。

これもまた、そうだろう。

隆哉は、今、新たに届いたメールを開いた。


はじめまして。

どうしても、お伝えしておきたいことがあるので、メールしています。

ご存じでしょうか？

「スズキ」という名前で出演している家族の件です。

あの旦那、〝小説家〟なんてことになっていますが、全然違います。昔は、パチンコ雑誌に記事を載せていたライターだったようですが、その雑誌も休刊になり、今はまったくの無職です。穀潰《ごくつぶ》しです。

なのに、番組内では売れっ子小説家……なんていう設定なので、笑っちゃいました。

まあ、それも演出のうちなんでしょうが。

でも、ここまで嘘《うそ》の設定にする必要があるんでしょうか？

ここまで嘘だらけってことは、もしかして、「ヤマダ」家も、嘘だらけなんでしょうか？

ヤマダ家の奥さんとスズキ家の旦那がなんだか怪しい感じですけど、あれも仕込みですか？

もし、本当にあのようなことが起きているのなら、ご忠告申し上げます。

あの穀潰しの旦那は、ヤバいです。

過去に、殺人を犯しています。

通りすがりの少女を暴行し、そして殺したのです。

でも、当時あの穀潰しは未成年でしたので、軽い刑で済みました。

いずれにしても、このままでは、危険です。なにか、〝事件〟が起きるかもしれません。

「……事件」

隆哉は、胸騒ぎを覚えた。

そして、先ほどヤマダ家から回収した日記帳をまじまじと見つめた。

＋　＋　＋

今、私は、圭太郎《けいたろう》さんの顔を至近距離で眺めている。

圭太郎さんが「あ、じっとしていて」と、顔を近づけてきたからだ。

煙草《たばこ》の匂《にお》いがする。うちの夫とはまったく違う、爽《さわ》やかな匂い。いつまでも、嗅《か》いでいたいような、匂い。

ダメ。

今なら、まだ間に合う。その顔をひっぱたいて、逃げればいい。

が、どうしてか、体が動かない。甘いしびれが、私の下半身を縛り付けている。

それでも、この場から逃げ出さなくてはならない。

だって、子供たちが学校から帰ってくる時間だもの。

だって、ショッピングセンターにも行かなくちゃ。

だって、洗濯ものも取り込まなくちゃ。

だって、夫のパジャマも完成させなくちゃ……。

私は、ありとあらゆる言い分けを思い浮かべてみた。が、どれも、このしびれを解くほどの緊急性はないように思われた。

私は、気がついていた。このしびれは、女の部分が激しく反応している証拠だと。きっとスカートの下は、隠しきれない証拠で溢《あふ》れているのだと。

ああ、気が遠くなりそうだ。目をつむったその瞬間、

「あ、動いちゃダメですよ」

と、彼の指が、私の顎《あご》をそっと支える。

「そのまま、じっとしていてくださいね」

圭太郎さんが、自身の右手人差し指をぺろりと舐《な》めた。そして、その指を、ゆっくりと私の顔に近づけてきた。

「さあ、目をしっかりと開いてください。……そうです。そうです。ああ、やっぱり睫《まつげ》が入っていた。痛かったでしょう？　今、取ってあげます」

睫？

そういえば、さっきから、目がゴロゴロしていた。

圭太郎さんは、もう一度人差し指を舐めると、その濡《ぬ》れた指先を私の目にそっと触れた。

「さあ、取れました。これです」

圭太郎さんが、魚を釣った少年のような無邪気さで、その指の先を私に見せた。

そこには、小さな小さな、一本の睫。……いや、違う、マスカラの残骸《ざんがい》だ。

マスカラを使いはじめたのは、先週のことだ。

婦人雑誌に紹介されていて、ずっと前から気になっていた。あの女優もこの女優も愛用しているという、一瞬で睫を長く濃くする魔法の化粧品。でも、自分には関係ないものだと思っていた。結婚前はそれなりに化粧もしていたが、今は、口紅をつけるだけで夫が不機嫌になる。

でも、スズキさんの奥さんが教えてくれた。

「これ、とっても便利よ」

スズキさんの奥さんの目は、美しい。まるで、中原淳一《なかはらじゅんいち》が描く少女のような、黒々とした目。自分も、あんな目になりたい。

「あら、簡単よ。マスカラとアイライナーがあればいいのよ」

スズキさんの奥さんは言った。

アイライナーなら知っている。結婚前に使ったことがある。でも、どうしても上手に描けなくて、断念した。

「マスカラなら、簡単よ。墨を専用のブラシで睫につけるだけ。いい？　ちょっとじっとしていてね」

言いながら、スズキさんの奥さんが、私の睫にマスカラのブラシを這《は》わせた。

「ね、簡単でしょう？　しかも、すっかり印象が変わったわ。ほら、鏡を見てみて」

本当だ。目がくっきりして、一回り大きくなった気がする。

ずっと嫌いだった一重の目。この目のせいで、愛嬌《あいきょう》のない女とずっと言われてきた。

でも、鏡の中の私は、どことなく愛嬌がある。睫にちょいと墨をのせただけでこんなに変わるなんて。まさに魔法ね！

「このマスカラ、あげるわ」

スズキさんの奥さんが、マスカラの瓶を私に握らせた。

「マスカラなら、お化粧したとは思われない。だから、旦那《だんな》さんも騙《だま》されるわよ」

「え？」

「旦那さんが、いい顔をしないんでしょう？　お化粧をすると」

「ええ……」

「口紅や白粉《おしろい》ならバレるけど、マスカラならバレない。あなただって、あたしのマスカラ、気がつかなかったでしょう？」

「ええ、まあ」

「だから、マスカラは魔法なのよ。印象ががらりと変わるのに、化粧だってことはなかなか気づかれない」

「ええ、本当に、おっしゃる通りだわ」

「あたしも、夫には気づかれてないのよ。毎日、マスカラをしているのに」スズキさんの奥さんはペロリと舌を出した。「だから、あなたも使ってみなさいよ、マスカラ。

絶対、バレないから」

　そう言われて、スズキさんの奥さんからマスカラをもらったのは、一週間前。

　スズキさんが言うとおり、夫には一切バレなかった。子供たちには、「お母さん、最近きれい」と評判がいい。

　だから、今日もマスカラをしてきた。いつもより、多めに。スズキさんの部屋を訪ねるときは、いつもそうだ。どうしてなのか最初は自分でもよく分からなかった。

　でも、今は、はっきりと分かる。

　スズキさんの旦那さん……圭太郎さんによく見られたいからだ。

　これではまるで、憧れの君に会うために、とっておきのリボンをして同じ電車に乗る女子高校生のようだ。

　今日も私は、圭太郎さん目当てに、スズキ家を訪れた。チーズを借りるという口実で。しかも、スズキさんの奥さんが買い物に行くのをベランダから確認した上で。

　だからといって、なにかを期待しているわけではなかった。ただ、圭太郎さんと会って、ちょっとの間話ができればそれで満足だった。

　が、女の秘めた欲情は、そんなことで満足するものでないことを、今、私は思い知らされている。

ここは玄関先。圭太郎さんの顔がいきなり近づいてきて、そして彼の指が、私の目の縁をなぞっている。その指には、彼の唾液《だえき》。

私は、思わず泣き出した。

自身の下半身が、のっぴきならない状態に陥っていたからだ。

「どうしたんですか?」

「ダメです、ダメです」

私は、泣きじゃくった。お漏らしをした子供のように。

「なにが、ダメなんですか?」

どう答えていいか分からない。激しい羞恥心《しゅうちしん》と、そして、このどうしようもない劣情。こんな状態をどう説明しろと?

「とにかく、部屋に上がってください。さあ」

私は、その誘いに素直に従った。このまま自分の部屋に逃げ帰ることもできたのに、私はそれをしなかった。

それどころか、「暑い、苦しい」などと言いながら、わざと開襟《かいきん》シャツのボタンを外し、胸元を露《あら》わにした。そして、ソファーにしなだれた。

自分でも、なぜこんな大胆なことをするのか分からなかった。これが、女の本性というやつなのか?

「大丈夫ですか? 具合が悪いんですか?」

「おなかが……下腹がなんか変なのです」

「下腹が?」

「ちょっと、触ってみてください」

圭太郎さんの目に、欲情の火がともるのを、私は見逃さなかった。

いや、最初から、彼は欲情でむせかえっていた。だから、玄関先で、いきなりあんなことをしたのだろう。「睫」を言い分けに。

そう、最初に欲情したのは、彼。自分は、その欲情に負けたに過ぎない。

「……すごい、こんなになっている」

スカートの下をまさぐりながら、圭太郎さんが囁いた。そして、「どうしてほしいですか?」

なんて、卑怯《ひきょう》な男。それを女に言わせるの? 言えるわけないでしょう?

黙っていると、圭太郎さんの唇が、私の唇に覆《おお》い被《かぶ》さってきた。

爽やかな煙草の匂いなどしなかった。生臭い、男の臭《にお》い。

私は、その舌を受け入れた。

事件 二〇二一年九月十二日

「マジか」

午後五時過ぎ、スタッフルーム。深田隆哉は、思わず立ち上がった。

なにしろ、モニターの中で繰り広げられているのは……。

「スズキさんの旦那さんとヤマダさんの奥さん、このままでは、やばいことに！」

隆哉は、頭《こうべ》を巡らせた。

今、ここには隆哉しかいない。他のスタッフは、なんだかんだ用事をみつけて出払っている。これじゃまるで、ビデオボックスじゃないか。

「いや、でも、これは今、現実に起きていることなんだよ。どうしよう……」

性的興奮より、恐怖のほうが先だった。隆哉はスマートフォンを取り出すと、その名前を表示させた。

岡島牧子。

名前をタップするとワンコールで「はい？」という声。岡島さんの声だ。

「岡島さん、大変です」

そんなことをする必要もないのに、隆哉はギリギリまで声を潜めた。潜めすぎて、

「え？　なに？　聞こえない。もっと大きな声で」

言われて、

「大変です。スズキ家の旦那さんとヤマダ家の奥さんが――」

「あの二人が、どうしたの？」

「……一線を越えようとしています！」

「どういうこと？」

「だから、一線を――」

「乳繰《ちちく》り合《あ》っているってことね」

なんとまあ、ズバリと言うものだ。これだから、おばちゃん……いや、年配の女性は恐ろしい。

「いえ、まだ本格的に乳繰り合っているわけでは……でも、このままでは、危険です。どうしましょう？　止めたほうがいいでしょうか？」

「うん、分かった。私に任せて」

「はい。……で、僕は、どうすれば」

「あなたは、そこでモニターを見ていなさい。特になにかする必要はない。というか、下手に動いたらやぶ蛇になる」

「はい、分かりました」

「とにかく、私に任せて。いい？　あなたはそこにいるのよ。そこで、モニターを見ていなさい」

指示された通り、隆哉はモニターの前に座り直した。が、すぐに腰を浮かせた。

「マジか！」

それは、ヤマダ家の玄関先に取り付けられたライブカメラの映像だった。

長女と次女が、学校から帰ってきた。が、どうやら鍵《かぎ》がないようだ。

『どうしよう？　鍵がない』長女の泣きそうな声。『ここでママを待っている？　それとも――』

『ママ、たぶん、スズキさんちにいるんじゃない？』どこか冷めた感じの、次女の声。『だって、最近、なにかといえば、スズキさんちに行ってるもん』

『確かにそうだね。じゃ、スズキさんちに行ってみようか』

ダメダメダメダメ！

隆哉は、大きく頭を横に振った。

と、そのとき。電話のベルが鳴った。咄嗟《とっさ》に目の前の固定電話を見たが、違った。

スズキ家を映し出しているモニターからだった。電話のベルに驚いて二人の動きが止まる。我に返ったのか、慌《あわ》てて衣服の乱れを直す二人。そして、スズキ家の旦那さんが黒電話の受話器をとった。

電話の相手はたぶん、岡島さんだ。あの黒電話はただの飾りではなく、ちゃんと繋《つな》がっている。

頭を掻《か》きながら、受話器に向かってぺこぺこ頭を下げるスズキ家の旦那。その顔は、真っ赤だ。一方、ヤマダ家の奥さんも、顔を赤らめて胸元を整えている。

赤ちゃんの泣き声が響く。

隣の寝室で寝ていた、スズキ家の下の子だ。赤ちゃんが寝ている隣で、なんてことをしてしまったのだろう……という後悔なのか、ヤマダ家の奥さんが、胸元を押さえながらうなだれている。

そして、ドアチャイム。

ヤマダ家の姉妹が、母親を迎えに来た。

「はぁ、ぎりぎりセーフだぁ……」

「ああ、どうしよう！」

隆哉は、脱力したように、椅子の背もたれに体を預けた。

「へー、そんなことが」

創界社の営業、吉本さんがにやつきながら言った。「それは、大変だったね」

団地内の児童会館。隆哉と吉本さん以外には誰もいない。ここはエキストラたちの詰め所になっていて、昼間はなんだかんだ騒がしいが、午後十時ともなると、その姿はきれいに消えている。

吉本さんは、さらににやつきながら、

「そういや、昔、〝団地妻〟シリーズというポルノ映画があったな。あの映画のせいで、団地のイメージが下世話になったと、団地に住む親戚《しんせき》が怒っていた」

「ポルノではなくて、実際に起きたことです！　あんな現場、子供たちが目撃したら、トラウマになりますよ。両親のそういう行為を見ただけで、トラウマになるぐらいだから」

「両親がそういうことをしているの、見ちゃったことあるの？」

「もう、その話はいいですよ」

「確かに、家族のそういう行為を目撃しちゃったら、後味悪いよな……。しかも、不倫理現場。ずっと引きずるかも」

「でしょう？」

「でも、あの子たちもゆくゆくは目撃することになるんじゃない？　だって、そのシーンだって近いうちに放送されるんだろうから」

「そんなこと、させません。僕が、徹底的に阻止します」

「深田くんには、そんな権限ないよ」

「ええ、確かに僕にはなんの権限もありません。だから、実力行使に出ました」

「実力行使？」

「例の映像、すべて削除しました」

「え？」

「幸い、僕しかいませんでしたからね、あれを見ていたのは」

「岡島さんは、それを知っているの？」

「いえ。僕の独断です。でも、岡島さんだってきっと納得してくれます。だって、あの行為を止めたのは、岡島さんなんだから」

吉本さんが、いつになく真剣な顔になった。それは怒っているようにも、あきれているようにも、または焦《あせ》っているようにも見える。

「いずれにしても、俺は、その話は聞かなかったことにする」

「え？」

「だから、深田くんも忘れろ。その記憶、完全にデリートしろ」

「なんでです？」

「映像を削除するってことが、どれほどのことか、分かってんの？　しかも、俺らは下請けの立場だよ？　下請けが、クライアントの財産を削除したってことだよ？」

「いや、でも」

「投稿された小説の原稿を、下読みが勝手に燃やしてしまうようなものだよ。許されない」

「いや、それとこれとでは、ちょっと違うような……」

「同じだよ！　こんなことが、Gテレビ……特に、あの坂上女史に知られたら――」

坂上女史の名前が出て、隆哉もようやく事の重大さに気づかされた。背中に冷たいものが流れる。正義感に駆られて映像を削除したが、確かに言われてみたら、自分はとんでもないことをしてしまった。

「だからこの件は、記憶から完全デリートだ。俺も忘れる。バレそうになっても、しらばっくれろ。知らぬ存ぜぬを突き通せ。それが、創界社と自分のためだ」

吉本さんの迫力におされ、隆哉は、こくりと頷《うなず》いた。

＋＋＋

ああ、私ったら、なんてことを……。

電話のベルがなかったら、私たち、どうなっていたか。きっと、最後まで行っていた。

そうなったら、どうなっていたかしら？

「お母さん？」

呼ばれて、私はふと視線を上げた。

「どうしたの、お母さん」

テーブルの向こう側、上の娘がこちらをじっと見ている。その隣の下の娘も、私の心の中をのぞき込もうと、前のめりになっている。

「ううん。……ちょっと、シチューの味が薄かったかな……って」

今日の夕食は、クリームシチューだ。本当はグラタンを作る予定だったが、チーズを買うのを忘れた。だから、スズキさんちにチーズを借りに行ったのだが……。

そのときのことを思い出して、私の下半身がすかさず反応した。

「別に、薄くないよ。ちょうどいい」

上の子が、笑顔を作る。いつ頃からだろう、この子は、笑顔を作るようになった。

たぶん、この団地に越してきた頃からだ。……学校で、なにかあったんだろうか？

「学校は、どう？」

訊《き》くと、

「給食がまずい」

と、下の子が答えた。

「え？　給食がまずいの？」

「うん。でも、残すと先生に叱《しか》られるの。全部食べるまで、帰してくれない」

道理で、最近、帰りが遅い。

「分かった。先生に言っておくね」

「ダメ」

「え？」

「絶対、先生には言わないで。他の人にも言わないで、絶対に」

「でも」

「ごめん、給食がまずいっていうのは、嘘。居残りさせられるのも、嘘。放課後、児童会館でテレビを見ていただけ」

団地内にある児童会館は、文字通り、子供の場所だ。本来は学習の場だったが、いつのまにか、子供たちの格好の遊び場になっている。……テレビがあるからだ。テレビがある家庭は少ない。うちにも、まだない。だから、児童会館に入り浸るのだろうが、嘘をつくのはよくない。

下の子は、最近、嘘が多くなった。これも、最近の私の悩みのひとつだ。

「そんなことより、お母さん……」

下の子が、トイレでも我慢しているかのように、さっきからはっきりしない。

「なに？　トイレ？」

「ううん、違う」

「じゃ、なに？」

「ね、お父さんは？　今日も遅いの？」

訊かれ、私は首をかしげた。

「たぶん。……仕事が、忙しいのよ」

私は、夫の定位置である上座の席を見た。一応、食器は並べてあるが、それに料理が盛られるかどうかは分からない。というのも、昨日も一昨日《おととい》も、「夕飯はいらない」と、帰宅早々、寝てしまったからだ。

……前は、そんなことはなかったのに。どんなに遅くなっても、ちゃんと食事だけはしてくれたのに。

「……ね、お母さん」

下の子が、もじもじと上目遣いで言った。「お母さんの目、変だよ？」

え？　また、そんな嘘を。

「本当だよ」上の子が、続けて言った。「……さっきからずっと気になっていた。……お母さん、鏡、見てみて」

鏡？　そういえば、見てない。スズキさんの部屋に行く前に、マスカラをしたとき以来。

睫に触れると、そこにはマスカラの感触はない。

「え？」

慌てて、三面鏡に走る。

「やだ、なにこれ！」

顔中に、墨。目の周りなんて、まさに隈取《くまど》りだ。いやだ、私ったら、こんな顔で、

スズキさんに……。恥ずかしさで顔を覆っていると、

「あのね、お母さん」と、上の子が近づいてきた。「わたしね、夕方、お父さん見たよ」

「え？」

「スズキさんの奥さんと、一緒に歩いていた」

「え？　スズキさんの奥さんと？」

「うん。ふたりっきりで、歩いていた。仲良く、歩いていた」

仲良く？

「今日だけじゃない。昨日も、一昨日も――」

「黙りなさい！」

気がつくと、私は娘の頬をひっぱたいていた。どうしてそんなことをしたのか、まったく分からない。まさに無意識だ。

手が、じんじんと痛い。

娘は、それ以上の痛みを感じているようだった。両の目から次々と涙が溢れる。

「もういやだ！」上の子が泣き出した。「もういやだ！　ここに来てから、みんな変！　お父さんもお母さんも、変！　帰る！　うちに帰る」

「うちに帰るって。……ここが、おうちでしょう?」

「こんなところ、うちじゃない!」

叫びながら、上の子が玄関に向かって走って行く。

「お姉ちゃん、どこに行くの?」それを追う、妹。

「縄跳びをしてくる。二重跳びの練習をしなくちゃ。クラスでできないの、わたしだけなんだ」

「じゃ、あたしも行く」

「あんたは来ないでいい! 遊びじゃないんだから」

そうして上の子は、お気に入りの縄跳びの紐《ひも》をひっつかんで玄関を飛び出していった。

「お姉ちゃん! あたしも行く!」妹が泣きじゃくりながら、姉を追いかける。

私は、その場に立ち尽くした。

テーブルの上には、冷めたシチュー。……ああ、そうだった。サラダを作るのを忘れていた。せっかくフレンチドレッシングを作ったのに。みんなが美味《おい》しいって言ってくれたフレンチドレッシング。

窓の外はすっかり暗い。

やっぱり、子供たちを追いかけたほうがいいだろうか？

私は、窓から体を乗り出すと、子供たちの姿を探した。

＋＋＋

隆哉がスタッフルームに戻ると、なにやら騒然としていた。

「なにがあったんですか？」

スタッフの一人を捕まえて訊くと、

「ヤマダさんちの上の娘が、いなくなったみたい」

「え？」

「姉妹で出かけたっきり、帰ってこなくて。で、妹のほうは見つかったんだけど、姉のほうが見つからなくて」

「え？」

「深田くん、君、見かけなかった？」

「いえ、特には」

「そうか。……どこに行っちゃったのかな」

「捜してきましょうか？」

「うん、お願いするよ。……たぶん、すぐに見つかると思うんだけどさ。この団地内にいるのは間違いないんだからさ。……でも、万が一のことがあったらいけないからさ。……ああ、もう、面倒なことになったな！」

事情聴取　二〇二一年九月十三日

お姉ちゃん、お姉ちゃん！
どこ？
どこにいるの？
あ、お姉ちゃん！　いた！
待って、お姉ちゃん、お姉ちゃん！
え？　誰？
お姉ちゃんの横にいる人、誰？
暗くて、よく見えない！

ね？　誰？

お姉ちゃん！　ねえったら！

帰ろうよ、うちへ帰ろうよ！

お姉ちゃん！


お母さん！　大変だよ、お姉ちゃんが消えちゃった！

「それは、本当にお姉ちゃんだったの？」

うん、間違いない。

「でも、もう薄暗いわよ。見間違えたんじゃないの？」

間違いないよ！　お姉ちゃんだった！

「でも、あんたの呼びかけに応《こた》えなかったんでしょう？」

そうなの。全然、応えてくれなかった。

「じゃ、やっぱり、見間違えたのよ」

違うよ！　絶対、お姉ちゃんだった！　間違いない！　お姉ちゃん、誰かと一緒にいたよ！

「誰かと一緒に？」

うん。よく見えなかったけど、大人の人だった。その人、お姉ちゃんの手を引っ張って、どんどん行っちゃうの。追いかけたんだけど、全然追いつかなくて。そしたら、すぅと消えちゃったの！

「消えた？　まさか。あんた、夢でも見ていたんじゃないの？」

違う、夢なんかじゃない。……そうだ。あの人も見た。あの人だよ。えっと……そう、あの匂いがした！

「だから、夢なんじゃないの？」

夢なんかじゃない！

夢なんかじゃ——

＋＋＋

「……さん、岡島さん！」

呼びかけるも、岡島さんは目覚めない。すっかり寝入っている。

疲れがたまっているのだろう。このまま寝かせておいたほうがいいに決まっている。

でも、そういうわけにはいかない。

「岡島さん！　起きてください！」

深田隆哉は心を鬼にして、その体を揺さぶった。

「……え？」

岡島さんが、はじかれるように体を起こした。

「……ここは？　どこ？」

そして、きょとんとした様子で周囲に視線を巡らせた。その表情は、まるで少女のようにおぼつかない。

「ね……ここは、どこ？」

「しっかりしてください！　ここは、スタッフルームです。Sヶ丘団地のスタッフルームです！」

「……スタッフルーム？」

岡島さんは、寝ぼけ眼で、ゆっくりと自身のほっぺたをつねった。

「……ああ、そうだった。私、つい、うとうと。……なんか、夢を見ていた。小さい頃の夢を」

そう言うと、きゅっと唇を閉じた。みるみるうちに、いつもの岡島さんの顔になる。

「で、どうしたの？」

「だから、いなくなったヤマダさんちの上の娘ですよ！」

「ああ、真由ちゃん。……で、見つかったの？」

「……それが」

「どうしたの？」

「今、救急車を呼んでいるんですが——」

「救急車？　なに？　なにがあったの？」

「それが、僕にもよく分からないんです。発見したのは、スタッフの一人なんですが。……彼女、めちゃくちゃ、興奮していて——」

「……井上《いのうえ》さん？」

「あ、はい。スタイリストの井上さんです」

「彼女は、なんて？」

「真由ちゃんは息をしていなかった。たぶん、すでに死んでいるだろうと」

「死んだ？」

「はい。井上さんが見つけたときは、もう遺体だったそうです」

「で、井上さんは？」

「今、警察に色々と聞かれているところです」

十

――確認します。あなたのお名前は、井上香奈《かな》さんで間違いないですね。

「はい」

――ご職業は？

「フリーでスタイリストをやっています」

――タレントさんや女優さんに衣装を提供するお仕事ですか？

「以前は、そういうこともやっていましたが、今は、ドラマの中で着用する衣装を専門にしています」

――なるほど。そういう専門職もあるんですね。

「はい。ドラマのテーマに添った衣装を選ぶのは、結構、専門知識が必要ですからね」

――専門知識とは？

「たとえば、警察ドラマ。刑事、犯人、容疑者。これらがみんな同じファストファッションの服を着ていたら、おかしいでしょう？　まあ、実際には、そういうこともあるかもしれませんが、でも、ドラマではそういうわけにはいきません。キャラクターひとりひとりの性格、年齢、立場、職業、そして収入によって服装を変える必要があります。服装はキャラクターそのものですからね。だから、専門知識を持ったスタッフが必要になってくるんです。より刑事らしく、より犯人らしく、より容疑者らしく見える服装をチョイスできるスタッフが。年収三千万円の青年実業家である容疑者が、大量生産されている一万円の財布とか持っていたら、おかしいじゃないですか？　逆に、年収五百万円の刑事が三百万円のロレックスをしていたら？　そっちのほうに目が行って、肝心のストーリーが入ってこなくなります」

——なるほど。まあ、刑事でも、ロレックスをしている人はいますけどね。

「確かに、そうでしょう。でも、刑事とロレックスでは、やはりちぐはぐなんです。一般的なイメージではないんです。もし、そんな刑事を見たら、『あ、この刑事。実は裏で悪いことをしているんでは？』という、別のメッセージを与えてしまいます。もちろん、そういうストーリーなら、それでいいんですけど。でも、ただの刑事だったら、三万円程度の時計で充分なんです」

——なるほど、なるほど。ストーリーに添ったキャラクターを衣装で創造するってことですね。

「そうです。おっしゃる通りです。ちなみに、私が得意とするのが、時代ものです。大学時代は日本の近代史を専攻していたものですから特に明治時代から昭和までのファッションには自信があります。階級、年齢、職業にあった衣装を仕入れ、時には私自身が作ることもあります。衣装だけではありません。小物やアクセサリー、道具なども提供しています。私の友人に、アンティークショップのオーナーがいまして、その人に頼めば、たいがいのものは用意できます。

ただ、今回の仕事は、難しかったですね。一九六一年、つまり昭和三十六年の夏、というピンポイントの設定です。この時代、一年、いいえ一ヵ月で、ファッションや流行ががらりと変わります。家電製品も毎月のようにモデルチェンジをしていましたので、ちょっと油断すると、オーパーツになってしまいます」

――オーパーツ？　つまり、その時代にはあるはずのないものってことですか？

「そうです。一九六一年の十月以降に発売されたものがあってはいけないんです。ちょっとぐらいのズレはあってもいいんじゃないか？とおっしゃってくれるスタッフの方もいたのですが、それじゃ、私のプライドが許しません。なにより、あの人が許しません」

――あの人？

「制作スタッフの一人に、めちゃ厳しい女性がいまして。駄目出しがすごいんです。この鍋《なべ》は当時はなかった、この服は当時の定番ではない、このトイレットペーパーは……と、次から次へと駄目出し。私、この業界ではトップクラスなものですから、プライドがズタズタです。頭のてっぺんに円形脱毛ができたほどです。

それにしても、なぜ、一九六一年なのかしらね……。Gテレビ開局の年に合わせたというけれど、なんか中途半端《ちゅうとはんぱ》ですよね。普通だったら一九六〇年とか一九六五年とか、きりのいい年にしますよね。または、東京オリンピックがあった一九六四年とか。

ほんと、なぜなんだろう——」

——あなたのお仕事については、もう充分分かりました。本題に移らせてください。

……事件の経緯についてお聞かせください。

「昨日の夕方のことです。……時間は正確には覚えてないんですが、日が沈みかかってだいぶ薄暗くなっていましたので、たぶん、十八時過ぎだと思います。

ヤマダ家の奥さんが、血相を変えてスタッフルームに来たんです。子供の姿が見えない、どこにいるか知りませんか？って。それで、急遽《きゅうきょ》、捜索がはじまったんです」

——その時点で、警察には？

「いえ、それは……」

――なぜですか？

「ああ、なんていいますか。……特殊な環境でしたので……」

――撮影中ってことですか？

「そうです。今、この団地は、まるっと撮影現場になっています。だから、撮影現場を捜せば必ずみつかる……という、楽観的な思い込みがみんなを支配していたように思います」

――その楽観的な思いのせいで、警察への連絡が遅れた？

「でも、結局は連絡したじゃないですか。だから、あなたたちはこうやって、ここに来たのでしょう？」

――でも、通報があったのは日付変わって、午前三時過ぎ。真由さんが見つかったあとです。かなり時間が経《た》っています。

「……まあ、そうですね。それは認めます。でも、私は、言ったんです。警察に連絡したほうがいいんじゃない？って。でも、あの人が……」

――あの人って？

「だから、制作スタッフの一人で、めちゃ怖い女性ですよ。鬼です、鬼。……いえいえ、今の話は聞かなかったことにしてください。いずれにしても、警察への通報が遅れたのは私のせいじゃありませんから！」

――でも、あなたは第一発見者ではあるわけです。

「好き好んで、第一発見者になったわけでは……。偶然です。ただの偶然」

――あなたは、なぜ、あの現場に？　児童会館に？

「児童会館はエキストラとスタッフの休憩場になっていて、お菓子とお茶が常に用意されていたので、ちょっと寄ってみたんです。一息入れたくて。だって、夕方からずっとスタッフ総出で捜索していて、私も駆り出されていて、くたくただったんです。懐中電灯を片手に、何時間も団地中を捜し回って。限界でした。どうしようもなく甘い物がほしくて。

……午前三時ちょっと前。児童会館のエントランスに差し掛かると、なんとなく胸騒ぎがしたんです。というのも、なんともいえない臭いがしてきて。

あれ？　これは？と思いました。煙草《たばこ》です。そう、私が用意した煙草です。

……〝ゴロワーズ〟というフランスの銘柄の煙草で、今でこそコンビニとかで扱っているところもありますが、一九六一年当時は、日本では珍しい煙草だったようです。

それを用意させられました。……大変でしたよ。だって、一九六一年当時の本物のパッケージが欲しいって言われて。作り物はダメだって言われて。で、探しに探して、マニアからようやく買い取ったんです。ああ、もちろん、一九六一年当時のものはパッケージだけで、中身は現在のものです。あの人は、中身も当時のものを……と無茶振りしてきたんですが、さすがにそんなのどこを探してもないし、なにより、あったとしてももう吸えませんよ。だって、六十年前の煙草ですよ？　いくらなんでも。……しかし、なんだって、あの人は、そんなことに拘《こだわ》るのかしら。とにかく、注文がえげつないんです。とことん、当時のものに拘るんです。本当に、あの人は悪魔です。次々と無理難題をふっかけてきて。……もう、メンタルも体もボロボロですよ。本当に、もう、このままでは私まで死んじゃいそうですよ……」

――で、〝ゴロワーズ〟がどうしたんですか？

「ああ、そうそう、ゴロワーズ。

ご存知でしょうか？　ゴロワーズは、やけに特徴的な香りがして。一度嗅《か》いだら、忘れられません。

その香りが微《かす》かにしたんです。児童会館の裏側から。

児童会館は団地の端っこにあり、裏側には倉庫があります。さらにその裏側には崖《がけ》が迫っていて、聞くところによるとその崖は大雨のたびに崩れて、今は立ち入り禁止になっているんだとか。なので、その倉庫に行く人はいないんだそうです。事実、

『立ち入り禁止』と書かれたコーンが二本、置かれています。

なのに、煙草の臭いがするんです。

誰かいるのだろうか？　誰か煙草を吸っているのだろうか？

いつもなら、無視するところでしたが、そのときはどうにも胸騒ぎがして。だって、ゴロワーズのあの臭い。あれを吸っているのは、彼。そう、彼だけです。

彼は、なんでこんなところで、あの煙草を吸っているんだろうか？　みんなが真由ちゃん探しで必死になっているというのに、呑気《のんき》に一服？

胸騒ぎと怒りとそして少々の好奇心がないまぜになって、私はどうしても無視することができなかったのです。倉庫に続く路地をのぞき込んでみました。が、何も見えません。そりゃそうです。なにしろ、午前三時。真っ暗です。

で、持っていた懐中電灯で、その先を照らしてみたんです。

『立ち入り禁止』のコーンが二つ、照らし出されました。

そして、そのコーンの間に……。

はじめは、人形かなにかかと思ったんです。

でも、違いました。人間でした。子供でした。……真由ちゃんの頭でした。……あ、すみません。あのときの光景を思い出しただけで、動悸《どうき》が。お水、飲んでいいですか？」

――はい。どうぞ。……ちなみに、その煙草……ゴロワーズは誰が？

「スズキ家の旦那《だんな》が愛用しているという設定でしたので、スズキさんが――」

＋＋＋

嘘《うそ》でしょう？

これが、お姉ちゃんなの？

お姉ちゃん、死んでいるの？

嘘だよ！

寝ているだけだよね。そうだよね、お母さん！

……お母さん、目の周りが真っ黒。

アレをつけているんだね。

マスカラっていうやつ。

あたし、知っているんだ。

お母さんがマスカラをつけるときは、スズキさんちに行くときだって。

今日だって、スズキさんちに行ったんでしょう？

なにしに？

なんで、黙っているの？

あたし、知っているんだ。

お母さんがしていること。お父さんがしていること。

「フギ」っていうんでしょう？

団地の人たちが、そう言っていた。

ヤマダさんとスズキさんとこは、お互いフギをはたらいている……って。

「フギ」って、悪いことなんでしょう？

きっと、悪いことに決まっている。

だって、お母さんがスズキさんのおじちゃんに会いに行くとき、なんだか魔女みたいな顔だもん。目の周りが真っ黒で。

お父さんがスズキさんのおばちゃんに会いに行くときも、なんだか悪魔みたい。変な臭《にお》いをプンプンさせている。

なんで、そんな悪いことをするの？

ねえ、昔のお父さんとお母さんに戻ってよ。そしたら、きっと、お姉ちゃんだって生き返る。

ねえ、聞いてる？　お父さん、お母さん！

＋　＋　＋

「岡島さん？」

隆哉は、右隣に座る岡島さんに声をかけてみた。が、その視線は遠くに投げられたままで、返事はない。

いつものことだが、今日はさらに表情が読み取れない。

まあ、それも仕方がない。……こんなことになってしまったんだから。

ここは、児童会館。

関係者全員、警察の事情聴取のために集められている。

奥の給湯室に即席の取調室が設けられ、そこに一人一人呼ばれているのだが、いっこうに順番は回ってこない。時計を見ると、朝の九時過ぎ。警察が来てからもう六時間が過ぎようとしている。

「……いつまで、こんな感じなんでしょうかね？」隆哉が弱音を吐くと、

「たぶん、明日には解放されるんじゃないかしら」と、岡島さんがいつものポーカーフェイスで言った。

「ええ、明日？」

隆哉は、これ見よがしにため息を吐き出した。

「でも、考えようによっちゃ、ラッキーだよ」隆哉の左隣に座る吉本さんが、ちゃらけた様子で言った。「だって、ここにはトイレもあるし、お菓子も山のようにあるし、ドリンクも飲み放題。エアコンだってばっちり効いている。ここだったら、一週間の籠城《ろうじょう》もへっちゃらだよ」

「……一週間って、冗談でもやめてください」

しかし、吉本さんの言うとおりだった。児童会館はエキストラの休憩場として、常時、お菓子が山のように積まれている。そして定期的に弁当も届けられ、今日の分も先ほど届いたばかりだ。ウォーターサーバーのストックも一ヵ月分はある。

「まあ、避難訓練だと思えばいいんだよ」吉本さんが、スマートフォンに指を滑らせながら言った。「なにより、パソコンもスマホも使えるっていうのが、一番だよな。これが警察署だったら、そういうわけにはいかない」

軽快に躍る、吉本さんの指。が、その動きが止まった。

「おっ。昨夜の放送分、やっぱりかなり話題になっている。〝マスカラ〟がトレンド入りしている！」

ちょっと待ってよ……。こんなときまで、エゴサーチ？　っていうか――。

「『一九六一　東京ハウス』、さすがにお蔵入りですよね？　撮影も中止ですよね？」

隆哉が言うと、

「え？」と、吉本さんは意外そうに顔をしかめた。

「だって、人一人が亡《な》くなったんですよ？　しかも、この厳戒態勢。……どう考えても、殺人ですよね？」

「殺人？」

「そうですよ。殺人だから、僕たち、ここに軟禁されているんですよね？　関係者の中に犯人がいるから！」

「この中に犯人か……。なんか、ミステリードラマのようだな」

吉本さんが、いかにも楽しげににやついた。

「今度、ミステリー小説に挑戦してみようかな？　確か、ミステリー新人賞の締め切りが近かったはず。……そうだ、そうしよう。警察の動きをしっかりと観察しておかなくちゃ。こんな機会、めったにないからね。今度こそリアリティのあるものが書けるぞ！　っていうのもさ、俺の小説、リアリティがないってよく言われるんだよ、ファンタジーだって。去年投稿した原稿もさ、最終選考に残ったのに、リアリティがないっていう大御所作家の一言で、落選。その前だって――」

吉本さんは、この話になると長くなる。よほど落選しまくっているのだろう。

「吉本さん呑気ですね。僕なんて、さっきから足がくがくしちゃって……」

「っていうか、なんで、そんなにびびってるの？」

「だって」

「まさか、深田くんが、犯人？」

「冗談でもやめてください！」

「だったら、なにもびびることも怖がることもないじゃん。いつものようにしてればいいんだよ」

「いつものようになんて、無理です。だって、人が死んだんですよ？　しかも、この中に、殺人犯がいるかもしれないんですよ？」

隆哉は、視線を巡らせた。

スタッフは、自分を含めて十人。出演者は、スズキ家が四人、ヤマダ家が三人。そして、たまたまこの児童会館にいたエキストラが二人。……本来、エキストラの勤務時間は朝十時から夕方五時まで。つまり、事件が起きた頃には全員帰宅しているはずなのだが、どういうわけかこの二人は、児童会館にいた。終バスに間に合わなかったので、ここに泊まるつもりだった……と言い分けしているが。

「僕は、あの二人がなんだか怪しい気がします」隆哉は、声をひそめた。「だって、僕の知る限りじゃ、ここに寝泊まりしているエキストラはいませんよ。そもそも、終バスは夜の八時。一方、エキストラの仕事が終わるのは午後五時。一体全体、五時からなにをしていたんだってことですよ」

「まあ、確かに、言われれば」

「エキストラといえば。……今日はどうするんでしょう？　みなさん、そろそろやってくる時間ですが」

「ああ、それは大丈夫。すでにキャンセルしてあるから」

「キャンセルされたエキストラたち、変に思わないでしょうか？」

「え？」

「なんで、突然キャンセルになったんだ？って。なにか事件でも？って」

「まあ、それは勘ぐるだろうな」

「っていうか。このこと、もうニュースになっているんじゃ？」

「……うん、さっき、搬送された病院で死亡が確認されたって聞いたから、そろそろ公表されるかもしれない」

「ああ、じゃ、もう、完全に終了ですね。お蔵入りだ」

隆哉は、どこかほっとした気分になった。自分が企画した番組だが、自分が意図していたものとはまったくの別物に化け、しかも不倫のあげくに、死者まで出した。こんな番組は、とっとと終わらせたほうがいい。

でも、そうなるとギャラはどうなるんだろうか？　今のところ、創界社の契約社員扱いではあるが、給料はまだ払われていない。え？　まさか、このままノーギャラ？

……マジでノーギャラだったらどうしよう。家賃だってあるし、奨学金の返済だってあるし、バイクのローンだって――。

ここまで考えて、隆哉は我に返った。

……ああ、自分はなんて卑《いや》しい人間なんだ。人が一人亡くなったというのに、それはこの企画を出した自分にも遠因があるというのに、この期《ご》に及んで自分の身の上を心配している。

そんな隆哉を責めるように、赤ん坊が泣きはじめた。

スズキ家の下の子だ。

この赤ん坊は、しょっちゅう泣いている。たぶん、疳《かん》の虫の強い子なのだろう。自分も小さい頃、疳の虫にきくという薬をよく飲まされたものだ。

「もう、やだ！」母親まで、泣き出した。「ほんと、もう耐えられない！　ここから出して、家に帰りたい！　五百万円なんていらないから！」そして母親は、赤ん坊を夫に押しつけると、エントランスに向かって駆けだした。

が、それは、警官の手によって阻《はば》まれる。

「スズキ家の奥さん。次は、あなたの番です。あちらの部屋にお入りください」

＋

――あなたはバツイチですよね。

「さすが、警察ですね。調べたんですか。……ええ、そうです。それがなにか？」

――上のお子さんは、前の夫とのあいだにできた子。つまり、連れ子ですね。

「それが、なにか？」

――家庭は円満ですか？

「なんで、そんなことを？」

――あなたたちの結婚を反対した方はいませんか？

「誰のこと？」

――例えば、ご両親とか。

「……そんなことも、調べたわけ？」

――いえ。結婚をご両親に反対されたんでは？というのは、こちらの想像です。

「なんで、そんなふうに思ったわけ？」

――ご主人の前科を調べました。そしたら……。

「ああ、やっぱり、調べたんだ？」

――あくまで、形式です。

「そう。あなたたちの想像通り、旦那の前科がひっかかって親に反対された。うちの両親だってろくな人間じゃないのに。自分たちのことは棚に上げて、『前科者との結婚は許さない！』って」

――旦那さんが、どんな罪を犯したかは、ご存じですか？

「さあ。……どうだろう」

――ところで、昨日の午後六時前後、あなたはどちらに？

「下の子と旦那を部屋に置いて買い物に行ってましたけど？　上の子と一緒に」

──おっしゃる通り、あなたはこの時間、ショッピングセンターに買い物に行っています。カメラに映っていましたし、スタッフもそう証言しています。

「じゃ、なんで、そんなことを訊《き》くんです？」

──確認したいのは、この時間、あなたは誰と会ったか？です。

「……って、何が言いたいんです？」

──あなた、そのとき、下の階の旦那さんと会いませんでしたか？

「ああ。ヤマダさんの旦那さん。ええ、会いましたけど？会ったというか、待ち伏せされていたんです。あの男、仕事のはずなのに、どういうわけか、あの時間、あそこにいて。しかも、カメラがないようなところに引きずり込もうとするんです。……つまり、あたしに気があるんです、あの男。もう、本当に面倒くさいったら！」

──でも、最初にモーションをかけたのはあなたでは？

「モーションをかける？　なにそれ、マジ、ウケる。そんなの死語だよ、死語。おじいちゃんしか使わないよ」

──答えてください。最初に言い寄ったのは、あなたのほうでは？

「……ええ、まあ、確かに。スタッフの指示で、あの男を誘惑しろって言われて、仕方なくそれっぽい態度をとってみましたよ。でも、やっぱり、ダメだった。生理的に、ああいうタイプ、受け付けないんだよね。でも、あの人、なんだか本気《マジ》になっちゃって、行く先々で、あたしを待ち伏せしているんです。テレビだから我慢しているけど、あれ、完全にストーカーですから！　マジで、耐えられないんですけど。ほんと、こんな企画、参加しなけりゃよかった」

――まとめますが。昨日の夕方六時前後、あなたはショッピングセンターに行って、下の階の旦那さんと会った。

「はい。それは間違いないです。でも、あの男とは五分も一緒にいませんでしたけど。すぐに逃げてきたので」

――では、あなたの旦那さんは？

「え？……ですから下の子と留守番をしていましたけど？」

――でも、あなたはそれを証明できない。なぜなら、あなたは、買い物にでかけていた。

「いやいや、あたしが証明しなくても、カメラが。部屋のいたるところにカメラが設置されているんですよ？　録画したものを確認すれば済むことじゃないですか」

――ところが、その日の午後の映像、一切残ってないんですよ。スタッフが間違って削除してしまったらしいのです。つまり、あなたの旦那さんにはアリバイがない。

「え？　どういうことです？　っていうか、アリバイ？　うちの旦那のアリバイ？　え？　つまり、うちの旦那、なにか疑われているんですか？　……あ、そういえば」

――なんですか？

「買い物から帰ってきたら、下の子供が一人、寝ていて……。しばらくしたら、旦那がぱたぱたと息を切らせながら戻ってきて……。どこ行ってたの？って訊いたら、ちょっと散歩をしていたって……」

――それは……。

「はっきり言って。うちの旦那が犯人ってこと？　うちの旦那が真由ちゃんを……？」

――いえ、それはまだ分かりません。これから、それをじっくりと調べることになります。

では、次は、旦那さんにお話を聞きましょうかね。

＋　＋　＋

――あなたは、事件当日の夕方、児童会館の裏にいましたか？

「なぜ、そんなことを？」

――目撃者がいるんです。

「目撃者？

ええ、確かに、あの日の夕方、俺は児童会館の裏側にいました。なぜかって？

煙草を吸っていたんですよ、煙草を。

うちでは煙草を吸わせてもらえないんですよ。一度、煙草の火でカーペットに穴を開けたことがあって。かみさんの雷が落ちましてね。それっきり、家の中では禁煙。ベランダで吸っていたら、他の住人に文句を言われまして、ベランダも禁止。だから、児童会館の裏で吸っていたというわけです。

しかし、なんですね。団地というのは、細かいルールがたくさんあって、なんか窮屈ですね。あれしちゃいけない、これしちゃいけない、あれをしろ、これをしろ。

前の家のほうがよかった。のびのびできた。そもそも俺は、団地なんかには少しも興味がなかったんですよ。むしろ、集合住宅は苦手なんです。だって、赤の他人たちと同じ建物に詰め込まれているようなものじゃないですか。ラッシュ時の電車のようなものです。電車は一時的なものですが、住宅は違う。年がら年中、隣人たちの息遣いと視線を感じながら暮らさなきゃいけないんです。ゾッとします。

でも、かみさんが、どうしても団地生活を体験してみたいっていうものだから、仕方なく応募したんですよ。当選するはずないと思っていましたからね。だから、当選……という連絡を聞いたときは、正直、戸惑いましたね。でも、こうなったら、後には引けない。団地ライフを堪能《たんのう》しようじゃないか！と腹をくくったわけです。

でも、そんな意気込みも初日だけ。翌日からなんともいえない閉塞感《へいそくかん》に悩まされることになります。だって、ここ、僻地《へきち》でしょう？　喫茶店もなければ飲み屋もない。遊ぶ場所もない。息抜きする場所はまったくない。なんか、刑務所にいるような気分ですよ。きっと、昔の島流しって、こんな感じなんじゃないかな……。

だから、俺にとっての唯一《ゆいいつ》の息抜きは、煙草なんです。児童会館の裏は、絶好の喫煙場なんです」

――お一人で？

「ええ、もちろん一人で」

――あの時間も？

「ええ、一人で吸ってました。誰かがいたら、吸ってませんよ。煙草は一人で吸うのがいいんだ」

――本当に、誰もいませんでしたか？

「いませんよ。確かです」

——誰も見かけませんでしたか？

「ええ、誰も見かけませんでした。なのに、誰が、俺のことを目撃したっていうんです？　あの日、あの時間、あそこには俺以外には人はいなかったはずだが。あ、まさか、あの女？」

——あの女？

「ええ、そうです。ヤマダさん。下の階の奥さんですよ。なんだか、あの人、変でね。俺に気があるようで、色仕掛けをしてくるんですよ。マスカラをたっぷりと塗った睫《まつげ》を瞬《また》かせて、色目を使ってくるんです。はじめは、ついその気になっちゃったんだけど、……だって、据《す》え膳《ぜん》食わぬは男の恥っていうじゃないですか」

——では、そういう関係に？

「いえいえ、まさか。実際には食ってはいませんよ。まあ、ちょっとつまみ食いしそうにはなりましたが、すんでのところでブレーキをかけました。そして、俺ははっきりと言いました。『こういうことはよしてくれ』って。

俺は、そもそも、ああいうのは好みではないんでね。それに、こう見えて、俺は愛妻家なんです。妻が悲しむようなことはしません。あの奥さんにもちゃんとそう言ったのになぁ。……でも、あの奥さん、何を勘違いしているのか、その後も積極的に迫ってくるんです。俺を待ち伏せしたりね。ときには、後をつけたり。まったく、迷惑な話です。……だから、目撃者って、あの奥さんのことでしょう？」

――いえ、それは言えません。

「なるほど、なるほど。目は口ほどに物を言い……ってやつですね。刑事さんがどんなに誤魔化しても、その目は、『目撃者はあの奥さんだ』と言っていますよ」

――いえ、違います。あの奥さんではありません。

「はい、はい。分かりました。あの奥さんが俺のことを警察にチクったんですよね。まったくなんていう女《アマ》だ。一体全体、俺になんの恨みがあるっていうんだ。……逆恨みってやつでしょうかね？　俺が、奥さんを袖《そで》にしたから」

――あなたは、本当に、あの奥さんを袖にしたんですか？

「どういう意味ですか？」

――本当は、深い関係になったのではないですか？

「はぁ？」

――あの奥さんと結婚も考えたのではないですか？

「なにを言い出すんですか！　そんなわけないですって！」

――でも、あの奥さんは、証言しているのです。はじめは確かに、ただの火遊びだった。が、二人ともどんどん本気になっていって、離れられなくなっていった。それで、お互い、自分の家族を捨てて、二人でどこか遠くに行こうって約束したと。つまり、駆け落ちですよ。

「はぁ？　そんなの嘘ですよ、嘘に決まっているでしょ？　あの女、頭がおかしいんじゃないか？」

──こういう証言もあります。児童会館の裏は、あなたたちの逢《あ》い引《び》きの場所だとも。

「いやいやいや、それはない、まったくの出鱈目《でたらめ》だ。一体、誰がそんな出鱈目を」

──あの日、あの時間。あなたはいつものように、あの場所に行った。不倫相手と逢い引きするために。でも、いたのは子供だった。そう、浮気相手の娘ですよ。

「まったくの出鱈目だ！」

──あなたは、娘になじられたんじゃないですか？　みんな言っています。しっかりしたお子さんだって。正義感の強いお子さんだって。間違ったことは間違っていると、指摘するようなお子さんだったって。

「ええ、確かに、あの子は真面目《まじめ》でしたよ。正義感も強かった。俺が児童会館裏で煙草を吸っていたら、『煙草の吸い殻は捨てないでください』って注意されたこともある」

――今回も、そんな感じで注意されたんじゃないですか？「不義《フギ》はやめて」って。子供にそんなことを言われたあなたは、かぁぁっとなって、衝動的に首をしめて殺害したんじゃないですか？

「違います、出鱈目です！　出鱈目です！　まったくの出鱈目です！」

――指紋を照合すれば分かることです。あなたには前科があります。学生時代、検挙されていますよね？　あのときも、殺人だった。

「いや、あれは違います。あれは、過失致死です。裁判でもそれは認められています！」

――あなたについた弁護士が優秀でしたからね。あのときは、執行猶予《ゆうよ》付きの軽い刑で済んだ。でも、今回は、もう逃げられませんよ。

「ええ、逃げも隠れもしませんよ。俺は、なにもしてないんですからね！」

――本当に、そう言い切れるんですか？

「警察は、いつだってそうだ。自分たちが作ったストーリーに添って、犯人をでっち上げる。自分たちが作ったストーリーに添って証人を揃《そろ》えて、自分たちが作ったストーリー通りに証言させる。そうはさせるか。俺は断固戦う」

——ええ、いいでしょう。戦いましょう。こちらも、とことん戦いますよ。警察を甘く見ないでいただきたい。

「いやだな、刑事さん、冗談ですよ、冗談。……ああ、そうだ、思い出した。確かに、あの日の夕方、俺は児童会館の裏で煙草を吸っていた。……でも、なんだか妙にメランコリーな気分になりましてね。そんなときは、ぶらぶら散歩するに限る。俺は、あてもなく、だらだら歩き出した。……確か、午後六時前後ですよ。気がついたら、駅前で。……あ、そうだ。途中で、住民の一人と会っています。本当ですよ。聞いてみてくださいよ、あの人に！　本当なんですってば！」

＋　＋　＋

スズキ家の旦那が、取調室……給湯室から出てきた。よほど警官に絞られたのか、その表情はまるでハロウィンのゾンビのようだ。足取りも頼りない。今にも倒れそうだ。

隆哉は、ウォーターサーバーから注いだばかりの冷たい水を、一気に飲み干した。

「あの人が犯人じゃないかって、そんな噂《うわさ》を聞いたわ」

声の方向に視線をやると、いつのまにやら、隣に中年の女がいた。その手にはタブレット。

えっと。……誰だっけ？　隆哉は体を引いた。

「あ、ゴメンなさい。驚かしちゃったわね。……私、エキストラのミツイっていいます」

ああ、エキストラか。昨日、終バスに乗り遅れて、この児童会館に足止めをくらったエキストラ二人のうちの一人だ。

「で、あなたのお名前は？」女が、ぐいぐい迫ってくる。

「え？」隆哉は、さらに体を引いた。

「スタッフの一人でしょ？　よく見かけるわ。でも、お名前は存じあげなくて」

「深田……といいます」

「ああ、フカダさんね。下の名は？」

え？　なんで下の名前まで？　思ったが、その圧に押されるまま、「……隆哉です」

「タカヤさん。いいお名前ね。で、タカヤさんは、どう思う？」

「え？」なんで、いきなり下の名前？

「だから、タカヤさんは、スズキ家の旦那が犯人だと思う？」

「いえ、それは、なんとも……」

「私は、限りなく怪しいと思う。だって、スズキ家の旦那が、児童会館の裏でうろついていたって、聞いたもの」

「そうなんですか？」

「しかも、あの人、前科があるみたい」

「え？」……ああ、そういえば、そんなようなことを伝えるメールが視聴者から届いたことがある。あの男はヤバい。殺人の前科がある……と。確か、吉本さんもそんなようなことを。

「実は、エキストラの間では、前々からそんな噂があってね。で、私、気になって調べてみたのよ。そしたら、こんな記事が。ほら、見て」

女が、タブレットの画面をこちらに見せた。

そこには、古い新聞記事が表示されている。

11日、鹿児島県××市を流れる××川で、黒田美由紀《くろだみゆき》さん（12）の遺体が見つかった事件で、××署は、美由紀さんを殺害した容疑で近くに住む少年X（17）を逮捕した。

「この少年Xというのが、スズキ家の旦那だって、もっぱらの噂」

女が、鼻息荒く言った。

「でも、この少年X、結局、未成年ってことで、軽い刑で済んだみたい。こんなこと、許されると思う？」

「……許しがたいですね」

「でしょう？　っていうか、おたくらスタッフは、出演者の身辺調査、ちゃんとやってるの？　こんな殺人鬼を参加させるなんて」

「…………」

「それとも、なに？　わざと？　わざと脛《すね》に傷があるような人を出演させて、話題作りを企《たくら》んだとか？」

「いえいえ、そんなことは——」ないと言い切れるんだろうか。

吉本さんいわく、出演者のリサーチは万全だ。その背景、その履歴を徹底的に調べ上げ、それを踏まえて出演者を決定している。

ということは、スズキ家の旦那の過去だって洗い出しているはずだ。つまり、彼の過去を知りながら、あえて出演させた……ということだ。つまり、それは——。

「まさかと思うけど。あの男を出演させたのは、なにか事件を起こすことを期待して?」

エキストラ女の言葉に、隆哉はぎょっと身を竦《すく》めた。自分もまったく同じことを考えていたからだ。

「一体全体、この番組の意図ってなんなの?」

「え?」

「私、こう見えて、エキストラ歴は長いのよ。もうかれこれ、二十年はやってる」

「二十年も!」

「そう。はじめは劇団に所属していた俳優だったんだけど、アルバイトではじめたエキストラが面白くなっちゃってね。こっちを専門にするようになった。エキストラってね、ただの通行人じゃない。ひとりひとり、人生を背負っている。ひとりひとり、聞く耳と見る目を持っている。そういうところを表現したくてね」

「はぁ……」

「だから、私は、毎回、その脚本を読み込む。キャスト全員の代役をやれるぐらい、台詞《セリフ》も完璧《かんぺき》に頭に入れる。この『一九六一　東京ハウス』もそう」

「いや、でも、これはリアリティショーだから、脚本は……」

「あるわよ。あんた、スタッフのくせして、知らないの？　そりゃ細かいシナリオがある」

「……細かいシナリオ？」

「エキストラA、何日何時何分、児童会館の前を早歩きで通り過ぎる……とか、エキストラB、何日何時何分ショッピングセンターでトイレットペーパーを三個購入する……とか」

「そんなに、細かく？」

「そうよ。ちょっとでも間違えたら、大変なんだから。あとで呼ばれて、あの女にコテンパンにやられるんだから」

あの女？　……ああ、坂上女史か。

「だから、昨日だって、私、終バスに乗り遅れちゃったのよ」

「どういうことですか？」

「あの女に呼び出されてね、ねちねちと指導されたの」

「指導……？」

「そう。……ほら、あの隅でスマホにかじりついている、ひょろ長いおっさんがいるでしょう？」

エキストラ女が指差した方向に目をやると、確かにひょろ長いおっさんが、夢中でスマホに指を滑らせている。

「ああ、エキストラの一人ですね」

「そう。でも、あのおっさん、ど素人《しろうと》で。全然、シナリオ通りに動いてくれなくてね。そのとばっちりが私にまで。で、あの女に説教を喰らってしまったというわけ。おかげで、終バスに乗り遅れるわ、真由ちゃんの捜索に駆り出されるわ、こんなところに軟禁されるわ……。もう、ほんと、踏んだり蹴《け》ったり。いやんなっちゃう。……ね、ギャラは余分にもらえるのよね？」

「さぁ……」

自分のギャラも出るかどうか分からないのだ、人のことなんか知るもんか。

と、そのとき、ひょろ長いおっさんが、警官に肩を叩《たた》かれた。

どうやら、おっさんの番のようだ。

おっさんは、警官の案内で、給湯室に入っていった。

＋

――えっと。あなたのお名前は、〝高橋嘉夫《たかはしよしお》〟で間違いないですか？

「はい。高橋嘉夫で間違いありません」

――あなたの職業は？

「まあ、フリーターです。ここに来るまでは遺跡発掘のバイトをしていました」

――ずっと、アルバイトを？

「大学を卒業したあと一度は就職したんですが、なにか違うな……と思って一ヵ月で辞めたんです。再就職もしたんですが、そこもなにか違うな……と思い、一ヵ月で。そのあとも、そのあとも。転職を続けているうちに、〝フリーター〟という言葉が流行《はや》りだしましてね。じゃ、フリーターでいいやって。二十五歳頃からは、ずっとアルバイトです」

――失礼ですが、お歳《とし》は？

「この九月で六十歳になりました。……昨日が誕生日だったんです」

――あ、そうなんですか。……それは、おめでとうございます。

「ありがとうございます。しかし、あっというまの六十年だったなぁ。本当に、光陰矢の如《ごと》し……ですね」

――そうですね。……で、あなたはなぜ、エキストラを？

「いつものようにアルバイトを探していたんですよ。そしたら、郵便ポストにエキストラ募集のチラシが入っていましてね。それで応募してしまいました。初めてのことです」

——では、エキストラという仕事は、今回が初めてなんですか？

「はい。まあ、今までも応募する機会はあったんですが、どうも割に合わない気がして。だって、交通費は自己負担の上、半日拘束されて五千円とかですよ？　ギャラが出ればまだしも、中にはノーギャラのものもあります。いってみれば、ボランティア、趣味みたいなものですよ。アルバイトのつもりで参加したら痛い目にあいます」

——なら、なんで今回、応募されたんですか？

「ギャラがよかったんですよ。一日一万円。交通費は別途支給。なかなかの高給です。エキストラにしては破格です。あとは、撮影現場が自宅から近い点も応募動機のひとつです。……近いといっても、電車で一時間近くかかるし、その電車は一時間に一本しかない上に終電も早い。だから、終バスに乗り遅れたらアウトなんですよ」

——なるほど、なるほど。では、応募された動機は、高給と自宅から近かった……でよろしいですか？

「いえ。やはり一番の動機は、〝一九六一年〟という点ですね。だって、僕が生まれた年ですから。しかもしかも、撮影現場はSヶ丘団地。これは、なにかの縁だと思いましたね。……そう、まさに、因縁ですよ」

——因縁？

「小さい頃から、母にずっと聞かされてきたんですよ、Sヶ丘団地のことを。なんでも、両親が結婚した頃、このSヶ丘団地ができたんだそうです。大変な話題だったようですよ。週刊誌や新聞でも何度も紹介され、政府のお偉方も何人も視察に訪れ、映画俳優たちもお忍びで訪れたとか。で、うちの母が取り憑《つ》かれたようになったらしいんです。なにがなんでも絶対にSヶ丘団地に住むって。でも、落選。それからずっと恨み節。僕も子守歌代わりに繰り返し聞かされたものです。

『Sヶ丘団地は鬼の住処《すみか》。住めば地獄に真っ逆さま』って。

ひどいでしょう？　まさに可愛《かわい》さ余って憎さ百倍ってやつです。

手に入らなかったものを貶《けな》すことで、自身を慰めていたんです。ほら、イソップ物語の『きつねと酸《す》っぱいブドウ』ですよ。心理学用語でいう防衛機制あるいは合理化。

それにしても、母の合理化は死ぬまで続きましたから、もう異常です。あ、ちなみに、母は去年亡くなりました。八十五歳でした。きっと、あの世でも、『Sヶ丘団地は鬼の住処。住めば地獄に真っ逆さま』って呟《つぶや》いているはずです。

笑い事ではないんですよ。本当に母は死ぬ直前まで、恨み節を呟いていたんですから。

『Sヶ丘団地は呪《のろ》われている、くわばらくわばら』って。

その様があまりに哀れだったので、母の供養《くよう》にもなるかな……と思って、『一九六一東京ハウス』のエキストラ募集に応募したというわけです」

――なるほど、なるほど。で、そろそろ本題……。

「エキストラなんて、立っていたり歩いていたりすればいいんだろう？　簡単だよって、タカをくくっていたんですが、そんな甘い考えは初日で吹っ飛びましたね。

まあ、とにかくスパルタで。

初日から、炎天下に並ばされていきなりの怒声ですよ。

まるで、ドラマに出てくるアメリカの軍隊のようです。

エキストラの中には、初日で逃げ出した人もかなりいます。

僕も、今日辞めよう、明日辞めよう……と毎日タイミングを見計らっていました。

でも、結局は、今日までずるずる続けちゃいましたけどね。

なんでだろう？

うん、そう。……なんか、楽しいんですよね。充実感があるというか。

朝、分厚いシナリオと、そしてその日着る衣装が渡されるんですが、その瞬間、なんともいえない高揚感があるんです。そして、撮影が終わったあとの反省会では、なんともいえない興奮が身体《からだ》中を駆け巡るんです。

で、僕、六十歳にしてようやく気がついたんです。

そうか、僕は役者になりたかったんだ……って。

この六十年、ずっとずっと迷路にいるような感覚だったんですが、ようやく出口を見つけた感じがしました。

僕、この仕事を終えたら、本格的に劇団に所属しようと思っています」

――そうですか。頑張ってください。……で、そろそろ本題に戻っていいですか？

「あ、はい、どうぞ」

――エキストラの仕事は夕方五時までと聞きましたが、どうして、あなたは昨夜はこちらに留まったのですか？

「終バスに乗り遅れたからです。……反省会で居残りを喰らいましてね」

――反省会というのは、そんなに長くやるものなんですか？

「いつもは、十五分かそこらで終わるんですが、昨日は、あの人に居残りを命じられて。……僕のせいじゃないですよ。夫婦の設定で組まされた女が……えっと、名前はなんていったかな、そうそうミツイとかいう女。そいつがこれまた出来の悪い人で。しかも、目立ちたがり屋。シナリオにないことをやるもんだから、スタッフの逆鱗《げきりん》に触れてしまったんです。それで、僕も一緒に説教を喰らったんです。

……まったく、あの女のせいで、散々ですよ。終バスは逃すわ、真由ちゃんの捜索に駆り出されるわ、そして挙げ句の果てに、ここに軟禁されるわ。昨日は、バースデーケーキを買って、父とふたりで誕生日を祝う予定だったのに。本当に、いやんなっちゃいますよ。……早く家に帰って熱い風呂《ふろ》に浸《つ》かりたいです。もう、くたくたですよ。あれから一睡もしてないんですからね。一体全体、いつになったら、解放されるんですか？」

――まあ、それは。こちらにいらっしゃる関係者全員のお話を聞き終わったら……としか。

「それは、一体、いつまで続くんでしょうね？」

――みなさんが、もう少しテキパキと、簡潔にお答えくださったら、いいんですが。

「ああ、分かります。みんな、なんだか話が長いんですよね。特におばちゃん連中。ミツイっていう女も話が長くて、辟易《へきえき》しましたよ。昨日もね、撮影中、トイレットペーパーの話をずっとしているんです。シナリオにはないのに。自分ではアドリブのつもりかもしれませんが、そのアドリブのせいで、居残り説教を喰らったんですから、たまったもんじゃない。おばちゃんは、なんであんも話が長いんでしょうね。どんどん横道にずれていって、一体なんの話をしていたのか途中でよく分からなくなる。うちの母もそうでした。で、気がつくと、Sヶ丘団地の悪口になるんです」

――ああ、はい。それはもうよく分かりました。本題に行っていいですか？

「あ、はい、どうぞ」

――あなたは、真由さんの捜索に駆り出されたということですが、この児童会館も捜索しましたか？

「はい。捜しました。というか、真っ先に捜しましたよ。だって、あの子、しょっちゅう、ここに来てましたからね」

――しょっちゅう？

「はい。しょっちゅう、見かけました。時間は、だいたい、夕方の四時とか五時とか。学校帰りに、よく寄ってましたね。ランドセルを背負ったまま、テレビを見てましたね」

――テレビを？

「はい。この児童会館はエキストラの休憩室になっていて、テレビも流れっぱなしになっていたんです。たいがいは、Gテレビの番組が流れていたんですが、真由ちゃんは違う局の番組を見ていましたね。アニメの再放送のようでした」

——ちなみにですが。ここS ヶ丘団地の一角は、まるごと一九六一年という設定ですよね？　この児童会館は違ったんですか？

「はい。先程も言いましたが、この児童会館は休憩室で、一九六一年の中の二〇二一年という感じでしょうかね。だから、被験者たちも、ここでよく息抜きをしていました。たとえば、スズキ家の旦那《だんな》さんなんかも、ここでよく油を売ってましたよ」

——スズキ家の旦那さんが？

「はい。よく、煙草《たばこ》を吸ってました」

——昨日は見かけてませんか？

「昨日ですか？　いや、昨日は見かけてませんね」

——夕方も？

「ええ、夕方も」

——ちなみになんですが。昨日、仕事の終了後にあなたたちが説教を喰らったのは、この児童会館？

「はい。ここです」

――何時から何時ですか？

「五時から八時過ぎです」

――そんなに長く。大変でしたね。

「ええ、本当に、昨日は大変でした。説教が終わって、外に出たら、真由ちゃんの失《しっ》踪《そう》騒ぎで」

――なるほど、なるほど。では、最後に、なにか気になる点はありませんか？

「気になる点？」

――昨日の夕方から真由ちゃんの遺体が発見されるまでの間で、気になる点はありませんか？

「そんなことを言われても。……ああ、そういえば」

――なんです？

「さっき、スマートフォンで匿名《とくめい》掲示板を見ていたんですけどね。『一九六一　東京ハウス』のスレッドです。そしたら、妙な書き込みが。

なんでも、スズキ家の旦那が、駅前のファストフードショップにいたって。そんな目撃情報があったんです。目撃されたのは、昨日の夕方の六時前後。どうやら、あの旦那、ルールを破って、外の世界に行っていたみたいですね。……まあ。気持ちも分かります。ここは牢獄《ろうごく》みたいなところですから。きっと奥さんとカメラの目を盗んで、ちょくちょくこの団地から逃げ出していたんでしょうね」

＋

「なんか、雲行きが怪しくなってきたぞ」

吉本さんが、なにか興奮した様子で戻ってきた。

「どこに行っていたんですか？」

隆哉は、少々怒りを込めて言った。というのも、吉本さんが席をはずしたばかりに、今の今まで、あのミツイという女の長話に付き合わされていたからだ。

「給湯室横のテーブルだよ。あそこは、給湯室の会話が丸聞こえなんだ」

「もしかして、盗み聞き？」

「盗み聞きじゃないよ。声が勝手に聞こえてくんだよ」

「で、雲行きが怪しいって？」

「それまで、警察はスズキ家の旦那に疑いを向けていたんだけど、スズキ家の旦那には、アリバイがあった」

「アリバイ？」

「そう。あの旦那、ここをこっそり抜け出して、駅前のファストフードショップにいたらしいんだ。昨日の六時前後。アリバイ成立」

「え？　そうなんですか？　じゃ、煙草の件は？」

「え？　煙草って？」

「……ああ、実は、僕もさっき、こっそりと給湯室の会話、聞いちゃったんですよね。たまたまですよ。給湯室の前にあるウォーターサーバーに行ったとき、偶然聞こえて。そのときは、スズキ家の旦那さんが事情を聴かれていたんですが、煙草がどうのって。……そうそう、児童会館裏で煙草を吸っていたとかなんとか」

「煙草を吸っていたのは、何時頃だって？」

「さあ。……そこまでは」

「いずれにしてもだ。真由ちゃんの死亡推定時刻が分かったみたいだよ」

「なんで、吉本さんが知っているんですか？」

「警官たちが話していたのを、たまたま耳にしたんだ」

「まったく、なんて迂闊《うかつ》な警官たちなんだ。そんな大事な情報を、一般市民がいる前でペラペラと。……で、死亡推定時刻は？」

「昨日の午後六時前後だろうってさ」

「その時間、スズキ家の旦那は駅前のファストフードショップにいたんですよね？

あ。本当だ。アリバイ、成立ですね」

「だろう？」

「だったら、一体誰が真由ちゃんを……？」

隆哉は、視線を巡らせた。

この中に、殺人犯が？　今まさに、殺人犯と同じ空気を吸っている？

「あ」

部屋の隅、暗がりに坂上女史の姿が見える。いつもの威勢はどこへやら、身をかがめてハムスターのように震えている。一回りもふた回りも小さくなった感じがする。

そんな坂上女史に、警官が近寄る。

いよいよ、彼女の番か。

隆哉は、自分のことのように、身をこわばらせた。

＋

――『一九六一 東京ハウス』は、リアリティショーだと伺ってますが。

「……はい。そうです。リアリティショーです」

――リアリティショーの定義をお教えください。

「シナリオや演出、そして演技などが一切ない〝ショー〟で、一種のドキュメンタリーです」

――もっと、具体的にお教えください。

「例えば、整形とかダイエットなどの『変化』に密着するもの、アイドルや俳優などのオーディションからデビューまでの『育成』を追ったもの、大家族などの『日常』を記録したもの。広い意味では、どっきりカメラも、リアリティショーです」

――警察24時……的な、警察に密着したドキュメンタリーも、リアリティショーのひとつですか？

「はい、そうです」

――では、『一九六一 東京ハウス』は、ジャンル的にいうと？

「『設定』ものです」

――設定？

「はい。出演者に『設定』を与えて、その様子を撮影する……というものです。無人島に一週間暮らしてみるとか、ヒッチハイクで世界一周するとか、数人の女性に一人の金持ちイケメンを争奪させるとか。……そして、今、最も流行っているのが、男女複数人を一つ屋根の下で生活させて、その恋愛模様を撮影する……というものです」

——恋愛模様ですか。でも、去年でしたっけ、その手の番組で問題が起きていますよね？　確か、出演者が自殺されている。

「…………」

——理由は、不本意な演出と演技を強いられて、それが元で、ネットで大炎上したからですよね？

「…………」

——そして、『一九六一　東京ハウス』も、今現在、ネットで炎上しています。実は、私も昨日の放送分を見てみたのですが。確かに、あれは、〝炎上〟してもしかたがない。なにしろ、ふたつの家族の夫婦が、それぞれダブル不倫の展開です。……あれは、事実なのですか？

「まあ、そうでしょうね。〝リアリティショー〟なので」

——本当ですか？　本当に、制作側の演出や演技指導は入ってないのですか？

「…………」

――私が見た感じでは、どうも不自然なんですよ。〝ヤラセ〟としか。

「…………」

――視聴者も、それを指摘しています。ネット、ご覧になりましたか？　〝マスカラ〟に続き、〝ヤラセ〟がトレンドワードに上がっています。

「…………」

――あなたは先ほど、リアリティショーは『シナリオや演出、そして演技などが一切ない〝ショー〟』だとおっしゃいました。

「はい。……その通りです」

――本当に、そう言い切れるのですか？　〝ヤラセ〟はなかったと、言い切れるのですか？

「…………」

＋

給湯室の中では、Gテレビの局ディレクターである坂上女史が警察に事情を聴かれている。

「坂上さん、時間かかってますね……」

隆哉は、給湯室の扉を見つめた。そして、

「ちょっと、お茶を……」

などと言いながら、再び給湯室横のウォーターサーバーに向かった。

ウォーターサーバーがある場所からは、給湯室内の会話がかすかに聞こえる。それを盗み聞こうという魂胆だったが、すでに先客がいた。

エキストラのミツイさんだ。

席を立ったきり戻ってこないと思ったら、こんなところに。

隆哉に気づいたミツイは一瞬顔を強張《こわば》らせたが、すぐに惚《とぼ》けた笑顔を作ってみせた。

「なんか、かなり絞られてるわよ、あの人」

「……坂上さん？」

「そう。あの坂上さん。いつもの威勢はどこへやら、刑事さんの追及に、声がうわずっている。たぶん、泣いているわね、あれ」

「泣いてる？　あの坂上さんが？」

「なんかいい気味ね」

「え？」

「おっと。今のは聞かなかったことに。……あ、お茶？　それともお水？」

ミツイさんが、ウォーターサーバー横のホルダーから紙コップを引き抜いた。

「あ、大丈夫です。自分でやりますので」

「そう？」

本来なら、ここで場所を譲るのが大人の常識だ。が、ミツイさんは頑としてそこを動かない。

「自分でやりますので、すみませんが、ちょっとそこをどいて——」

「ああ、そういえば。大炎上してるわね」

「え？」

「だから、ネットよ。『一九六一　東京ハウス』が大炎上よ」

「ああ。〝マスカラ〟がトレンドワード入りしているみたいですね。昨夜放送された不倫展開が話題になっているんでしょう」

「違うわよ。事件のことが漏れたのよ」

「え？　真由ちゃんのことが？」

ああ、いよいよニュースになってしまったのか。

万事休すだ。ジ・エンドだ。お蔵入りだ。

隆哉は、不謹慎にも、どこか晴れ晴れとした気分になった。が、

「ううん。真由ちゃんのことはまだニュースにはなっていない。たぶん、容疑者の目処《めど》がつくまで伏せておく方針なんだろうね。こういうのは、初動捜査が大切。だから、撮影現場の団地で〝事件〟が起きた……とだけ。関係者の誰かが、匿名掲示板に書き込んだんだと思う。……あ。私じゃないわよ。私はお達しをちゃんと守っているから。守秘義務ってやつよ」

じゃ、誰が……。

「たぶん、団地の住民じゃないかな。だって、団地の住民も真由ちゃんの捜索に加わっていたじゃない？　どんなに隠しても、こういうのは隠しきれないものなのよ」

団地の住民が？

そうか。すっかり忘れていたが、ここはリアルな団地だった。そう、建て替え計画の真《ま》っ只中《ただなか》だが、建て替えが済んだ街区には千人以上が普通に生活しているのだ。住人たちの口を塞《ふさ》ぐのは容易ではない。たとえ警察でも。

目の前で事件が起きたらそれを撮影してネットにアップしてしまうのが、今という世の中だ。いや、今に限ったことではない。大昔から人は、野次馬根性に支配されている。それはある意味、人類の危機回避本能なのだ。危機を他者に知らせるために、

あるいは同じ轍《てつ》を踏まないように、わざわざその現場にいって観察する。だから、大昔から人は、火事があればわらわら集い、事故を見つけたら寄り合い、遠巻きに目の前の〝危機〟を眺めてきたのだ。そして、危機を他者に知らせるために、噂をばらまく。

自分だって例外じゃない。こうやって給湯室の横に陣取り、情報を聞きだそうと躍起になっている。そして隙《すき》あらば、匿名でネットにリークしてしまいたい。そんな衝動が先ほどからずっと渦巻いている。

たぶん、この児童会館にいる全員が、衝動の渦に飲み込まれている。

その証拠に、みな、一様にうつむいている。スマートフォン、あるいはタブレットにかじりついている。

我慢できず、隆哉もズボンの後ろポケットからスマートフォンを引き抜いた。

＋

『Sヶ丘団地で事件が発生しています。詳しくは言えませんが、かなり、ヤバいです。今、児童会館では、阿鼻叫喚《あびきょうかん》地獄が繰り広げられています』

『詳しく。どんな事件？』

『じゃ、ヒントだけ。……六十年前にSヶ丘団地で起きた事件』

『検索してみたら、ネット事件百科がヒットした。

……一九六一年九月十三日未明、Sヶ丘団地内の倉庫前で女児が遺体で発見された。遺体で見つかったのは当時小学六年生の山田美代子《やまだみよこ》ちゃん。首をしめられた痕《あと》があり、殺人事件として捜査が開始されたものの犯人は特定できず。容疑者は何人かいたが、どの人物もアリバイが成立し、逮捕には至らなかった。今も未解決のまま。……とある』

『ああ、「Q市女児殺害事件」か。未解決事件の特番かなんかで見たことがある。確か、その事件のあと、また殺人事件が起きるんだよな、あの団地で』

『女児の遺体が発見された日に、容疑者とされた男性の一人が死体で発見された……とネット事件百科にはあるけれど』

『って、この「Q市女児殺害事件」がどうしたっていうんだ？　なんのヒントになるんだ？』

＋

「『Q市女児殺害事件』って、知ってるか？」

いつのまにやら、隆哉の横には吉本さんがいた。

見ると、ウォーターサーバーの周りにはちょっとした列ができていた。たぶん、目当ては水でもお茶でもない。給湯室から漏れ聞こえる声だ。

先程から、恫喝《どうかつ》ともいえる警官の厳しい声が聞こえていた。そして、泣き声も。

……あの坂上女史の泣き声だ。みな、その泣き声に聞き耳を立てている。女史のキャラクターからはとても想像がつかない。いったいどんなふうに泣いているのだろう？

本当に泣いているのだろうか？　いずれにしてもいい気味だ。……と言わんばかりだ。まるで、公開処刑を恐怖と興奮で見守る見物人のようだ。

もちろん、隆哉もその一人だ。そして吉本さんも。

吉本さんなどは、その興奮を微塵《みじん》も隠していない。頬は紅潮し目元はにやけっぱなしだ。自分もそんな顔をしているのだろうか？　そう思ったら、急激に羞恥心《しゅうちしん》が湧《わ》いてきた。

空の紙コップを片手に、隆哉はその場を離れた。そして、適当な席を見つけると、そこに腰を落とした。

吉本さんも、隆哉のあとを追う。

「だから、『Q市女児殺害事件』って知ってるか？」

吉本さんが、新しい言葉を覚えたばかりの小学生のように、しつこくからんでくる。

「なんです？『Q市女児殺害事件』って？」

隆哉が渋々応《こた》えると、

「昭和三十六年に起きた事件だよ」

と、吉本さんが、どや顔で言った。

「で、それがなにか？」

「あれ？　驚かないの？　昭和三十六年だよ」

「一九六一年ですね」

「そう。一九六一年。……まだ分からない？」

「あ。一九六一年といえば――」隆哉の背筋が、微《かす》かにざわついた。

「そう。『一九六一　東京ハウス』の舞台設定が、まさに、一九六一年」

「ただの偶然でしょう？」

「偶然かな？」

「で、その『Q市女児殺害事件』って？」

「一九六一年、この団地で起きた事件だよ。小学六年生の女児が死体で発見されたんだ。なんと、この児童会館裏の倉庫の前で」

「え！」思わず、大きな声が出てしまった。「今回の事件とそっくりじゃないですか！」

〝一九六一年〟がかぶったのは偶然だとしても、同じ団地の同じ児童会館裏の倉庫前で死体が発見されるだなんて。……ここまでくると、偶然ではなくて――。

「しかもだ。事件が起きたのは、九月十二日の夕方。死体が発見されたのは、翌日十三日の未明」

隆哉の背筋が、ぞわっと粟立《あわだ》つ。と、同時に、妙なときめきも覚えていた。好奇心というやつだ。

「どういうことです？　てか、今回の事件そのものじゃないですか」

「そうなんだよ。俺もさっき、ネットで見て知ったんだけどさ」

「ネットで？　ああ、炎上しているらしいですね」

「この中の誰かが、リークしたみたいだな」吉本さんは、声を潜めた。「そう、この児童会館にいる誰かが――」

「ここにいる人の誰かが？　でも、団地の住人かもしれませんよ？」

「いや。この児童会館の現状を知っている人の書き込みだ。この部分を見てみろ」

吉本さんが、自身のタブレットに指を置いた。ささくれた指の先に、

『今、児童会館では、阿鼻叫喚地獄が繰り広げられています』

という書き込みが見える。

「あ、本当だ……。でも、いったい、誰が？」

「俺じゃないからな」

「僕も違いますよ」

「……しかし、これはとんでもないことだぞ」吉本さんが、興奮を隠しきれない……

という様子で言った。

「ええ、殺人事件ですからね」

「いや、そっちじゃない。もちろん、殺人事件もとんでもないことだけど、その動機がとんでもない……っていっているんだ」

「動機？」

「これはあくまで俺の推測だが。……今回の事件は、六十年前の事件をそのままなぞ

っているといえる。つまり、再現されているんだよ」

「どういうことです？」

が、吉本さんはその質問には答えず、

「いずれにしても、このままでは、もう一人被害者がでるかもしれない」

「だから、どういうことです？」

「『Q市女児殺害事件』では、容疑者の一人も死んでいるんだよ」

「容疑者まで死んでいるってことは……連続殺人事件じゃないですか！」

「そうだ。そして、その事件が再現されているとしたら、今日のうちに、もう一人が死ぬ。容疑者が――」

「もう一人が死ぬ？……容疑者が死ぬ？」

隆哉は、声を絞り出した。どういうわけか、喉《のど》がカラカラだ。焼けるように熱い。……たぶん、風邪をひいたのだろう。なにしろ、徹夜だ。昨夜から一睡もしていない。体力も落ちている。こういうとき、隆哉は必ず風邪をひく。

それでも、興奮のほうが勝っていた。隆哉は餌《えさ》をつっつく鶏のように、首を最大限に伸ばした。

「ちなみに、六十年前の事件の容疑者って、いったい誰なんです？」

「ネット事件百科では、……小説家とある」

「小説家？」

「といっても、カストリ雑誌を中心にしていたような小説家らしいけれど」

「カストリ雑誌って？」

「終戦直後に流行った大衆雑誌だよ。今で言えば、エロ雑誌的な？　とはいっても、著名な作家もイラストや文章を寄稿しているから、バカにしちゃいけない。菊池寛《きくちかん》、江戸川乱歩《えどがわらんぽ》、永井荷風《ながいかふう》なんかの作品もカストリ雑誌に掲載されている。でも、GHQに徹底的に叩かれて、そのブームは短かったけれどね。それでも、水面下で姿形を変えて細々と刊行され続けていた。名のある文芸誌や週刊誌が、元をたどればカストリ雑誌だった……なんていうのは珍しくはなかった」

「で、その容疑者は？」

「カストリ雑誌の流れを汲《く》む週刊誌にエロ小説を寄稿していたり、小学生向けの雑誌にSF小説を寄稿していたりして、なんだかんだ稼いでいた小説家のようだ」

「エロから子供向けSF……。これまた、両極端な」

「まあ、珍しいことではない。今でも、媒体ごとにペンネームを変えて、子供向けからアダルトまで寄稿している作家は多い」

「なるほど。で、その容疑者は――」

「エロ雑誌に、ロリータまがいの小説を書いて荒稼ぎしていたようだな」

「ロリータって、まさか、ロリコン？」

「そう。今でこそ規制が厳しいけれど、当時はゆるゆるだった。大人どうしの性描写は『チャタレイ夫人の恋人』裁判に見られるように今以上に規制が厳しかったけれど、子供については規制がゆるかった」

「そうなんですか？　なんか、嫌な話ですね……」

「いずれにしても、その容疑者はロリコン小説で荒稼ぎし、その一方で、子供対象の雑誌でも荒稼ぎしていた」

「なんか、むかつきますね」

「そう思っていた人は当時も少なからずいて、この団地でも、ちょっとした村八分にあっていたようだ」

「ハブられていたんですね。……ということは、その容疑者は、自分がロリコン小説を書いていると、公表していたんですか？」

「細かいことは分からないけれど、本人が隠していたとしても、そういうことってバレるもんじゃん？　特に、ここはムラ意識が強く残っている土地柄。一日中、家にこもっている男がいれば、あれこれと詮索《せんさく》したくなるもんだろう？」

「まあ、それは想像できますね」

「こういう地方のムラでは、隠し事なんてできないもんなんだよ。……俺の田舎もそうだもんな……」

「うちの地元もそんな感じです」

「で、ここからは俺の想像なんだけど。子供が出てくるいかがわしい小説を書いている男がいる。その男は変態に違いない、あの男には子供を近づけるな……という暗黙の了解がこの団地内にはあって、結果、村八分的な状態ができあがったんじゃないかと」

「なるほど」

「そんなときに、団地に住む小学生の女児が殺された。住人たちは、まっさきに小説家を疑う。……あの男が怪しい。あんな小説を書いている男だ、いつかやらかすと思っていた。……そんなようなことを警察に密告したんじゃないかと」

「なるほど、なるほど。それでその小説家は容疑者として警察にマークされたんですね」

「ところがだ。この男には、れっきとしたアリバイがあった。それで、一度は容疑者リストから外れるのだけれど、そんなときに、第二の事件が起きた」

「その男が殺害されるんですね？」

「そうだ。女児が殺害された翌日。貯水槽の下で死体で発見されたらしい」

「貯水槽？」

「そう。この団地の水の供給源だ」

隆哉の視線が、どういうわけかウォーターサーバーに注がれた。そして、身震いした。

「それまで容疑者だった男が、一転して被害者になったというわけですね」

言いながら、隆哉は自身のスマートフォンの画面に指を滑らせた。

「Q市女児殺害事件」と検索すると、ネット事件百科を筆頭に、いくつかのサイトがヒットした。

隆哉は、ネット事件百科の次に表示されているサイトをクリックしてみた。どうやら、個人が運営している昭和の未解決事件についてのサイトのようだった。

個人の趣味で運営されているこの手のものは、大手メディアよりも情報が豊富なことが多い。例えば大手メディアでは伏せられている容疑者の名前も、実名で紹介されていたり。この個人サイトも然《しか》りだった。ネット事件百科では〝容疑者A〟と伏せられていた名前が、〝鈴木《すずき》圭太郎〟とはっきり実名で表記されている。

「……え？　鈴木？」

隆哉の背筋が、またもや粟立った。

「だろう？」吉本さんが、得意げに小鼻を蠢《うごめ》かした。続けて、

「Sヶ丘団地、一九六一年九月十二日少女が行方不明。翌日未明、児童会館の裏の倉庫の前で少女の死体発見。容疑者は鈴木。ここまで来たら、もう偶然ではない。必然だ。……そう思わないか？」

「…………」

否定のしようがない。ここまでかぶることは、現実社会ではそうそうない。かぶることがあったとしたら、それは、誰かの意思が反映されていると考える方が自然だ。

「これで、納得してくれた？『一九六一　東京ハウス』が、この団地で六十年前に起きた事件をなぞっている……再現しているってことを」

「でも、なんのために？　誰が？」

隆哉は、声を絞り出した。驚きと緊張と恐怖で、喉がカラカラに渇いてしまっている。

一方、吉本さんは平常時の滑らかな声で、言った。

「まずはなんのために？という点だが……」

隆哉は、昔話の続きをねだる子供のように身を乗り出した。

「悪い。それは、さすがの俺も想像すらできない」

本来なら、ここで芸人のようにずっこけて見せるのが大人のリアクションというやつだが、今はそんな気にもなれない。

大人気なく、「ちっ」と舌打ちしていると、

「だけど、〝誰が〟という点に関しては、なんとなく想像ができる」

と、吉本さんが続けた。

隆哉は、再び身を乗り出した。「誰なんです？」

「『一九六一　東京ハウス』という企画を持ちかけた人物だ」

え？　それはまさに、自分だ。

隆哉は大きく頭を横に振った。

「ち、違いますよ、僕じゃないですよ！」

「そうだ。深田くんじゃない。それは確かだ。ただ、今回の件に、唯一《ゆいいつ》〝偶然〟が存在するとするならば、それは、深田くんという存在だ」

「は？」

「よく思い出してくれ。君が、持ち込んだ企画」

「思い出すも何も。……百二十年前の生活を現代人が体験したら……というものです」

「そうだ。はじめは、百二十年前の生活を体験する……というものだった。そして、実際、そういう内容の企画書でGテレビにプレゼンテーションしにいった。が、気がつけば、百二十年前でなく、〝一九六一年〟で設定が決定してしまった」

「……はい。その通りです」

「その人物は、君の企画案を見て『これは使える』と思ったんだろうな。自分がずっと温めてきた計画を実行することができると。それで、言葉巧みに百二十年前から一九六一年に設定を変えてしまった。……そのときのこと、覚えている？」

「細かいところまでは覚えてないですが、なんとなくは……」

そう、あのとき、Gテレビのお偉いさんたちが、あーでもないこーでもないと言いたい放題だった。そして、あれよあれよというまに、〝一九六一年〟というキーワードが出てきて。……それをまず言い出したのは、誰だったかな……。えっと、えっと。

……坂上女史だったか、それとも――。

「岡島さんだよ」

「え？」

「だから、うちの社長の岡島さんだよ」吉本さんが、声を潜めた。「〝一九六一年〟というキーワードを出したのは、うちの社長なんだよ」

言われて、隆哉も思い当たった。そうだ。とりとめのない意見が飛び交う中、岡島社長がぽつりと言ったんだ。

「一九六一年にしては？」と。

隆哉は、真冬に薄着で外に放り出された小学生のように、体を震わせた。

そして、恐る恐る、ドア付近に立つ岡島さんに視線をやった。

岡島さんは、先ほどからずっとそこに立っている。まるで、児童会館にいる人々を監視するかのように。あるいは、誰もここから逃がさないように。

その様は、まるで地獄の門番のようだ。

「……つまり、岡島さんが、黒幕なんだよ」

吉本さんが、怪談師のような顔で言った。

「岡島さんが……黒幕？」

理解が追いつかない。隆哉は、混乱した頭を両手で支えた。

「意味が分からないんですが。……どういうことです？」

「だから、岡島さんが仕組んだことなんだよ、『一九六一 東京ハウス』は」

「いや、でも、それは僕が持ち込んだ企画で……」

「でも、君が考えた内容とは、ずいぶんとかけ離れた内容になってしまっただろう？」

「はい」

「君は、ただ、きっかけを持ち込んだに過ぎないんだよ」

「きっかけ……」

「君が持ち込んだ企画を見て、岡島さんは長年温めていた計画を実行しようと企《たくら》んだ。いや、もしかしたら、突発的に浮かんだ計画なのかもしれない。いずれにしても、この六十年、排水溝のヘドロのようにずっとまとわりついていたもやもやを払拭《ふっしょく》したいと考えた。でなければ、先には進めない。今こそ、この六十年を清算しようとしたんだよ、岡島さんは」

「……………」なんで、岡島さんが？

「岡島さんのポーカーフェイス、俺もずっと気になっていた。で、いつだったか、調べてみたことがあるんだ」

「岡島さんのことを？」

「そう。岡島さん、ずっと心療内科に通っていて、薬も飲んでいる。つまり、心の病が、あのポーカーフェイスを作り出しているんだよ。ただのポーズではない。表情を作れなくなってしまったんだ。……残酷な話だよ」

「なんで、岡島さんは心の病に？」

「一九六一年に起きた『Q市女児殺害事件』の被害者、山田美代子ちゃんは、岡島さんの実の姉なんだ」

「え!?」そういえば、このSヶ丘団地に、かつて岡島さんが住んでいたことは前に聞いた。……ってか、六十年前に殺害された少女の名前も〝ヤマダ〟なんだ。まじか。

そこまで同じだなんて……。

動揺する隆哉を置き去りに、吉本さんは続けた。

「岡島さん、事件があったあともこの団地に住み続けていたんだから、相当つらい思いをしたんだろうね。姉を殺された傷もさることながら、好奇の目に晒《さら》され続けた傷も深いと思う。表情がなくなったのは、その後遺症なんじゃないかな」

「…………」確かに、そんなことがあったなら、心を閉ざしてしまうだろう。

「しかもだ。姉が殺害されたあとすぐに、容疑者だった鈴木圭太郎も死体で発見された。そのとき、犯人として疑われたのが岡島さんの母親だ」

「え！　なんで？」

「なんでも、鈴木圭太郎と岡島さんの母親は不倫関係にあったらしい」

「ええ！　その設定って……」

「だろう？　今回の不倫演出とそっくりだろう？」

「でも、不倫演出をぶちこんだのは、坂上女史なんでは？」

「坂上女史なんて、ただの傀儡《かいらい》だよ。彼女、態度はでかいけど、根は小心者で流されやすい性格なんだ。誘導尋問にもすぐにひっかかるし、暗示にもかかりやすいし、なにより、洗脳されやすい」

「じゃ、坂上女史を裏で操っていたのは、岡島さんってことですか？」

隆哉は、再び、ドアの前に立ちはだかる岡島さんを見つめた。

相変わらずのポーカーフェイス。なにを考えているのか、まったく想像がつかない。

「でも、やっぱり分かりません。『一九六一　東京ハウス』を仕組んだのが岡島さんだとして、なんだって、そんな大がかりなことをするんです？」

「だから、さっきから言っているじゃない。『Q市女児殺害事件』をそのまま再現して、その真相をあぶり出すためだよ」

「再現したからといって、今更真相なんてあぶり出せますか？　……っていうか」隆哉の背筋に、改めて冷たいものが流れる。「……真相をあぶり出すもなにも、犠牲者が出ているんですよ？　六十年前の事件を再現してしまったために、真由ちゃんが犠牲になっているんですよ？」

　隆哉はここまで言って、あまりの恐怖に声を震わせた。

「……まさか、真由ちゃんが犠牲になるのも、織り込み済み？　シナリオ通りっていうんですか？」

　隆哉は、エキストラのミツイさんが言った言葉を思い出した。

『スタッフのくせして、知らないの？　そりゃ細かいシナリオがある。……ちょっとでも間違えたら、大変なんだから。あとで呼ばれて、あの女にコテンパンにやられるんだから』

あの女って、まさか……岡島さん？　隆哉は、震える唇に拳《こぶし》を当てた。

「いくらなんでも、そんな……」

なんで、なんで、なんで、なんでそこまでやるんだ？　なんで？

「さっきも言ったけど、岡島さんは、心の病なんだよ。……仕方ない」

「仕方ないって。吉本さんは、そこまで分かっていて、なんで止めなかったんですか？」

「俺だって、それに気がついたのはついさっきなんだよ。もう、手遅れだったんだよ。……いずれにしても、今、俺たちは岡島さんの手のひらの上だ。彼女が描くシナリオの駒《こま》にすぎないんだよ」

「っていうか。岡島さんのシナリオって、着地点はどこなんです？」

「そんなの、知るかよ。ただ、分かっているのは、被害者はあと二人、出る」

「え!? あと二人？」

「そう。さっきも言ったように、山田美代子ちゃんが殺された翌日に、容疑者だった鈴木圭太郎が死体で発見される。そして、その翌日には鈴木圭太郎の妻も死体で発見。……まあ、鈴木夫人の場合、飛び降り自殺したらしいので殺人ではないが。でも、被害者であることには違いない」

「……ということは、まさか」

隆哉は、部屋の隅で身を寄せ合って丸くなっているスズキ家……中原家を見つめた。

そうか。隆哉は、改めて戦慄《せんりつ》した。わざわざ〝スズキ〟と名乗らせたのは、六十年前の再現のため。

そして、小池家が、〝ヤマダ〟と名乗らされたのも、再現のため……。

その小池家の憔悴《しょうすい》振りは見ていられないほどだった。妻も夫も真っ青な顔で、ずっとうつむいている。下の娘だけが、先程から顔を真っ赤にして、繰り返し訴えている。

「パパとママのせいだ！　お姉ちゃんが死んだのは、パパとママのせいだ！」

そして、給湯室からは警官の怒声と坂上さんの泣き声。

出入り口の扉には、岡島さんが仁王立ち。

まさに、地獄絵図だ。

「あれ？」

隆哉は、違和感を覚えた。

スズキ家……いや中原家。夫と赤ちゃんがいない。身を寄せ合って丸まっているのは、妻と上の子供だけだ。

隆哉は、ぐるりと部屋の中を見渡した。

いない。

何度も見渡したが、……やっぱりいない。

トイレだろうか？と、トイレのほうに視線を移したときだった。

出入り口のほうから、けたたましい打撃音が聞こえてきた。

誰かが、激しく扉を叩《たた》いている音だ。

その前に立つ岡島さんが静かに動いた。そしてやおら扉を開けた。現れたのは、村松さんだった。

そう、この団地の自治会長で、ロケハンのときに隆哉たちを案内してくれた、あの村松さんだ。

村松さんが岡島さんに何かを訴えている。が、それを却下されたのか、今度は隆哉たちのほうに近づいてきた。そして、静かに言い放った。

「もう、すっかり夜ですよ。まだ、取り調べは終わらないんですかね？」

濁ったため息とともに、村松さんがよっこらしょとスツールに腰を落とした。その顔は、疲労の色で染まっている。

「まったく、なんてことでしょうね。こんな撮影、許可しなければよかった。この団地に活気が蘇《よみがえ》れば……と思って、許可したんですけどね、まさか、こんなことになるなんて。活気どころか、この団地からますます人が逃げ出していく」

そう言いながらも、村松さんの目は、どこか生き生きとしている。なにかを言いたくてしかたないというような、そんな目だ。

「……六十年前にも、今回と同じような事件があったとか？」吉本さんが、村松さんを巧妙に誘導した。

「え？」村松さんは一瞬身構えた。が「そうなんですよ！」と、声を潜めながらも、滑るような口調で応えた。

「団地の住人も噂《うわさ》しあっています。『六十年前と似ている』って。というワタシは、当時ここには住んでいませんので、リアルタイムで経験したわけではないのですが。でも、なにかあるごとに、噂を聞くんです。『六十年前、ここで連続殺人事件があった……』って。きっと、蛇神様の祟《たた》りに違いないって」

「蛇神様？」

「いわゆる、水神です。ここはその昔、大きな沼だったそうです。その沼には古代より『水神』が住むと言われ、お祀《まつ》りする小さな神社があったのですが、この団地を建設するにあたり、埋め立ててしまった。神社ごと」

「神社ごと埋め立てるなんて、かなり乱暴だなぁ。そういうときは、大概、社を他に遷《うつ》すものだが」吉本さんが言うと、

「まあ、当時は高度経済成長期ですからね。そういうものはないがしろにされていたんでしょうね。でも、信心深い住人たちが協力しあい、小さな祠《ほこら》を建てたんだそうです。その場所が、まさに、この児童会館の裏」

「え？」隆哉は、身を乗り出した。

「が、その祠も半年もしないうちに撤去され、倉庫になってしまったんだそうです。

そのせいか、その年の夏に大雨で崖崩《がけくず》れ。蛇神様の祟りだ……と噂しあっていたところに、小学生の女児が死体で発見されたのです」

「山田美代子ちゃんですね」

「そうです。当時の住人はみな、思ったそうです。『美代子ちゃんは、祟りで殺された』って。または、鈴木圭太郎が蛇神様に取り憑《つ》かれて、美代子ちゃんを殺害したんだって。さらに恐ろしいことに鈴木圭太郎自身も、死んでしまった。その奥さんも。その子供たちも」

「子供たちも亡《な》くなったんですか？」

「ええ、母親が自殺したあと、親戚《しんせき》だか施設だかに預けられたんですが、亡くなったって聞きました」

「…………」子供まで。まさに祟りだ。

「ああ、そうだ。当時からここに住んでいる人が今も、何人かいます。彼らは、まさにこの団地の生き字引。話を聞いてみますか？」村松さんの提案に、

「ええ、ぜひ」吉本さんが、深々と頭を下げる。

「お願いします」隆哉も負けじと、頭を下げた。

「じゃ、ちょっとお待ちください」

それから村松さんは、携帯電話を取り出すと何人かに電話していった。そして、
「一人だけ、つかまりました。ツチヤさんです。今から、ここにいらっしゃいます」
その数分後、手押しカートを押しながら現れたのは、歩くのもやっとというような
ヨレヨレの老婆《ろうば》だった。しかも、今まで寝てました……というような寝間着姿。
「ああ見えて、頭はしっかりとしてますから。ただ、ちょっと耳が遠いので、話がか
み合わないこともあるかもしれませんが……でも、ツチヤさんは、山田家と鈴木家の
両家と付き合いがあって、あの事件のときも何度もマスコミの取材に応じています。
まさに、あの事件について、この団地で、いや、この日本で一番、事情を知っている
人です。……ね、そうでしょう？　ツチヤさん」
「ええ？　なんか言いました？」
ツチヤさんが、手押しカートのバッグをごそごそ探りはじめた。そして、
「ここ最近、ますます耳が遠くなって、しんどいんですよ。なので、こちらをお持ち
しました」
と、一冊の古い雑誌を取り出した。
「六十年前のものです。当時、いろんな雑誌記者に取材されたんですが、この雑誌が

一番、まともでしたので、とっておいたんです。他の雑誌は、もうめちゃくちゃでね。そんなこと一言も言ってないよ……というようなことを記事にされたので、あったまきちゃって、全部処分しちゃいました。……でも、この雑誌だけは、ちゃんとしていたんで、捨てられなかったんです」

言いながら、ツチヤさんが、雑誌をぺらりと捲《めく》った。

＋　＋　＋

——鈴木さんと山田さん、それぞれとお付き合いがあったと伺いましたが？

「ええ、ありましたよ。あたし、鈴木家の隣に住んでいましたから、自然と。だって、鈴木さんの奥さんと山田さんの奥さん、とても仲が悪くて。しょっちゅう喧嘩《けんか》をしているものですから、私が仲裁に入るしかなかったのです。気がつけば、鈴木家と山田家それぞれと付き合う羽目に。成り行きですね。本当は、関わり合いにはなりたくなかったんですが」

——鈴木さんの奥さんと山田さんの奥さんは、はじめから仲が悪かったのですか？

「そんなことはありませんよ。はじめは、仲がよかったように見えました。鈴木さんの部屋に、山田さんがよくお邪魔していたみたいですし。でも、あるとき鈴木さんが愚痴ってましたっけ。……山田さんの奥さんは図々《ずうずう》しいを通り越して盗人《ぬすっと》だ……って。なんでも、ちょくちょく、物を借りに来るんですって。はじめは、お米とかパンとか。そして、どんどんエスカレートしてきて、買ったばかりのミキサーとか水道の蛇口の先につけるアレとかまで『貸して』と言って、持って行ったんだそうです。しかも、返ってこない。それでも鈴木さんは我慢していた。というのも、山田家は背伸びしてこの団地に住んでいたので、同情していたようです。『本当はこの団地に入れる資格はなかったのに、無理して入居したんでしょうね。だから、生活はギリギリ。子供たちは粗末な服を着ているし。本当にお気の毒』って、よく言ってました。あたしは、その同情がいつか仇《あだ》になるんじゃないかと、ヒヤヒヤしてましたけどね」

——どうして、ヒヤヒヤしていたんですか？

「だって。同情する側は優越感に浸ることができますが、同情される側は、劣等感が募るばかり。その優越感と劣等感が衝突してしまうんじゃないかと思ったんです。案の定でした。しだいに、鈴木さんと山田さんは、険悪な関係になってしまったのです」

——一部の噂では、山田さんの奥さんと鈴木さんの旦那《だんな》さんが、親密な仲になっていたとか。

「ああ、その噂、あたしも聞いたことがありますよ。噂ではなくて、本当のことですけどね。だって、あたし、何度も目撃してますから。山田さんの奥さんが、厚化粧して鈴木さんちを訪ねるところを。鈴木さんの奥さんが留守のときに。

……鈴木さんの奥さんに、あからさまに同情されて見下されていた山田さんの奥さんの、ちょっとした復讐《ふくしゅう》だったんでしょうね。旦那を寝取って、鈴木さんの奥さんを泣かせてみたかったのでしょう。女って、そういうところがあるんですよ。あたしも女なんで、よく分かります。……でも、山田さんの奥さん、本気になっちゃったみたいですね。そう、本気で、鈴木さんの旦那さんを好きになっちゃったみたいです。山田さんの奥さんが、鈴木さんの旦那さんを待ち伏せしている姿、何度も見かけました。

……哀れでしたね。実に、哀れでした」

——さらには、鈴木さんの奥さんと山田さんの旦那さんにも、噂がありますね。

「ああ。それは。山田さんの旦那さんの、一方的な邪恋ですよ。鈴木さんの奥さん、色っぽいでしょう？　しかも、女優さんのようにきれいだし、誰にも優しい。だから、団地の男どもは、みんな勘違いしちゃうんですよ。うちの旦那も、鈴木さんの奥さんにメロメロでしたしね。まったく、男どもには困ったものです」

――なら、鈴木さんの奥さんと山田さんの旦那さんの噂はウソ？

「だと思いますよ。問題なのは、山田さんの奥さんと鈴木さんの旦那さんのほうですよ。団地内では、かなりの噂になってましたね。

こうなると、心配なのは、山田さんの二人の娘たちですね。母親が、色情魔に取り憑かれたようになってしまったのですから。

肩身が狭かったと思います。学校でも噂になっていたようですし。

特に、お姉ちゃんの美代子ちゃんは日に日に衰弱していった。あんなに元気溌剌《はつらつ》で、スキップするように歩いていた子が、あるときから、うつむきながらとぼとぼと歩くようになりました。声をかけても、目も合わさない。

頭のいい子でしたから、団地で噂されている内容もはっきりと理解していたのでしょう。一方、幼い妹のほうは『フギってなに？　フギってなに？』って無邪気に姉に質問してましたっけ。

質問されても、美代子ちゃん、答えられない。だから、ますます妹にからまれる。……そんな姿も何度も見かけました。本当に、哀れでした。なのに、母親は……。

事件があった日の午後も、山田さんの奥さん、鈴木家を訪ねてきましてね。ドアチャイムを繰り返し鳴らすものですから、あまりにうるさくて、あたし、玄関ドアの覗《のぞ》き穴から覗いてみたんです。そしたら、目の周りを真っ黒にして、山田さんの奥さんが泣いているんです。ぎょっとしましたよ。妖怪《ようかい》か？って。……まあ、ああなると、妖怪のようなものですね。まったく正気ではありません。

そんな母親を迎えに来たのが美代子ちゃんで、あの子も泣いてましたっけ。

『お母さん、帰ろう、もう帰ろう……！』って。

本当に哀れでした……。

結局、それが、美代子ちゃんを見た最後になります。

その数時間後、美代子ちゃんは、死体で発見されるのです」

＋　＋　＋

隆哉は、ページを捲った。が、次ページからは、他の関係者の証言がはじまっている。

「もっとたくさん、お話ししたんですけどね。取り上げられたのは、それだけ」ツチヤさんが、テーブルの上にあったアンパンを手にした。「まあ、それでもまだマシなほうですけど。他の雑誌では、話してもないことを記事にされて、とんだ目にあいましたよ。……村八分のような目に」

「村八分？」隆哉が言うと、

「はぁ？」

と、ツチヤさんが、アンパンを齧《かじ》りながら耳に手を添えた。

そうだった。この人は耳が遠いんだった。

「村八分にされたんですか？」と、今度はかなりボリュームを上げて言うと、

「はい、そうですよ。みんな、あたしを変な目で見るようになって。おしゃべりばあ……なんて、子供たちからは変なあだ名をつけられたりしてね、本当に大変でした。それ以来、マスコミとかテレビとか、信用しないようにしているんですよ。あたしにとってあの事件は、まさに、〝トラウマ〟ってやつです。

思い出したくない、嫌な記憶なんです。

だから、なるべく思い出さないようにしてきたんです。

この児童会館からも足が遠のきました。それまでは、しょっちゅう利用していたんですけどね。ここは、〝児童〟という名前ですが、大人の集会場でもありましたので」

「なぜ、ここから足が遠のいたんですか？」と、隆哉がさらに訊《き》くと、

「だって。六十年前も、ここに集められて警察に色々と聴かれたんですよ。まるまる

二日も軟禁状態。みんな疑心暗鬼になっちゃって、本当に、地獄のような二日間でした。ここに近づくだけであのときのことを思い出して、胸が苦しくなるんです。だから、この児童会館に来るの、本当に久しぶりなんです。それこそ六十年振り」

「六十年間も避けていたこの児童会館に、今日、来ようと思ったのは？」

「それは……、村松さんに呼ばれたから――」

「それだけですか？　六十年も避けていた場所なのに、そんな理由だけで？」

「実は……、ちょっと思い出したことがあって……」

「思い出したこと？」

「ええ、そうです。思い出したというより、バラバラだった記憶が……ジグソーパズルのピースのようにぴたぴたぴたっとハマっていったというか。でも、最後のピースだけがなくて。……ここに来れば、そのピースが見つかるかなぁと」

「最後のピース？」

「本当は迷ったんですよ。そんなの見つけてどうなるんだって。……でも、あたしも老い先は短い。もやもやしたまま死ぬのは、なんか嫌だなぁって。成仏《じょうぶつ》しないんじゃないかなぁって」

「なにが、あなたをもやもやさせているんですか？」

「それが、ずっと分からなかったんですよ。だから、もやもやしていたんですよ。ずっと、喉の奥に小さなトゲが刺さっている感じで、とっても気持ちが悪かったんだから。とれそうでとれない、トゲ。この気持ち、分かります？」

「まあ、確かに、それはもやもやしますね」

「でしょう？　でも、そのトゲの正体に、あたし、ようやく思い当たったんです」

「トゲの正体とは、なんですか？」

「匂《にお》いですよ」

「匂い？」

「そう。匂い。昨夜、真由ちゃんという子の捜索があったとき、『ああ、六十年前と似ているな』って思って、あたしもふらふらと、この児童会館の近くまで来てみたんです。そしたら、あの匂いがしたんですよ。……あたし、鼻だけはよくてね。マスクをしていても、分かるんです」

「もしかして、煙草《たばこ》の匂い？」

吉本さんが、言葉を挟んだ。

「煙草の匂いかどうかは分かりませんが、とにかく、独特な匂いがしてきて。それで、ふと、記憶が蘇ったんです」

「プルースト効果だな」

吉本さんが、にやりと笑った。そして、

「プルーストが書いた『失われた時を求めて』の冒頭、主人公は、ある香りをきっかけに過去の記憶が鮮明に蘇る。それにちなんで、香りを嗅《か》ぐことで記憶が蘇ることを『プルースト効果』という。事実、香りと記憶には密接な関係があるんだ」

「そういう難しいことは分かりませんけどね、いずれにしても、あたしを苦しめてきたトゲの正体は、〝匂い〟だったんです」

吉本さんが、さらににやりと笑った。

「たぶん、その〝匂い〟は、ゴロワーズという煙草の匂いです。フランスの煙草で、独特な香りがします。六十年前はまだ日本では売られていなくて、フランスで購入して日本に持ち込むしかありませんでした。鈴木圭太郎が吸っていたのがまさにそのゴロワーズなんです。そして、昨日の夕方、スズキ家の旦那役もそのゴロワーズを吸っていた。児童会館の裏でね」

「ああ、そうです、そうです。どんどん思い出してきました。鈴木さんの旦那さん、よくベランダで煙草を吸っていましたっけ。……なんでも、フランスで商売している大学時代の友人からもらったとかなんとか」

「たぶん、その友人は、闇市《やみいち》時代の仲間かもしれませんね」吉本さんの言葉に、隆哉が「え？　闇市？」と言葉を差し込んだ。

「鈴木圭太郎は、戦後、大学の悪友たちと煙草の闇商売をしていたらしいよ。で、仲間割れで、一人、友人を亡くしている。そのとき鈴木圭太郎は逮捕され、執行猶予《ゆうよ》付き判決が出ている」

「……詳しいですね」

「だって、この雑誌に載っていたよ」

吉本さんは、ツチヤさんが持ってきた古い雑誌をペラペラと捲った。

この雑誌は、どうやら「Q市女児殺害事件」特集号らしく、ツチヤさんの証言以外にも多くの証言が掲載されており、どうやって入手したのか鈴木圭太郎の事情聴取の内容まで掲載されていた。しかもだ。『よろめきのマスカラ』というタイトルで、山田美代子ちゃんの、つまり岡島さんの母親をモデルにした小説まで。

まさに、骨の髄までマスコミにしゃぶりつくされている格好だ。たぶん、「Q市女児殺害事件」を扱ったこの手の雑誌は他にもたくさん出版されたのだろう。渦中《かちゅう》の被害者家族の苦悩を思うと……。

隆哉は、視線を出入り口に飛ばした。

あれ？　岡島さん、いない？

「……それで、ツチヤさん。記憶の最後のピースはみつかりましたか？」

吉本さんが、追い立てるように言った。

「ええ、それが――」

ツチヤさんが、アンパンをじっと見つめる。

「なにか、思い出したんですか？」

「ええ、まあ――」

＋＋＋

――なにを思い出したんですか？

「匂いです。匂いがしたんです！」

――煙草の匂いですか？

「はい。煙草です。……うぅん、それだけじゃありません。煙草以外の匂いもしました。あれは、食べ物の匂いです。……なんていったらいいか。とにかく独特な匂いなんです！」

――その匂いを、どこで嗅いだんですか？

「はじめは児童会館です。……ああ、そうです、あれはイースト菌の匂いです！」

――イースト菌？　パンを焼くときに使う？

「そうです。児童会館では、ときどき子供を対象にした料理教室を開くんですが、あるとき、食パンを焼いた日がありまして。……そうそう、事件が起きる、二週間ほど前でしょうか。移動パン屋さんの奥さんが講師になって、みんなで食パンを焼いたのです。

でも、夏の暑いときですから発酵しすぎたのか、児童会館中にイースト菌の匂いが充満してしまって。しかも、食パンも上手《うま》く焼けなくて、パサパサの失敗作。

……明らかに、講師の奥さんの準備不足が原因でした。まあ、仕方ありません。奥さん、臨月で、今にも生まれそうなお腹《なか》でしたから。なのに、みんなに責められて気の毒でした。特に、子供たちは辛辣《しんらつ》でしたね。ほら、子供って、感情を隠さないでしょう？

……ああ、そうそう。山田さんちの美代子ちゃん。あの子が先頭に立って、文句を言ってましたね。あの子は妙に正義感の強いところがあって、口も達者。大人顔負けなんですよ。

『みんな楽しみにしていたのに、どうしてくれる。準備をちゃんとしなかったのが悪い。お腹が大きいのは理由にならない。それなら、はじめから講師なんて引き受けなければよかったんだ』

って、ネチネチと、講師の奥さんを責めるんです。美代子ちゃんの言っていることは正論でしたが、聞いているこっちが胃が痛くなる思いでしたよ。

とにかく、美代子ちゃんは、大人に対して、ちょっと辛辣なところがあったんですよね」

――で、そのイースト菌の匂いを、事件当日にも嗅いだというんですね。

「はい、そうです。……ああ、あたし、なんで今の今まで忘れてたんだろう。……これ、警察に言ったほうがいいと思います？」

――じゃ、警察には言っていないんですか？

「はい。だって、今、思い出したものですから。……今からでも、警察に言ったほうがいいかしら？」

――まあ、誰かがパンを焼いていたのでしょう。事件とは関係ないと思われますので、警察には言わなくていいと思いますよ。

＋＋＋

「……なんて、雑誌記者の人に言われたものだから、あたし、そのまま忘れてしまったんですよ！」ツチヤさんが、アンパンを片手に呻《うめ》くように言った。その顔には血の気がない。「でも、でも。違うのよ、そうじゃない！」

ツチヤさんが、声を荒らげた。

「あのイースト菌の匂いは、あの人の体臭だったんだから！」

「体臭？　それは、どういうことですか？」

その声は、いつからそこにいたのか岡島社長のものだった。

隆哉は、ぎょっと体を竦《すく》めた。

いつものポーカーフェイスはどこへやら、目は吊《つ》りあがり、指先はふるふると震えている。

「体臭って、どういうことですか？　ツチヤさん！」

岡島さんは、ツチヤさんの耳元で怒鳴るように言った。自分の名前を呼ばれて、ツチヤさんの目が丸くなる。

「なんで、あたしの名前を？」

「私のこと、覚えていませんか？　私、山田牧子です」岡島さんがマスクをいっきにはずした。

「山田……牧子」ツチヤさんの目が、飛び出しそうなほど見開かれる。「えっ。マキちゃん！」

「そうです。山田さんちのマキちゃんです」

「やだ、全然、分からなかった！」

「もう六十七歳ですからね」

「あのマキちゃんが、六十七歳！　そりゃ、あたしも歳《とし》をとるはずよ！」

「ツチヤさんは――」

「今年、八十五歳になったのよ」

「全然、そんなふうには見えません。お若いです」

「あら、いやだ！　――でも、みんなにそう言われるのよ」

「で、ツチヤさん。イースト菌の体臭ってどういうことですか？」

「イースト菌って、日常的に使っているとあの匂いが体に染《し》みつくのか、体臭のようになるのね。あの人の体臭は、イースト菌そのものだった。だから、あの人が近くにいるとぷーんと匂ってきたものよ」

「事件の日、その匂いがしてきたんですね」

「そう。あの日の夕方。たぶん六時ちょっと前だと思う。ショッピングセンターで買い物をして、自分の部屋に戻ろうと児童会館近くを通りかかったとき、ふと、イースト菌の匂いがしてきてね。あれ?と思った。今思えば、そのとき、児童会館裏の倉庫で美代子ちゃんは……」

「じゃ、姉が殺害されていたかもしれない時刻に、イースト菌の体臭の人が近くにいたってことですか?」

「たぶん」

「誰なんですか? 名前は?」

「それが、どうしても思い出せなくて。なんていう名前だったかしら。とにかく、あの人よ。マキちゃんも覚えているでしょう? 食パン作りの講師として来ていた、移動パン屋さんの奥さん。腹ボテの奥さんよ」

ツチヤさんの問いに、

「ええ、移動パン屋さんなら、覚えてますよ!」と、岡島さんが声を張り上げた。

「でも、私、あの食パンがどうしても好きになれなくて。だって、ボソボソしているし、硬いし。……で、その移動パン屋さんの奥さんがどうしました？」

「マキちゃん、覚えてない？　あの人から独特な匂いがしていたこと。イースト菌の匂いがしていたことを」

「あまり……よく覚えてないですね」

「していたのよ。独特な匂いが。あたし、鼻だけはよくてね、犬並みだな……って、よく夫にも揶揄《からか》われていたものよ。で、あの移動パン屋さんの奥さんから漂うイースト菌の匂いは、なんともいえない独特なもので。……甘酸《あまず》っぱいというか、汗臭いというか。たぶん、本来の体臭とイースト菌が混ざり合った匂いなんだろうね。とにかく、一度嗅いだら忘れられないような匂いだった。だから、間違いない。あの時、児童会館の裏に、あの人はいたんだよ！　……ああ、あの人、なんていう名前だったっけな……えーと、えーと、え……」

ツチヤさんが、うーんと唸《うな》りながら、デスクに突っ伏した。

「ツチヤさん？　どうしました？」

岡島さんの揺さぶりに、ツチヤさんが蛇のようにゆっくりと頭を上げる。

「えっと、……なんの話？」

「だから、移動パン屋さんの奥さんですよ！」

「あら、いやだ。移動パン屋なんて、とうの昔になくなったわよ。……というか、あなたは、誰？」

「なにをとぼけているんですか！　私は、牧子。山田さんちのマキちゃんですよ！」

「……山田さんちのマキちゃん？　嘘《うそ》よ。マキちゃんはこんなおばあちゃんじゃないわよ。小学生の女の子よ」

「ツチヤさん！」

岡島さんが、ツチヤさんの背中を激しく揺さぶる。

そんな岡島さんを止めたのは自治会長の村松さんだった。

「こうなると、ダメだ。今日はもう、諦《あきら》めたほうがいいですよ」

「どういうことですか？」

岡島さんが、怒りをぶつけるようにテーブルに拳を打ち付けた。

「どういうことなの！」

今度は、椅子《いす》を蹴《け》り上げた。

隆哉は、その様子を呆然《ぼうぜん》と眺めた。

……こんな風に感情を露《あら》わにする岡島さんははじめてだ。いつものポーカーフェイスはどこへやら、目の前にいるのは、制御がきかなくなった野獣そのものだ。……怖い。

が、村松さんは猛獣使いさながら、たしなめるように言った。

「ツチヤさんはね、ちょっとボケが来ているんだよ。普段はしっかりとしているんだけど、例えば、眠くなったり満腹になったりすると、突然、記憶が飛ぶ。……まだらボケってやつなんだ」

「まだらボケ？　本当なの？　ツチヤさん！」岡島さんが、手をパンパンと鳴らした。

「ツチヤさん！　ツチヤさん！」

「あーあ、ツチヤさん、寝ちゃったよ」と、村松さんがおどけたように肩を竦めた。

「こうなると、テコでも動かない。明日の朝まで夢の中だよ。……やれやれだな。おぶって、部屋まで届けるか」

おぶうって……。村松さんもれっきとした後期高齢者。大丈夫かな……。

「俺が手伝うよ」

吉本さんが、ツチヤさんをひょいと抱きかかえた。

「俺の母ちゃんが、ずっと寝たきりでね。こういうの、慣れてんだ」

え。吉本さんのお母さん、寝たきりなんだ……。

「本当に、眠っているの？」岡島さんが、食いさがる。「ね、ツチヤさんともっと話をしたいんだけど。ね！　ツチヤさん、本当は起きているんでしょう？　ね！」

岡島さんが、ツチヤさんの腕を引っ張ろうとしたそのとき、

「岡島牧子さん。いらっしゃいますか？」

という声がした。

見ると、給湯室の前、制服警官が繰り返し名前を呼んでいる。

「岡島牧子さん、岡島牧子さん、給湯室にいらしてください。岡島牧子さん！」

岡島さんの顔が、いつものポーカーフェイスに戻った。

＋

——岡島牧子さん。あなたは、このSヶ丘団地に住んでいたのですか？

「はい。入居したのは小学校に入ってすぐの頃です。……昭和三十六年の四月の終わりです」

——昭和三十六年、つまり、一九六一年ですね。

「はい、そうです」

——ところで、『一九六一　東京ハウス』を企画したのは、あなたが社長を務める

創界社で間違いないですか？

「はい、間違いありません」

――私は、テレビ業界に疎《うと》いので教えていただきたいのですが、創界社というのは、つまり、どういう会社なのですか？

「簡単にいえば、テレビ局の下請け会社です。テレビ局に代わってコンテンツを制作し、それを提供しています」

――下請けですか。……ああ、すみません、〝下請け〟というと、部品を製造する工場しか思い浮かばなくて。うちの実家がまさに下請け工場なんですが、うちでは、ネジを作っています。

「ネジですか。……うちも、〝ネジ〟のようなものです」

――ネジ？

「そうです。ネジです。私たち制作会社は、〝ネジ〟に過ぎません」

――では、テレビ局はなんでしょうか？　ネジ回しですか？

「それは、うまい喩《たと》えですね。……おっしゃる通り、テレビ局はネジ回しなのかもしれません。ネジを締め付けて締め付けて……」

――でも、ネジ回しは、ネジを緩める役割もある。

「そう。ネジを緩めて、その位置からネジを取り外す。……つまり、ネジを排除することもできるのです」

——業界的にいえば、〝干される〟？

「そうです。だから、私たち下請けの制作会社はテレビ局に逆らえる立場ではないのです」

——つまり、〝服従〟していると？

「まあ、簡単にいえば」

——どんな無茶振りにも応《こた》えなくてはいけない？

「そうですね」

——では、『一九六一　東京ハウス』は、どうですか？　やはり、無茶振りでしたか？

「はい」

——でも、この企画は、あなたの会社が持ち込んだものではないんですか？

「それは、間違いありません。しかし、当初の企画からはかなりかけ離れたものになってしまいました。……はじめは、〝団地〟なんていう設定ではなかったのです」

——では、誰が、〝団地〟という設定を提案したんですか？

「それは……よくは覚えていませんが……プレゼンテーションの席で、いろんな意見が飛び交って、そしていつのまにか……」

――そうですか？　岡島さん、あなたが誘導したんじゃないんですか？

「は？」

――そういう証言があります。

「誰が、そんなことを？」

――それは、お教えできません。

「誰が、そんなことを……」

――ところで。あなたは、Sヶ丘団地に住んでいたんですよね？

「はい。それは、さきほど答えた通りです」

――あなたがSヶ丘団地に引っ越してこられた年、つまり一九六一年の九月に、ある事件が起きます。俗にいう「Q市女児殺害事件」です。ご存じですよね？

「……ええ、まあ」

――その事件の被害者は山田美代子さん。当時小学六年生。ご存じですか？

「…………」

――もちろん、ご存じですよね。山田美代子さんは……。

「はい、そうです。山田美代子は、私の姉です」

――これは、どういうことなんでしょうか？

「…………」

――なにか、妙ですよね。『一九六一　東京ハウス』は、まるで「Q市女児殺害事件」をなぞっているようじゃないですか。

「…………」

――再現ドラマといってもいい。

「…………」

――しかも、あなたは、「Q市女児殺害事件」で殺害された山田美代子さんの遺族。この現実を、どう考えたらいいんでしょうかね？　とてもとても、偶然とは思えない。

「…………」

――誰かが意図したとしか。

「…………」

――あなたが一枚嚙《か》んでいないわけがない。違いますか？

「……おっしゃる通りです」

――やはり、そうでしたか。で、あなたの目的はなんですか？　なんで、六十年前を再現しようとしたのですか？

「それは……」

――姉を殺害されたあなたの苦しみは、想像を絶するものだったのでしょう。それは理解できます。だからといって、事件を再現しようというのは、どうも理解しかねます。なぜ、こんな真似《まね》を？

「……………」

――事件を再現して、あなたは何を得ようとしたのですか？

「……………」

――再現することで、真相が浮かび上がってくると？

「……はい」

――新たな証言、または証拠が出てくるとでも？

「……はい」

――バカバカしい！　六十年前ですよ？　半世紀以上が経《た》っているんですよ？　今更、新たな証言なんて……。

「ありました。新たな証言が。この団地に住むツチヤさんというおばあちゃんが、当時のことを思い出したんです。真犯人につながる新証言です」

──真犯人につながる、新証言？

「そうです。だから、ツチヤさんを事情聴取してください！　今すぐ、ツチヤさんを！」

──あなたは、何を言っているんですか。そんなこと、できるわけないじゃないですか！

「お願いします、どうかお願いします！　ツチヤさんの記憶は、真相をあぶり出すものだと私は確信しています。ですから──」

──今更真相を知って、どうしようというのですか？　とっくの昔に時効は成立しているんですよ？

「時効がなんですか。遺族には時効なんてありません。何十年も事件に雁字搦《がんじがら》めにされて、ずっとずっと、もがき苦しむしかないんです！」

──だからといって。こんな茶番を企画してなんになるんですか？　あなたがバカなことをしたおかげで被害者が一人増えたんですよ？　真由ちゃんは、死んだんですよ！

「それは、想定外でした。まさか、こんなことになるなんて……」

──いいですか？　あなたがこんなことをしなければ、真由ちゃんは死ななかったんですよ？　あなたは、どう責任をとるおつもりですか！　あなたが、真由ちゃんを殺したようなものなんですよ！

＋

隆哉の背筋が、しゅっと伸びた。ほとんど条件反射だ。

だって、目の前にいるのは、大林氏。

Ｇテレビ局番組編成局長だ。つまり、この中で一番偉い人だ。偉すぎて、隆哉は今まで目を合わせることも、言葉を交わすこともできなかった。そんな雲上人が、今、自分の至近距離にいる。さらに、

「で、どんな感じなの？」

と、お言葉まで。

隆哉の背筋がさらに伸びる。伸びすぎて、反り返ってしまうほどだ。

「申し訳ありません！　自分には、まったく状況がつかめません！」

隆哉は、一兵卒のごとく声を張り上げた。

「えっと。……君は、誰だっけ？」

「自分は、深田隆哉であります！　創界社にお世話になっています！」

「深田……？　あれ？」局長の目玉が上下左右に忙《せわ》しなく動く。そしてそれが止まると、「ああ、そうか、そうか。思い出した。……うんうん、覚えているよ。君が、『一九六一　東京ハウス』の原案を考えてくれたんだよね」

「恐縮でございます！」

「ところで、君、家族にテレビ関係者は？」

「は？」

「お母さんとか親戚《しんせき》のおばさんとかで、テレビ関係者、いる？」

「ああ……はい。いえ、テレビ関係者ではないのですが、叔母が、かつて広告代理店に」

「広告代理店？　……ああ、そうか、なるほど」

「あの、なにか？」

「いやね。『東京ハウス』の原案を見たとき、なにか既視感があってね」

「ああ、すみません。実は、あの企画、元々は叔母のものでして……」

「なるほどなるほど、それでか。……うんうん、なんかどんどん思い出してきたぞ。はい、はい、ああ、なるほどなるほどなるほど。深田、深田、深田。そうそう、確かにあの女性は深田って名前だったな。うんうん、思い出したぞ。そうだそうだ……君の叔母さんが持ち込んだ企画、いいところまでいったんだよ。でも、色々あってさ、結局ボツになっちゃったんだよな。……で、叔母さんは、元気？」

「いえ。……亡《な》くなりました」

「そうか。それは、残念だったね。……しかし、君のおかげで、大変なことになったなぁ」

君のおかげ？ つまり、今回の事件の元凶は、やっぱり、自分なのか？ 真由ちゃんが死んだのも、自分のせい？

隆哉の背中に大量の汗が流れる。

「すべて、君のおかげだ」

大林さんの手が、汗でびっしょりと濡《ぬ》れた隆哉の背中をポンポンと叩《たた》く。さらに噴き出す、汗。

隆哉は、深々と、頭を下げた。

「……なに、やってんの？ そんなに腰を曲げていると、腰をやられるよ」

声をかけてきたのは、Sヶ丘団地自治会長の村松さんだった。

「え？」

隆哉が頭を上げると、そこにはもう、大林さんはいなかった。「村松さん……？」

「腰は、大切にしないと。若いからといって油断すると大変なことになるよ」

「……はぁ」隆哉は、ゆっくりと腰を伸ばした。

「ワタシも君ぐらいの歳にはじめてぎっくり腰をやってね。……あれは、痛かった。本当に痛かったよ。死ぬかと思った」

「……はぁ」

「ツチヤさん、無事、部屋に送り届けたよ。それにしても、吉本さんって、すごいね。一見、力がなさそうなのにツチヤさんを軽々おぶって。親御さんを長く介護しているそうだよ。……ああ見えて、苦労人なんだなぁ」

「その吉本さんは？」

「あれ？　先に戻ってるって言っていたんだけど」

「まだ、戻ってきてませんが。……で、村松さんはなぜ、ここに戻ってきたんですか？」

「それがね。ツチヤさんが、一瞬だけ正気を取り戻して」

「え？」

『あ、思い出した！　タカハシよ！』って言い出してね」

「タカハシ？」

「そう。移動パン屋の奥さんの名前。タカハシだって」

タカハシ……。

「ね、ね。ちょっと、ちょっと」

そうにやつきながら近づいてきたのは、ミツイさんだった。エキストラの一人だ。

「岡島さん、刑事にかなり絞られているわよ。あの鬼軍曹が、か細い声で『ごめんなさい、ごめんなさい……』って」

「鬼軍曹？　岡島さんが？」

「そう。知らない？　あの人、エキストラを散々いたぶっていたのよ。あーでもない、こーでもないって、あれやれ、これやれ、そうじゃない、このハゲがぁ……って」

「……やっぱりそうだったんですか？　坂上女史じゃなくて？」

「坂上女史なんて、まだかわいいほう。本当に恐ろしいのは、岡島さんよ」

ミツイさんが、怯《おび》えるように給湯室のほうを見た。

「あの人のしごきについていけなくて、体調を壊した人もたくさんいるんだから」

「……そうなんですか？」

「あの人、ほんと、鬼よ」

「…………」

「でも、その鬼が今、わんわん泣いている。……ほんと、いい気味よ」

＋

——いまさら泣いても、もう真由ちゃんは戻ってきません。岡島さん、あなたが真由ちゃんを殺したようなものです。

「違う、違う、こんなことになるはずがない……なにかの間違いよ、なにか間違いが起こったんです！」

——なにかの間違いでは済みません！　子供が犠牲になったのです！

「あ」

——どうしました？

「あの人のせいかもしれない。あの人が、お姉ちゃんを……」

——どういうことですか？

「実は、ここ最近、私も思い出したことがあったんです。いいえ、思い出したというより、確信したというか」

――だから、どういうことですか？

「私も、六十年前のあの事件のときに、現場である人を見かけたような気がしてたんです。でも、それが現実なのか夢なのか、よく分からなかった。でも、ツチヤさんが思い出してくれた。……そう、私の目的はそれなんです。当時のことを徹底的に再現することで、当時の記憶を蘇《よみがえ》らせたかった。……狙《ねら》い通りです。ツチヤさんの記憶が蘇ったんですから！　まさか、こんなに成功するなんて、想像以上です！」

――だから、いったい、どういうことなんですか？

「つまり、『一九六一　東京ハウス』は、記憶の解凍の実験だったんです」

――記憶の解凍？

「そうです。人は、人生の中で見たこと聞いたことをすべて記憶している。でも、それらの大半は無意識という冷凍庫に圧縮された状態で保管されてしまう。だから、解凍する必要があったんです。

これがデータならば、クリックひとつで簡単に解凍され元のデータとなりますが、人の記憶はそうはいかない。なにしろ、シュレッダーされたあとに圧縮されますから、なにかの拍子に解凍されたとしても、記憶は小さな小さな断片でしかない。断片は儚《はかな》く、しかも意味不明で、シャボン玉のようにすぐ消えてしまう。それどころか、関係のない断片どうしがくっつきあって、偽《にせ》の記憶を再構築する場合もある。それが、〝記憶〟のやっかいなところです。

でも、〝匂い〟は違う。〝匂い〟は、元の記憶と直結している。だから、匂いを嗅ぐことで、それまで意味不明でバラバラだった記憶が、みるみるうちに復元されるのです。そう、〝プルースト効果〟です。

とはいえ、私もはじめは半信半疑でした。

でも、彼に提案されたので、あの煙草を使ってみたのです。そう、ゴロワーズです。そして、あの煙草を事件現場……児童会館の裏でスズキ家の旦那《だんな》役に吸わせたんです」

――じゃ、あの男が児童会館裏でゴロワーズを吸っていたのは、シナリオ通りだったと？

「そうです。九月十二日の夕方、児童会館裏でゴロワーズを吸う……という指示を出しました。

効果覿面《てきめん》でした。

あの煙草の匂いが、別の〝匂い〟の記憶を引き出したのです。

まさか、ここまでとは！

だって、私の記憶まで刺激したのですから！

そう。それまで夢なのか現実なのかそれともただの思い違いなのかよく分からなかった記憶が、はっきりとした輪郭をもって、私の中に復元されたのです。

今なら、断言できます。

六十年前、事件当日。事件現場で私は、あの人を見ています。

タカハシさんを！」

＋

「あの……、すみません」

声をかけてきたのは、エキストラの一人、えっと名前は……。

「あら、どうしたの？」ミツイさんが、あからさまに顔をしかめた。「だから、どうしたの、高橋さん」

「高橋?!」

隆哉は、飛び退《の》いた。

「あ、はい。僕、高橋ですが？　なにか？」

高橋さんが、きょとんと小首をかしげる。

「いいえ……」

隆哉は慌《あわ》てて椅子に腰を落とした。そして、動揺を押し殺しながら手元の紙コップを引き寄せた。

「……で、なにか用ですか？　高橋さん」

「僕、なんか寒気がするんですよ」

二の腕をさすりながら、高橋さんが呻くように言った。

「寒気？」

むしろ、今日は熱帯夜だ。室内の誰もが、なにかを団扇《うちわ》代わりにしている。

隆哉のシャツもびっしょりだ。ミツイさんの額も汗まみれで前髪がぴったりとひっついている。まるでこけしのようだ。なのに、

「寒くて、寒くて、仕方ないんです」と、高橋さんは繰り返す。

「……寒いんですか？」

「ええ。どうやら、風邪をひいたようです」

「風邪！」

隆哉は、再び椅子から飛び退いた。

まさか、アレではないだろうな？　新型コロナ。

やばい。こんなところでクラスターなんか発生したら……。

隆哉は、マスクを押さえながらじりじりと後ずさった。ミツイさんも、脱兎《だっと》のごとくどこかに飛び去ってしまった。

なのに、高橋さんが、じりじりと近づいてくる。

「……なので、僕、家に帰りたいんですが。……帰ってもいいでしょうかね？　とはいっても、終バスは行ってしまったので、……タクシーチケットとか、いただけませんか？」

＋

――タカハシとは？

「六十年前、この団地にパンを売りに来ていた奥さんです。

ご主人がパンを作って、奥さんが三輪自動車でパンを売りに来ていました。

ああ、だんだん思い出してきました。

そうそう、……私、あの奥さんが苦手だったんです。だって、とっても無愛想で。挨拶《あいさつ》しても返してくれない。しかも、睨《にら》みつけてくるんです。……なんていうか、団地の住人全員を敵視しているというか。団地そのものを憎悪《ぞうお》しているというか。……その理由は分かりませんが、たぶん、それは〝嫉妬《しっと》〟と呼ばれる類《たぐ》いのものです。

母がよく言っていましたっけ。

Ｓヶ丘団地に住んでいることを自慢しないように。でないと、あらぬ〝嫉妬〟を買うことになるよ……って。そのときはその意味がよく分かりませんでしたが、今なら、分かります。Ｓヶ丘団地の抽選倍率は二十倍とも三十倍とも言われていましたので、抽選にはずれた人たちは相当数いたと思われます。落選組の人々は、Ｓヶ丘団地の住人を羨望《せんぼう》の眼差《まなざ》しで見ていたに違いありません。羨望、すなわち〝嫉妬〟です。きっと、あの移動パン屋の奥さんも落選組の一人だったのだろうと。だから、あれほどまでに無愛想だったのだろうと。団地の住人が羨《うらや》ましくて憎くて、愛想笑いを浮かべることすらできなかったんだと思います。

そんな奥さんが、一度、団地のパン作り教室に参加したことがあるんです。講師として。意外だな……と思いました。団地の住人を敵視していたのに、なんで？って。

案の定、散々な結果に終わりました。奥さん、まったくやる気がなくて。で、姉の美代子が怒りだしてしまったのです。本人の目の前で、『大人のくせに無責任だ』とか『言い分けはするな』とか。

姉は、そういうところがあったんです。相手が大人だろうが警官だろうが、言うとは言う。ちょっと面倒な性格だったんです。……こんな性格では、いつか事件《トラブル》に巻き込まれるのでは……と、子供心にも心配してました。私の心配は的中しました。事件《トラブル》は、最悪な形となって、起きてしまったのです。

姉は殺されてしまいました。

あまりのショックで、当時の記憶は曖昧《あいまい》です。失われている記憶もあります。でも、ひとつだけずっとひっかかっている記憶があるんです。それは、匂《にお》い。

ツチヤさんいわく、それはイースト菌の匂いだろうと。

ああ、言われてみれば……と思いました。なぜなら、パンを食べるたびに、六十年前のことがフラッシュバックするのです。きっと、パンの中のイースト菌が、私の記憶をノックしていたんでしょうね。

そして、今日、いよいよ記憶の扉が開かれました。

そう、高橋さん。

移動パン屋の奥さんを、私、事件当日、事件現場で見ているんです！

あれは、午後六時ちょっと前。姉を探しに児童会館まで来たときに、高橋さんが唐突に現れました。とても苦しそうに、おなかを抱えながら、走り去っていきました。

それは一瞬のことで、私はその光景を、ちゃんとした記憶としてとどめることはなかったのです。

でも、匂いだけは、しっかりと私の脳にインプットされました。

あのイースト菌の匂い！

しかも、かすかに、血の臭《にお》いもした。

姉は、絞殺《こうさつ》されたことになっていますが、たぶん、どこか傷つけられていたはずです。

だって、血の臭いもしましたから！」

――ちょっと待ってください。岡島さん、あなたは結局、なにが言いたいのですか？

「だから、移動パン屋の奥さんが……高橋さんが姉を殺害したんです！」

十

「……あの、僕、帰りたいんですけど」

高橋さんが、繰り返す。

「もちろん、帰ったほうがいいと思います。タクシーチケットはなんとかしますので」

隆哉は、腕で口元を押さえながら言った。なのに、高橋さんが、どんどん近づいてくる。

「でも、こんな状態で帰っていいもんでしょうか？　警官は、ここから動くなと」

「ええ、確かに、警官はここから動くなとは言いましたが……」

でも、その命令にはあまり強制力はなかった。

実際、中原さんのご主人はさっきからいないし、吉本さんも、戻ってきていない。一度顔を見せたGテレビ局番組編成局長の大林さんも、どこかに行ってしまった。

村松さんだって。

……ああ、そういえば、坂上女史も見当たらない。

そう。ここは、密室でもなんでもないんだ。脱出しようと思えば、いつでも脱出できる。

「……だから、高橋さんも、今すぐ家に帰ってください。今すぐ」

隆哉は、高橋さんから逃げるように言い放った。

と、そのとき。

「ダメです！　そこを動かないでください！」

と制服警官の声。

隆哉は、拳銃《けんじゅう》を向けられた犯罪者のごとく咄嗟《とっさ》に両手を上げた。

制服警官は、隆哉をじろりと睨むと、その視線を高橋さんに向けた。

「高橋さん、もう一度、給湯室にお入りください」

＋

――どうしたのですか？　そんなに震えて。寒いんですか？

「ええ、ちょっと、寒気がして……」

――寒気？　こんなに暑いのに？　私なんか、汗だくですよ。

「なんか、風邪みたいで」

——そうですか。それは大変ですね。あともう少しですから、我慢してください。

給湯室。

私服警官に事情を聴取されているのは、高橋嘉夫。

そして、どういうわけか、隆哉もその場にいた。

高橋さんが制服警官に呼ばれ、その近くにいた隆哉まで給湯室に連れてこられたのだ。

「もう時間がありません。これからは、二人ずつ、話を聞きます」

というのが警官の弁だったが。

二人ずつって。……事情聴取の意味があるんだろうか？　不審に思ったが、隆哉は警官に従った。

給湯室に入ると、隆哉の不審はさらに深まった。

なぜなら、岡島さんがいる。

二人どころか、三人で事情聴取？

なんじゃ、こりゃ。

でも、こういうこともあるのかもしれない。隆哉が認識する「事情聴取」は、所詮《しょせん》、テレビドラマの受け売りだ。もしかしたらテレビドラマのそれはただのステレオタイプで、実際には、複数人で事情を聴かれることもあるのかもしれない。

そもそも、警察署以外の場所、しかも事件現場で事情聴取しているのだ。こんな場面、テレビドラマでは見たことがない。

が、事情聴取している男性警官は、いかにもテレビドラマにありがちなスタイルだった。

オールバックに眼鏡。そしてこの暑いのにスリーピース。まるで、某長寿番組の警察ドラマの主人公のようだ。

ご丁寧に、ティーカップまで。

「もう、こんな時間です。日付が変わろうとしています。これからは、さくさくっと、いきたいと思います」

眼鏡刑事が宣言するように言った。

＋

――高橋さん。あなたを再び呼んだのは、ちょっと確認したいことがあったからです。

「確認ってなんですか？」

――あなたは、地元の方ですよね？

「はい」

――家は、電車で一時間ほどの場所にあるんですよね。

「はい、そうです」

――その家は、ご実家ですか？

「はい、実家です。生まれてからずっと住んでいます」

――先ほどの話では、ご両親はSヶ丘団地に応募したとか。

「はい、そうです。でも、抽選に外れてしまったんです。……というか、そもそも収入条件を満たしてなかったので、抽選する前にはじかれてしまったのでしょう。それで仕方なく、今のところに土地を借りて、家を建てたと聞きました」

──ところで、あなたは、昨日が誕生日でしたよね。

「はい、そうです。六十年前の昨日、僕は生まれました」

──生まれた時間は？

「夜の十時ぐらいだと聞いています」

──そのときの話を、ご両親から聞いたことはないですか？

「ああ、はい。よく聞かされました。母が外出先で急に産気づいて、その足で産院に駆け込んだと。……なんでも、かなり危ない状態だったそうです。出血もひどくて、一歩間違えたら、死産だったかもしれないと」

──お母さんは、そのとき、どちらへ外出を？

「詳しくは聞いてないのですが。……たぶん、仕事関係だと」

──お母さんのお仕事は？

「パン屋です。父親がパンを焼いて、母が三輪自動車でパンを売っていたんです」

「え！」

声を上げたのは、岡島さんだった。

「あなた、移動パン屋の高橋さんの子供？」

岡島さんの顔には、まったく血の気がない。ポーカーフェイスを通り越して、まるで、打ち上げられたばかりの水死体のようだ。

隆哉は、その様子を唖然《あぜん》と見つめた。

……いったい、なんなんだ？　なにが起きている？

「あ、はい。僕は、移動パン屋の息子です」高橋さんが、戸惑いながらも答えた。

「……といっても、移動パン屋は僕が小学校に上がる頃には廃業してますが。でも、父は今でも、よくパンを拵《こしら》えてくれます。今日も、僕のために、パンを拵えて待ってくれているはずです」

「お母さんは？」岡島さんが、刑事を差し置いて質問した。

「母は、亡《な》くなりました」

「亡くなった……？」

「はい。去年、亡くなりました」

「去年……」

岡島さんが、へなへなと床に崩れていく。

その肩を、眼鏡刑事がポンポンと叩いた。

「岡島さん。残念でしたね。これで、真相はまた闇《やみ》の中だ」

「は？……っていうか、なんなんですか？」

高橋さんが、真っ赤な顔で言った。

熱があるのかもしれない。……新型コロナなのかもしれない！　隆哉は、体を引いた。

「真相って、なんなんですか？　僕の母がどうしたというんですか？」

赤鬼の形相で眼鏡刑事に食らいつく高橋さん。

「落ち着いてください、高橋さん。……実はですね、岡島さんのお姉さんは六十年前の今日、遺体で発見されているんです。そう、誰かに殺害されたんです。でも犯人は見つからず、未解決事件となりました」

「未解決事件……？」

「そうです。岡島さんはこの六十年、ずっと苦しんできました。その苦しみを取り除くために、『一九六一　東京ハウス』を企画したのです」

やっぱり！　隆哉は腰を浮かせた。

「『一九六一　東京ハウス』で六十年前を再現することで、真相が浮かび上がるんではないかと岡島さんは考えたそうです。結果、新たな証言を得ることができました。ツチヤさんという、この団地に六十年住む女性が記憶を蘇らせたのです。そして、その記憶に反応するかのように岡島さんの記憶も蘇りました。二人の記憶の共通点は、〝タカハシ〟。つまり、『移動パン屋』の奥さんなんです！」

眼鏡刑事が、大袈裟《おおげさ》にテーブルをパンと叩く。

隆哉は、相変わらず唖然とその様子を眺めた。

……まるで、テレビドラマだ。もっといえば、昭和の刑事ドラマだ。あまりに、芝居がかっている。

……本物の刑事というのは、こういうものなんだろうか？

「えええ！　それはどういうことですか？」

高橋さんまで、どこか芝居がかっている。……いや、人間、極限状態に追い込まれると、こういうステレオタイプなリアクションをとってしまうものなのかもしれない。

自分だって、傍《はた》から見たらきっと、間の抜けた三文役者のようなのだろう。

一方、高橋さんは、名脇役《めいわきやく》の貫禄《かんろく》で椅子《いす》から立ち上がった。

「もしかして、刑事さんは、六十年前の女児殺しに僕の母が関係しているとおっしゃりたいんですか？」

「その可能性は充分にあります」眼鏡刑事が、眼鏡のブリッジをわざとらしく、くいくいっと上げた。「高橋さん。あなたは、さきほどの事情聴取で言いましたよね？

お母さんはこの団地の住人を妬《ねた》んでいた、恨んでいた……って。死ぬまで」

「ええ、それは確かです。母はこの団地を……あ」

高橋さんの視線が、一瞬、宙に浮いた。

「どうしました？」

「……今、思い出したのですが」

高橋さんが、ゆっくりと腰を椅子に落とした。

そしてしばらくは視線を上下左右と泳がせていたが、観念したかのように、息をひとつ吐き出した。

「ああ、そうか。……そういうことだったのか」

高橋さんが、呻《うめ》くようにつぶやく。足は震え、その震えがテーブルをカタカタと鳴らす。

カタカタ……　カタカタ……。

カタカタ……　カタカタ……。

カタカタ……　カタカタ……。

カタカタ……　カタカタ……。

その不穏な音に紛らすように、高橋さんは静かに言葉を並べていった。

「……母の恨みがあまりに強いので、一度気になって、父に聞いたことがあるんです。そしたら、父は渋々、こう言いました。

『母さんは、あの団地の住人に散々バカにされていたからね。パン屋のばばぁだの、臭い臭い……だの。特に、子供たちのからかいはひどかった。母さん、何度も、あの団地には行きたくない……って泣いていたもんだよ。それでも、Sヶ丘団地は大のお得意さん。パンを売りに行かないわけにはいかなかった。どんなにバカにされても、パンを売らないことには生活ができない。子供も生まれるのだから頑張らなくちゃって。でも、堪忍袋《かんにんぶくろ》の緒がとうとう切れちゃったんだろうね……』

そう言ったきり、父は黙りこくってしまいました。その先は、どんなにねだっても教えてはくれませんでした。でも、でも……」

高橋さんの足の震えがさらに激しくなる。

「もしかしたら、そうなのかもしれません。……僕も、薄々分かっていたような気がします。だって、僕の誕生日はいつだって、お葬式のようなんです。

……比喩《ひゆ》ではありません。本当にお葬式のようだったんです。テーブルには白い菊の花が飾られて、母は喪服のような黒い服を必ず着ていました。思えば、ケーキのろうそくも変だった。……あれは、仏壇《ぶつだん》用のろうそくでした。そして、最初に切り分けられたケーキは僕の前ではなくて、テーブルの端に置かれました。それは誰の分？と聞くと、母はこう言いました。『仏様のお供えよ』と。……今思えば、〝仏様〟とは、もしかして……」

「それは、つまり――」眼鏡刑事が、大袈裟にテーブルに両手をついて身を乗り出した。「あなたのお母さんが、山田美代子ちゃんを殺害した犯人だということですか？」

「……たぶん」

高橋さんがうなだれながら言った。続けて、

「たぶん……いや、間違いなく、そうです。母が、犯人です！　ええ、ええ、そうです！　証拠もあります！」

「証拠？」

「去年、母が亡くなったときに遺品を整理したのですが、見覚えのないものが柳行李《やなぎごうり》の奥から見つかったんです」

「何が、見つかったんですか？」

「赤い縄跳びの紐《ひも》です」

「赤い縄跳びの紐!?」岡島さんが、よろめくように立ち上がった。そして、

「もしかして、持ち手に犬の絵がプリントされた、縄跳びの紐？」

「ええ、そうです。持ち手に犬のプリントがある縄跳びの紐です」

「ああ、間違いないです……」

岡島さんが、両手で自身の顔を覆《おお》った。

「……姉のものです。それは姉の縄跳びの紐です！　……ずっと不思議だったんです。縄跳びをするといって出かけた姉なのに、縄跳びの紐は見つからなかった。だから、私の思い違いなのかと思っていたんです。……でも、思い違いではなかった。姉は、間違いなく、縄跳びの紐を持って、家を出たんです！」

「それだけじゃありません」高橋さんが、放心状態で天を仰いだ。「……ハンカチも柳行李の中から見つかりました。バラの刺繍《ししゅう》がされたハンカチです。縄跳びの紐と一緒に見つかりました」

「そのハンカチも、姉のです！」岡島さんが、ほとんど叫ぶように言った。「姉が白いハンカチに自分でバラの花を刺繍したんです！　イニシャルも刺繍されていたはずです。〝M・Y〟と」

「ええ、〝M・Y〟と刺繍されていました」

「ああああああ！」

岡島さんが、獣のような声を上げる。

その顔は涙でぐしゃぐしゃで、視線も定まらない。

隆哉は身構えた。今にも、高橋さんに襲いかかりそうな勢いだったからだ。

が、

「縄跳びの紐？　なぜ、そんなものを高橋さんのお母さんは隠していたんでしょうか？」

と、眼鏡刑事が呑気《のんき》に眼鏡のブリッジをくいっと持ち上げた。

「……たぶん、凶器だったんではないかと」

隆哉は、恐る恐る言葉を挟んだ。

「凶器？」眼鏡刑事が、じろりとこちらを見る。

「山田美代子ちゃんは絞殺されたんですよね？」

「ええ、記録ではそうあります」

「たぶん、縄跳びの紐で、美代子ちゃんは絞め殺されたのです、高橋さんのお母さんに」

十

「よっしゃ！」

Gテレビ局番組編成局長の大林は、サッカーを観戦するサポーターのように、両手を上げて小刻みに体を揺らした。

「よっしゃ、よっしゃ、よっしゃ！」

坂上紀子《のりこ》は、その様子を半ばあきれ気味に眺めた。

Sヶ丘団地、特設スタッフルーム。

ここはいわば〝VIPルーム〟で、エキストラはもちろん、現場スタッフにもその存在を知らせてはいない。

ここに立ち入ることができるのは、局スタッフの一部、具体的に言えば……番組編成局長の大林、チーフプロデューサーの前川、広告代理店の担当、構成作家、そしてチーフディレクターの坂上紀子。

部屋には、テレビモニターがずらりと並ぶ。モニターには、各所に設置したカメラの映像がそれぞれ映し出されている。そして、部屋の中心に置かれたひときわ大きいテレビモニターには、児童会館の給湯室の様子が映し出されている。

「しかし、こうもうまくいくなんてな！」

大林局長が、得意げに顎《あご》をさすった。

「でも、あの眼鏡の刑事はいけないな。ちょっと、わざとらしすぎる。いったい、どこから連れてきた役者なんだ？」

大林局長の問いに、

「〝劇団チョーゼッ！〟の役者です」

と、坂上紀子は小さく答えた。

「ああ。あの劇団は、ちょっとオーバーアクションが過ぎるんだよ。もっと他の役者はいなかったの？　もっと自然な演技ができる役者は？　というか、他の警官もさ、なんかステレオタイプなんだよな。これじゃまるで、ドラマだよ！」

というか、ドラマじゃないか。……再現ドラマ。

坂上紀子は、心の中で毒づいた。

警官も刑事も、すべてが役者。そう、演技なのだ。そして、この子も……。

坂上紀子は、振り返った。そこには、お菓子をつまむ女の子。

小池真由がちょこんと座っている。

しかし、この子の演技力は凄《すご》い。

あのオーディションのときから、何かが違うと思っていたが。

そう、この六月に行われたオーディション。個人面談のとき、この子は会場に入るなり、いきなりこう言ったのだ。

「私の夢は、女優です！」

――あら、そうなの？　でも、今日は女優のオーディションではないのよ。

「分かっています。リアリティショーですよね？　でも、リアリティショーといっても、ある程度の〝演出〟はあるものですよね？　〝演出〟があるということは、〝演技力〟も必要ってことですよね？」

――まあ、それは……。

「私、リアリティショー、大好きなんです。日本のものはもちろん、海外のものもユーチューブでよく見ています。それで、私、分かっちゃったんです。あ、これ、全然〝リアル〟じゃないなって。〝演出〟しているなって。〝演技〟しているなって」

――ええ、もちろん、そういうヤラセのリアリティショーもありますよ。でもね、今回の企画は……。

「それも分かっています。今回の企画には、素人《しろうと》の〝素〟の反応が欲しいんですよね。だから、わざわざ『特定のプロダクションや商業劇団に所属している方が一人でもいるご家族は不可となります』って、条件をつけたんですよね」

――そうです。出演者家族は、素人でなければいけません。

「でも、全員が全員、〝素人〟だったら、〝画《え》〟になりませんよ？　もちろん、素人の〝素〟の反応も必要でしょうけれど、何人かは〝演技〟ができる人も混ぜなければ、大失敗すると思います。演技をしない素人、演技をするプロ、そして演出をつける人。

この三位一体のバランスこそが、リアリティショーのキモだと思うんです。

今のところ、私はただの〝素人〟で、〝役者〟の肩書きはありませんし、〝プロ〟でもありません。でも、演技力には自信があります。私の演技力に、今までも何人も騙《だま》されてきました。特に、妹なんてすぐに騙されるんです。母も父も、ちょろいもんです。すぐに洗脳されるし、場に流される。でも、この企画には、うってつけの家族だと思うんです。ちょっとしたリードで、あなたがたの意図通りに動いてくれるでしょうから。

その手綱を私に握らせてください。私ならできると思います。ぜひ、私に！」

　正直、舌を巻いた。

　創界社の岡島牧子なんかは、面食らって一言も返せなかったぐらいだ。

　でも、自分たちの計画には必要な人物《キャスト》のように思えた。

「あの子でいいんじゃないかな？」

　そう最初に言ったのは、構成作家だった。「あのぐらい肝の据わった子なら、我々の意図を汲《く》んで、ちゃんとやり遂げてくれるんじゃないかな」

　紀子も、異存はなかった。

　こうして、小池家は家族B……すなわち〝ヤマダ家〟に決まった。

「でも、あの子、肝が据わりすぎているところがある。演技っぽくならないかしら？」

　最後まで難色を示していたのは、岡島牧子だった。

「私もそこは気になったけど」紀子も同意したが、「……でも、子役にはない、天然な雰囲気は持っていると思います。それに、あの子の言う通り、まったくの素人だったら画《え》にならないですしね」

「でも……」

「とにかく、もうすぐ舞台の幕が上がります。もう後には引けません。私たちも役者の一人として、役に没頭しましょう」

つまり、こういうことだった。

『一九六一　東京ハウス』の本当の目的は、「Ｑ市女児殺害事件」の再現。そして、闇に埋もれた真実を浮かび上がらせることだ。

最初にこの話を岡島牧子から持ちかけられたときは、面食らった。

「これ、マジで言っているの？」

とても信じられなくて、メールの文面を何回も読み直した。

『――一生に一度のお願いです。あなたも手伝ってくださいませんか』

岡島牧子には、ＡＤのときに何度も助けられた。いわば恩人だ。今の自分があるのも岡島牧子のおかげだと言っていい。

そんな恩人から「一生に一度のお願い」をされたら、無下にはできない。

「分かりました。とりあえず、岡島さんの会社がプレゼンできるように企画会議にはかけてみます」

紀子は、とりあえずはそう返信した。さらに、

「でも、『Ｑ市女児殺害事件』の再現ドラマ……という企画では、さすがにダメだと

思いますよ？　大林局長、再現ドラマはバカにしているところありますから」

『それも、分かっています。今、ちょうどいい企画が上がっているから、まずはそれを利用してみようと思います』

「いい企画って？」

『フリーのライターが持ち込んだものなんですけど。百二十年前の生活を一般の家族が体験する……という企画』

「なるほど、それ、使えますね。その企画をまずは俎上《そじょう》にあげて、で、なんやかんやと意見を出して、一九六一年の団地……という設定にすり替える」

『そう。そして、出演家族も二組にして……』

それからはとんとん拍子だった。あまりに計画通りに事が運び、怖いほどだった。

それもこれも、構成作家が書き上げたシナリオのおかげだ。

シナリオには、

『「Q市女児殺害事件」を忠実に再現するにあたり、ヤマダ家の長女役（小池真由）を殺害する』

とあった。さらに、

『児童会館に関係者を監禁し、その場で事情聴取を行う』

とも。

最初にそれを見たときは、あまりに奇想天外な内容に、「え……」と言葉を失った。

が、大林局長はハイテンションで親指を立ててみせた。

「いいじゃん、いいじゃん、これいいじゃん！ オレ、こういうの大好き！」

「でも、ヤマダ家の長女を殺害する……って。それは、いくらなんでも」

紀子が震える声で抗議すると、

「もちろん、それも〝演出〟ですよ」

と、構成作家がぼそっと言い放った。

「分かっている。私が言いたいのは、そこまでの〝演出〟が必要かってことで――」

「必要だと思います。『Q市女児殺害事件』の真相を暴《あば》くには、これぐらいの刺激が必要です」

「でも、その演出は、被験者にはまったく伝えないのよね？ 本当に殺害された風を装《よそお》うのよね？」

「そりゃそうですよ。だって、それがリアリティショーじゃないですか。被験者を騙して、その反応を見るのが、リアリティショーの醍醐味《だいごみ》じゃないですか」

「でも……」

『Q市女児殺害事件』を再現しただけでは、この企画は大失敗します。だって、それではただの再現ドラマですからね。でも、我々がやるのは、あくまでリアリティショーなんです。被験者たちが事件に巻き込まれ、警察に監禁されて、容疑者として事情聴取される。その様子を余すところなく視聴者に見せる。それこそが、『一九六一東京ハウス』のメインテーマです」

「でも……」

「坂上さん、あなたも仕掛け人の一人です。そして、大林さんも、前川さんも」

名前を呼ばれて、大林局長と前川プロデューサーが、小学生のようにはしゃぎだした。

「オレたちも仕掛け人？」

「面白そうだな！　どきどきするよ！」

が、紀子は、やはり釈然としなかった。

「仕掛け人は、大林さんと前川さん、そして私……だけですか？」

「それと、小池真由。あの子には死んでもらいます。……といっても、もちろん、演技ですけどね」

「創界社の岡島さんは？」

「あの人には、被験者のほうに回ってもらいます」

「どういうこと？」

「こちらに、もうひとつシナリオがあります」

「シナリオがふたつ？」

「どっきりカメラなんかでよくある設定ですよ。つまり、入れ子構造。ある集団にはAというシナリオを渡し、ある集団にはBというシナリオを渡す。Aのシナリオでは仕掛け人だった人が、Bのシナリオでは騙される側に回ります」

「つまり、仕掛け人だと岡島さんには思わせて、実際には被験者側の一人にするってこと？」

「そうです。シナリオAでは、岡島さんが主導して『Q市女児殺害事件』を再現し真相を追う……という流れになっています。

　そしてシナリオBでは、被験者の小池真由ちゃんが殺害されて、児童会館で警察による事情聴取が行われる……という流れです。

　いわずもがな、岡島さんにはシナリオAのみを渡します」

「じゃ、岡島さんには、真由ちゃんが本当に殺害された……と思い込ませるのね」

「そうです。自分が企画した番組のせいで被害者が出る。混乱する岡島さんをカメラで捉《とら》えるのです」

　悪趣味じゃない？

　そう思ったが、紀子は口にはしなかった。なぜなら、大林局長が大好きなプラモデルを前にした子供のように、目をキラキラとさせていたからだ。この大林局長をここまで興奮させたからには、もう決定するしかない。……走り出すしかない。

　そしてシナリオAは岡島牧子に、シナリオBは大林局長、前川プロデューサー、小池真由、紀子に託された。

　その他のメンバーはすべて被験者とし、特にシナリオは渡されていない。

　もっとも、岡島牧子が個人的にシナリオを作り、それをエキストラに渡していたようだが。それはあくまで「エキストラ」用のシナリオで、まさか小池真由が殺害される展開になるとは思ってもいなかっただろう。

　そう。今、モニターに映し出されている児童会館の被験者たちは、みな、小池真由が本当に殺されたと思い込んでいる。警察も、本物だと思っている。

　まさにリアリティショーだ。

　しかもだ。「Q市女児殺害事件」の真犯人まであぶり出されてしまった。

　いくらなんでも、出来すぎなのでは？

だって、真犯人の息子が、エキストラの一人なんて……。しかも、たまたま居残りさせられたエキストラの一人が、真犯人の息子だなんて……。

「なにか、腑《ふ》に落ちないって感じですね」

構成作家が声をかけてきた。

「まあね。なんか色々と気になってね。だって、あまりにも色々とうまく行きすぎている。例えば、あの高橋というエキストラ――」

「ああ。あれは、仕込みですよ」

「仕込み？」

「もっとも、本人は、仕込まれた……とは思ってないでしょうが」

「どういうこと？」

「『Q市女児殺害事件』を徹底的に調べました。すると、容疑者の一人に、移動パン屋の奥さん……というのが挙がっていたのが分かったんです。でも、証拠不十分。なにより、事件当日は産気づいて産院に駆け込んでいるので、警察も真っ先に容疑者リストから外したみたいです。一方、警察の中には彼女が怪しい……という噂《うわさ》は根強くあったようです」

「マジで？」

「はい。事件にかかわった警官を調べまくりました。……大変でしたよ。なにしろ六十年前の事件ですから生存している人が少なくて。でも、ようやく存命の元警官に接触することができて、証言を得ることができました。移動パン屋の奥さんが真犯人だと思われる……と。

で、賭《か》けに出てみたんです。移動パン屋の奥さんの一人息子、高橋嘉夫に揺さぶりをかけてみようと」

「で、彼を『一九六一　東京ハウス』に参加させたってわけ？」

「そうです。彼の家に直接、エキストラ募集のチラシを投函《とうかん》してみたりして」

「そしたらまんまと、釣れたというわけね。……なるほど」

一応は頷《うなず》いてみたが、紀子はまだ完全に納得したわけではなかった。

なにかが、引っかかる。なにかが。

腕を組んで、天を仰いだときだった。

モニターの中の児童会館がやけに騒がしい。児童会館の様子を映すモニターには、しきりに叫ぶ老人の姿。Ｓヶ丘団地自治会長の村松さんだ。

『男の人が死んでます！　貯水槽の下で、男の人が！　……スズキ家の旦那《だんな》さんが死んでいます！』

スズキ家の旦那さん？　中原幹宏《みきひろ》が……死んだ?!

坂上紀子は、思わず立ち上がった。

「スズキ……いや、中原さんの旦那が死んだ？　……どういうこと？」

紀子は、なかなかその状況がつかめないでいた。そして、「ちょっと、どういうことなの？」と、かかしのように呆《ほう》けている構成作家に詰め寄った。

「今度は私たちを騙そうとしているの？　ね、村松さんも仕掛け人なんでしょう？シナリオがあるんでしょう？　これもどっきりなんでしょう？　シナリオCが存在するんでしょう？」

が、構成作家は、首を横に振るだけだ。

「違います。そんなシナリオはありません。シナリオCなんか、ありません！」

「じゃ、……どういうことなの？」

「だから、本当に人が死んだんですよ！　中原幹宏が死んだんですよ！」

「なんで！」

「そんなの、知りませんよ……」

「事故だわ、事故が起きたんだわ！　局長、どうしましょう？」

振り返ってみたが、そこにはもう誰もいなかった。部屋にいるのは、構成作家と紀子と、そして、小池真由だけだった。

ドアの外から、声が聞こえる。広告代理店の担当が電話をしているようだ。

「なにか事件が起きたようです。この案件からは手を引いた方がいいと思います」

それからしばらくして気配は完全に消えた。

「……みなさん、逃げ足、早いですね」

構成作家が、薄く笑う。そして、「俺も逃げようかな？」

紀子はふと、腕時計を見てみた。

〇時を三十分ほど過ぎている。

「確か、『Q市女児殺害事件』でも、事件の翌日に男の人が死んでるわよね？」

「はい、容疑者の一人、鈴木圭太郎が死体で発見されています」

紀子の腋《わき》に、ねっとりとした汗が染《し》み出した。

「どういうこと？『Q市女児殺害事件』の再現は、まだ終わってないってことなの？」

第二の事件　二〇二一年九月十四日

給湯室では、事情聴取がまだ続いていた。

なんだろう？　なにか、騒がしい。

深田隆哉は、ドアの向こう側に意識を集中させた。「死んでます、死んでます」と、誰かが叫んでいるような。……この声は。

村松さん？

「そこの君、よそ見はしないように」

眼鏡刑事がじろりと睨《にら》んだ。

隆哉は咄嗟《とっさ》に体の向きを元に戻した。

それにしてもだ。なんという展開だ。

たった今、「Q市女児殺害事件」の真犯人が暴露された。六十年も前の未解決事件が、解決しようとしている。

これ、放送されたら大反響だろうな。視聴率、どのぐらいいくだろうか？　二十パーセント？ それとも三十パーセント？ 高視聴率をとったら、企画の原案を出した自分にもなにかご褒美《ほうび》があるかな？

いやいや、人が一人犠牲になっているのだ。さすがに、お蔵入りだろう。こんなのを放送したら、クレームをじゃんじゃん食らうだろうし、放送倫理・番組向上機構《BPO》だって黙ってないだろう。

隆哉は静かにため息をつくと、眼鏡刑事と対峙《たいじ》する高橋さんを眺めた。

「……そうです。僕は、昔から母の犯行を心のどこかで疑っていました」

高橋さんが、うなだれながらつぶやいた。

＋

僕が母を疑いだしたのは、十五歳のときです。その年の誕生日は、いつもと違いました。

いつもはお葬式のようだったのに、そのときは「お友達を呼んで、盛大に誕生日会をやりましょう」と母が言い出しました。

誕生日会、今までどんなに頼んでもやってくれなかったのに。今更、なぜ？と。そもそも、中学生にもなって誕生日会をやるやつなんていません。

「そんな恥ずかしいことはできないよ」

と僕が渋ると、

「それでも、ぱぁっとお祝いをしたいのよ。だって、いい、ようやく十五年が経《た》つんだから！」

と母も譲りません。それで、家族だけで焼き肉屋に行って、誕生日を祝ったのですが。そのとき、母は真っ赤なワンピースを着ていました。母のはしゃぎぶりが。そして、「ようやく十五年が経つ」という言い回し。

ちょうどそのときミステリー小説を読んでいたこともあり、ふと「時効」という言葉が浮かんだんです。

そう。十五年といえば、殺人などの重大犯罪の時効。今でこそ殺人の時効は撤廃されていますが、ご存じの通り、当時は、時効といえば十五年だったんです。

まさか、母は、十五年前になにか罪を犯しているのではないか？　そしてそれは、「Q市女児殺害事件」に関わることなんではないか？

というのも、いつだったか僕が「昔、Sヶ丘団地で、殺人事件があったんだってね」となにげなく話題に出したことがあったんですが、そのとき、母が烈火のごとく怒りだして。あの事件のことは金輪際、口にするな……と。それを機に、我が家では「Q市女児殺害事件」の話題はタブーとなったんですが。

でも、僕の中ではずっとずっと燻《くすぶ》っていたんですよね。もしかしたら、母がなにか関係しているのかもしれない……って。

そして、去年、柳行李の中から縄跳びの紐とハンカチを発見し、僕の疑念は確信へと変わりました。

とはいえ。……もう六十年です。時効なんてとっくに過ぎています。このまま見なかったことにしよう……と僕は思いました。

一方で、それでいいのか？とも思いました。それで母は本当に成仏《じょうぶつ》できるのか？罪を隠したままあの世に行ったところで、閻魔《えんま》様に地獄に突き落とされるんではないか？　母は、罪をすべて告白して贖罪《しょくざい》することを望んでいたのではないか？　いやいや、縄跳びの紐とハンカチを処分せずに、ずっと持っていたのではないか？　だから、でも、もう六十年も前の話だし――。

そんな葛藤《かっとう》が、ここ一年ずっと僕の中で渦巻いていたのです。

本当に……本当に苦しかった。とてつもなく、苦しかった！　見てください、この頭。一年ですっかり禿《は》げ上がってしまいました！ 体重だって。一年前は八十キロ近くあったのに、今では、六十キロまで落ちてしまいました！ 何度、縄跳び紐とハンカチを捨てようとしたか！

でも、できなかった。できなかったんです！

「被害者家族はもちろんのこと、加害者家族にも、時効なんてないのかもしれませんね」

眼鏡刑事が、もっともらしいことを言った。

「が、しかし。これで、すべて解決しました。六十年の苦しみはすべて過去に流しましょう。そして、未来という海に向かって、新たに泳ぎ出すのです！」

は？ なにを言っているんだ、この男は。

だから、被害者が出てるっつーの。

そもそも「Q市女児殺害事件」で亡くなったのは、山田美代子ちゃんだけじゃない。事件の翌日には鈴木圭太郎さんが——。

「解決なんか、してませんよ」

隆哉の心の声を代弁するかのように、岡島さんがテーブルに拳《こぶし》を打ち付けた。

眼鏡刑事が、教師に叱《しか》られた児童のように体を強張《こわば》らせる。スリーピースが暑いのか、その額は汗でびしょびしょだ。

いや、眼鏡刑事だけではない。隆哉もまた、汗の中にいた。

暑い。とんでもなく、暑い。もしかして、空調、壊れてんじゃないのか？

岡島さんも、自身の額の汗を拭《ぬぐ》うと続けた。

「『Q市女児殺害事件』はまったく解決してませんよ。だって、容疑者だった鈴木圭太郎も死んでいる。そう、殺害されているんです。でも、犯人は見つかっていません。それとも、なんですか？　鈴木圭太郎を殺害したのも高橋さんのお母さんだというんですか？」

「え……？」高橋さんもまた、教師に睨まれた児童のように身を縮こまらせた。「いや、それは……」

そしてしばらくは、せわしく目を瞬《またた》かせていたが「いや、それはない。だって、鈴木圭太郎さんが亡《な》くなったのは、事件の翌日ですよね？　母は、産院にいましたよ！」と、毒虫を追い払うように両手を激しく振り回した。「鈴木圭太郎さんを殺したのは、母じゃない！」

「じゃ、誰なんですか？　誰が――」

「うん？」なにか、ドアの向こうがうるさい。隆哉は、耳をそばだてた。村松さん？

そうだ、あの声は、自治会長の村松さんだ。村松さんが、なにかを捲《まく》し立てている？

隆哉は、椅子から腰を浮かせた。

＋

幹部スタッフ控え室。

坂上紀子は、前のめりでモニターを凝視していた。

モニターには、児童会館の様子が映し出されている。自治会長の村松さんを囲むように、みんながざわついている。

「それで、どうしましょう？」

構成作家が、他人事《ひとごと》のように言った。そのギョロ目はこの状況を楽しんでいるようにも見える。

「でも、考えようによっちゃ、これは好機でもありますよ。だって、本当の殺人が起きたんですから。この状況を余すところなく撮ることができれば、それこそ最高のリアリティショーですよ！」

なにを言っているんだ、この男は。そんなの撮るわけにはいかないし、いうまでもなく放送するわけにもいかない。倫理っていうものがある。

「ネットではもう騒ぎになっていますね」

タブレットを手にした構成作家が、さっきまで局長が座っていたソファーに体を沈めた。

「児童会館の中にいる誰かが、匿名《とくめい》掲示板にたれ込んだようです。……たぶん、たれ込んだのは、あの女だな」

構成作家が、児童会館内を映し出すモニターを指さした。その指の先を追うと、そこには小太りの女がいる。……エキストラの一人だ。やけに出たがりの女で、紀子も何度かつかまった。「団地の主婦の台詞《セリフ》、私なりに色々と考えてきたんですが、見てもらえますか？」と。あまりにしつこいので一度見たことがあるが、案の定、ただの落書きだった。だから、「エキストラに台詞なんか必要ない」と、冷たく突き放した。たぶん、そのときのことを根に持っているのだろう。

「ずいぶんと、ひどい書き込みね」

紀子は、構成作家のタブレットを覗《のぞ》き込みながら、荒々しく息を吐き出した。

「ほんとうに酷《ひど》いですよ。もう、こうなると、隠すことはできません。だったら、先手を打って、この状況も『一九六一　東京ハウス』の一部にするしかないと思いますよ」

「……無理よ、そんなの」

無理よ、だって、倫理っていうものが……。

「あの……」

弱々しい子供の声が聞こえてきた。

見ると、部屋の隅で、小池真由ががくがく震えている。

そうだった。この子、どうする？

本来のシナリオでは、事情聴取があらかた終わり、児童会館に全員が揃《そろ》ったところで、「どっきり」のプラカードを持った小池真由が、児童会館に現れるはずだった。

それを機に、警官役だった者たちが、隠し持っていたクラッカーを鳴らす。

あまりスマートな展開ではないが、このぐらいベタなほうが視聴者には受ける……と構成作家が強く言うので、それに従ったのだが。

「あの……私、どうすれば？」

小池真由が、「どっきり」のプラカードを抱きかかえた。

「ごめんね。まだ、ここにいて」

「……ママに会いたい。……パパに会いたい。妹にも会いたい」

やっぱり、子供なんだ。大人顔負けのことを口にしても、中身はか弱い子供。

紀子は、ふと、肩の力を抜いた。

もうこうなったら、成り行きに任せるしかない。

「分かった。だったら、ここはもういいわ。ママたちがいる児童会館に行って。きっと、喜ぶわ」

「このプラカードは？」

「それは、もういいや。ここに置いていって」

「でも……」

「いいから、もう行って。児童会館に」

その言葉に促されて、小池真由が椅子《いす》から立ったとき。

「いや、ダメだ。君はまだここにいて」

構成作家が強い口調で言い放った。そして、「見てくださいよ」と、モニターを指さした。

＋

「刑事さん！　人が死んでいます！」

給湯室のドアが、勢いよく開いた。

入ってきたのは、村松さんだった。

「赤ちゃんの泣き声がするんで、その声の元を探していたら、十一街区一棟の屋上にたどり着いたんです！　そしたら、貯水槽の下で男の人が横たわっていたんです！　どんなに呼びかけても応《こた》えない。触ってみたら、息をしてないんです！　死んでいるんですよ！　スズキさんの旦那さんですよ！」

スズキさんの旦那さん？

隆哉は、椅子から立ち上がった。

「スズキさんの旦那さんっていうことは、つまり、中原幹宏さん？」

「詳しいことは知りませんが、『一九六一　東京ハウス』で、スズキさんの旦那さん役をしていた人ですよ！」

「うちの旦那がどうしたって?!」

次に給湯室に入ってきたのは、スズキ家の奥さん……中原梨乃だった。

「うちの旦那、下の子を連れて外に出たまま、帰ってないのよ！」

「ああ、奥さん。旦那さんは貯水槽の下で……」

「さっちゃんは？　さくらは？」

「赤ん坊のことですか？」

「そう、さくらは？」

「ああ、すみません、動転してしまって、そのまま現場に置いてきてしまいました」

「は？　なんてことすんだよ、このじじぃ！」

そう捨て台詞を吐き出すと、中原梨乃は外へと駆けだした。

「そんなことより、刑事さん、事件ですよ、事件が起きたんですよ！　第二の事件が！」

村松さんが、眼鏡刑事に詰め寄った。

しかし、眼鏡刑事の目は完全に泳いでいる。

「刑事さん！　事件なんだってば！」

「はあぁ？　じ、じけん？」

声も、裏返っている。

「そう、人が、死んでるんですよ！」

「し、死んでる？　だったら……け、警察。……警察を呼びましょう！」

は？

警察は、あんたじゃないか？

え？

深田隆哉は、刑事の眼鏡をまじまじと見つめた。

伊達《だて》眼鏡？

と思った瞬間、眼鏡刑事は上着を脱ぎ捨てた。そして天井近くを見上げると、

「どういうことです?!　この展開、シナリオにないんですけど？」

シナリオ？

隆哉は、眼鏡刑事の視線を追いかけた。すると、そこには小さな点があった。

……隠しカメラだ。

取り調べ　二〇二一年九月十五日

——では、あなたは何も知らされていなかったんですね。

そう問われて、深田隆哉は、静かに頷いた。

目の前にいるのは、よれよれの開襟《かいきん》シャツを着た、中年の男性。その顔は無精髭《ぶしょうひげ》で覆《おお》われている。でも、左手首にはロレックスの腕時計。あまりにアンバランスだ。

……本当に、刑事なんだろうか？

まさか、これもまた、どっきりの一部？

いや、それはない。だってここは、静岡県警Q警察署内の取調室。隆哉は姿勢を正した。

「はい。僕は、なにも知りませんでした。『一九六一　東京ハウス』のスタッフとして働いていただけです」

——聞いたところによると、『一九六一　東京ハウス』という企画はあなたが持ち込んだということですが、本当ですか？

「ええ、そうです。もともとは僕が企画しました。でも、まさか、こんな風になるなんて……。まったく予想もしてませんでした！　僕もある意味、被験者だったんですよ！」

――ええ、そのようですね。六十年前の団地生活を体験する……というのは表向きの企画で、実際には、六十年前に起きた「Q市女児殺害事件」の真相をあぶり出す……というのが真の意図だったようです。

しかもAとBのふたつのシナリオがあり、シナリオAで仕掛け人だった人がシナリオBで被験者になるという、まあ、複雑な入れ子構造のようです。

しかし、悪趣味な企画ですね。そんなことまでして、視聴率を取りたいんでしょうかね？

「…………」

――まったく。こんな悪趣味な番組、作る方も作る方だけど、見る方も見る方だ。

「…………」

――なんて、偉そうなことは言えないんですけどね。わたしも、放送されたやつ、見てましたから。まあ、はじめは嫁に勧められて見てみたんですよ。あまりにしつこく勧めるので、仕方なく。そしたら、あの男が出ているじゃないですか！

「あの男？」

——そう、中原幹宏。

「ご存じなんですか？」

——警察で知らないやつはいませんよ。というか、一般的にもよく知られている男じゃないかな。……あなた、知りません？

「ええ、知りませんけど……」

——だったら、〝鹿児島の狼《おおかみ》少年〟は？

「〝鹿児島の狼少年〟？　ああ、はい。それなら聞いたことがあります。二十五年ぐらい前に起きた事件……そう、鹿児島県で起きた連続児童暴行事件の犯人で、十数人の児童が犠牲になって、確か、一人、亡くなった子もいたような。……あ」

そこまで言って、隆哉は、ある古い新聞記事を思い出した。

それは、児童会館でミツイというエキストラが見せてくれたものだった。

11日、鹿児島県××市を流れる××川で、黒田美由紀さん（12）の遺体が見つかった事件で、××署は、美由紀さんを殺害した容疑で近くに住む少年X（17）を逮捕した。

さらに、ミツイさんはこんなことも言っていた。

『この少年Xというのが、スズキ家の旦那だって、もっぱらの噂』

「え？」

隆哉の思考が、一瞬止まった。

少年Xとはすなわち〝鹿児島の狼少年〟で、さらに——

「スズキ家の旦那……つまり中原幹宏が〝鹿児島の狼少年〟？」

——そうですよ。事件当時未成年ということで、実名は報道されてませんでしたけどね。しかも、娑婆《しゃば》に出たあと、どこぞでひっかけた女の婿《むこ》養子になって、名前も変えています。その後も何度も離婚再婚を繰り返して、名前も経歴もロンダリングしているんですよ。だから、今の奥さんは、あの男が〝鹿児島の狼少年〟だということはまったく知らなかったみたいです。旦那の正体を知って、卒倒してました。……残酷な話だ。

「で、その中原幹宏を殺害したのは？」

——殺害？　違いますよ、あれは、殺人ではありませんよ。自殺です。

「自殺？」

――そう。農薬を飲んだんです。今、検視しているところですが。まあ、自殺で間違いないでしょう。近くには農薬の瓶も転がっていましたし。しかも、遺書もあった。奥さんいわく、間違いなく旦那の筆跡だと。

「なんで、自殺なんか？」

――遺書にはこうありました。

……ネットで自分の正体が暴かれている、〝鹿児島の狼少年〟だということがバレている。やっぱりこんな撮影に参加するんじゃなかった。これ以上誰にも迷惑をかけたくない。子供と一緒に死ぬ……とありました。まあ、〝鹿児島の狼少年〟らしからぬ、感傷的な遺書でしたね。……あんな悪魔のようなやつだったけど、少しは人間の心もあったんでしょうね。

いずれにしても、無理心中を図ったんでしょうね。でも、赤ちゃんは無事でしたが。

「なんで、赤ん坊と無理心中を？」

――奥さんに対する当てつけなんじゃないですか。なんでも、あの赤ちゃん、中原幹宏のタネではなかったようですよ。その事実も、この撮影中にネットの書き込みで知ったようです。あの男、ちょくちょく現場を離れては、ネットをチェックしていたようですね。

しかし、ネット民の情報網とリサーチ力はすごいですね。警察顔負けですよ。……実を言いますとね。うちら警察も、ネットにはお世話になっているんです。捜査に行き詰まると匿名掲示板にアクセスして……おっと、ちょっとしゃべりすぎたかな。今話したことは、どうかオフレコでお願いしますよ。

「っていうか。……殺人ではなかったんですね。……じゃ、なんで、取り調べをしているんですか？」

一カ月後　二〇二一年十月十四日

――なんで取り調べをするのか？　言ってみれば、お説教ですよ。こんな馬鹿《ばか》げた番組を制作しなければ、事件は起きなかった。倫理的に重大なルール違反です。あなたがたは、社会的制裁を免れません。責任をとらなくちゃならんのです。

坂上紀子は、刑事にそんなことを言われて、きゅっと拳を握りしめた。

静岡県警Q警察署内の取調室。

紀子はもう一度、天井、壁に視線を這《は》わせた。もしかしたら隠しカメラがあるかもしれない。

紀子はまだ疑っていた。

これは、『一九六一 東京ハウス』の続きなのではないか？ できれば、続きであってほしい。

刑事は社会的制裁というが、そんなの、言われなくてもとっくに受けている。

そう、ちょうど一ヵ月前、『一九六一 東京ハウス』は、突然幕引きとなった。

中原幹宏が自殺し、早速全国ニュースになったのだ。

『リアリティショー撮影中に出演者が自殺！ 制作側の責任が問われる！』

袋叩《ふくろだた》きとは、まさにこのことだ。

局長はじめ、主要スタッフは軒並み更迭《こうてつ》、または辞職に追いやられた。要領のいい局長はまんまと子会社に天下りしたが、名ばかりの役職を与えられ冷や飯を食わされているらしい。それでも職があるだけマシだろう。

言うまでもなく、自分もまた制裁を受けた。今は無職だ。拾ってくれる子会社もなく、履歴書を毎日、山のように書いている。

まさか、四十を過ぎて、こんな惨《みじ》めなことになるなんて……。

一方、この企画を持ち込んだ創界社は、Gテレビを出入り禁止になったものの大きなお咎《とが》めはなし。むしろ、哀れな下請けとして世間の同情を買い、仕事は引く手数多《あまた》らしい。

先日、ネットニュースで岡島牧子社長のインタビュー記事を見たが、

『我々は、所詮《しょせん》、ネジなのです。そしてクライアントであるテレビ局はネジ回し。どんなにきつく締められても、抗《あらが》うことなんかできなかったんです』

ここに岡島牧子がいたら言ってやりたかった。

「なにを言っているんですか？　そもそも、この企画を持ち込んだのはそっちでしょう？　構成作家まで送り込んで！　あの構成作家に、私たちも振り回されっぱなしだったんですよ！　ネジだったのはこっちで、あなたたちがネジを回していたんですよ！　全部、あなたたちが仕組んだことでしょう？」

いや、でも。岡島牧子は、本当にシナリオBの存在を知らなかったようだ。しかも、件《くだん》のインタビュー記事では、

『ネジは、クライアントの言いなりになるしかありません。だから、『Q市女児殺害事件』の真相をあぶり出しましょう。でなきゃ、あなたは六十年前から一歩も先に進めない」とクライアントのSさんに提案されたとき、はっきりと断ることができませ

んでした。……本音をいえば、こんな企画には参加したくなかったのです！』

と、断言していた。おそらく、Sとは私のことだろう。

改めて怒りがこみ上げてきた。まったく逆じゃないか！「Q市女児殺害事件」のことを持ち出したのは、そっちだ！

あれ？

違和感を覚えた。岡島牧子は嘘《うそ》をつく人間ではない。ましてや、嘘で人を陥《おとしい》れるような人間ではない。

もしかしたら、岡島牧子も私も、誰かにいいように操られていただけなのでは？

そういえば、岡島牧子が「Q市女児殺害事件」のことを提案してきたのは、メールだった。……そう、フリーメールだった。本人が送ったものだと信じていたが、もしかしたら第三者が？　フリーメールならそれも可能だ。

そして、その第三者は私になりすまし、岡島牧子にも「Q市女児殺害事件」のことを提案したのではないか？

そうだ。そう考えると筋が通る。

私も岡島牧子も、その第三者に騙《だま》されていただけなのだ！　いいように利用されていただけなのだ！

じゃ、その第三者って、誰？

紀子は、去年からこの夏までの出来事を猛スピードで思い出してみた。

岡島牧子と私をいとも簡単に操ることができる人物、シナリオAとシナリオBを用意することができた人物。

「あ」

紀子の頭に、ある顔が大写しされた。

それは、構成作家の男だ。

本来、構成作家は、Gテレビ子飼いの人物に決定していた。が、突然の降板。リアリティショーはやりたくないと言い出した。その代りにやってきたのが、創界社から送られてきたあの男だ。

——ちょっと、聞いてます？

その声に、紀子は現実に引き戻された。

そうだった。ここは警察署の取調室。紀子は、咄嗟に姿勢を正した。

——まったく、いい度胸していますよね。取り調べ中だというのに、上の空だなんて。

「すみません……」

――何度でも言いますが、あなたたちは社会的制裁を免れません。

「はい、社会的制裁とやらは、もう受けています。私は局をクビになり、次の仕事も決まっていません。大変な泥を塗っちゃいましたから、この業界ではもう雇ってくれるところなんかないんですよ」

――そんなの、制裁の内ではありませんよ。

「どういうことですか？」

――あなたがたのせいで、人がたくさん死んだんですからね。

「たくさん？　死んだのは中原幹宏一人ですよね？　しかも、あの男の正体は〝鹿児島の狼少年〟。中には、よくぞ成敗してくれた！と喝采《かっさい》を送ってくれる人もいます」

――成敗？　喝采？　必殺仕事人にでもなったつもりですか？

「いいえ、そんなことは……」

――いいですか？　あんたたちの番組のせいで、さらに死人がでたんですよ！　中原幹宏の他に、三人が死んだんです！

「三人？」

――そうです。ヤマダ家を演じていた小池家の旦那さんと子供二人が、昨日遺体で発見されました。

「え？　……小池家？」

——奥さんが、夫と子供二人を包丁で滅多刺しにして、そして自分も死のうとした。つまり、無理心中ですよ！

「無理心中？　なぜ？　なぜ、そんなことに？」

——それを知りたいから、こうやって、あんたを呼び出したんですよ。

　生き残った奥さんは一時意識を回復して、こう証言しています。『一九六一　東京ハウス』に出演したことを後悔していると。番組スタッフの誘導で不倫まがいのことまでやらされて、夫婦仲に亀裂《きれつ》が入ったと。子供たちも学校でいじめられて、特に下の子の情緒が不安定になり手に負えなくなった。さらに夫は会社をクビになり、ＤＶがはじまった。兄のように毎日暴力を振るう。殺される、このままでは夫に殺される！……と思いつめ、夫を殺《あや》めた。……自分は殺人者になってしまった。このままでは娘たちの未来もない。もうおしまいだ……と衝動的に娘たちも殺害、自分も死のうとしたようです。

　実はあの奥さん、以前からかなり精神的に不安定だったようです。過去のトラウマが消えないって悩んでいたらしい。そんな人を番組に出したんだ、小池家の悲劇は、間違いなくあんたたちの責任なんですよ！

「そんな！　応募してきたのはあちらですよ？」

――応募した側がすべて悪いってことですか？　自己責任だと？

「だって。……嫌なら途中で降板することだってできたはずです！　契約書にはそうあります！」

――降板したら、出演料は無効になるとありましたよね、その契約書には。

「…………」

――つまり、あんたたちは、被験者がそうそう簡単に降板できないように、ありとあらゆる予防線を張っていたんじゃないですか？　違いますか？

確かに、そうだ。契約書は、被験者には不利な条件ばかりだった。

紀子も、「ちょっとやりすぎではないか？」と躊躇《ちゅうちょ》したほどだ。

でも、彼は言ったのだ。

「法的にはなんの問題もありません。これでいきましょう」

と。

そう、あの構成作家の男が。

構成作家　二〇二一年十月十五日

「なんか、やりきれません……」

深田隆哉は、届いたばかりのカフェラテを両手で包み込んだ。そして、

「無理心中しようとした小池さんの奥さん、結局、亡くなったみたいですね」

「そうみたいだね」バスクチーズケーキをフォークで抉《えぐ》りながら吉本さんが他人事のように言った。「病院で息を引き取ったらしい。でも、そのほうが幸せかもな。夫と娘たちを殺しちゃったんだもん。下手に生き残ったら、地獄だよ」

「やっぱり、僕のせいでしょうか？」

「なんで？　深田くんは、なにも悪くないよ」

吉本さんが、いつものように笑い飛ばした。そのいかにもな営業スマイルがカンに障《さわ》ることもあったが、今はありがたい。

赤坂はＦＧＨテレビ局内のカフェテラス。隆哉は創界社の正式なスタッフとして、ひとつ大きなプレゼンを終えたところだ。

仕事はまったく順調だ。が、罪悪感が常に隆哉の周りにつきまとっている。特に、こうやって一息ついていると「そんな資格はおまえにはない」という声が聞こえてくるようだ。そんな隆哉をなだめるように、

「忘れようよ。『一九六一　東京ハウス』のことはさ」

と、吉本さんが一転、真剣な眼差《まなざ》しで言った。

「ええ、僕だって忘れたいんですよ。でも、なんか腑《ふ》に落ちないことがあって。……ずっともやもやしているんです」

「腑に落ちないこと？」吉本さんのギョロ目が、剝《む》き出しになる。

「はい。なんで中原幹宏は、自殺するのに、十一街区一棟の屋上……貯水槽の下を選んだんでしょうか？」

「うん？」吉本さんのギョロ目が、さらに剝き出しになる。

「僕、考えたんです。もしかして中原幹宏は、六十年前の『Q市女児殺害事件』を再現しようとしてたんじゃないかって」

「どういうこと？」

「六十年前、容疑者として怪しまれた鈴木圭太郎も、十一街区一棟の屋上、貯水槽の下で死体で発見されています」

「そうなんですよ。中原幹宏の死に方は、まったく六十年前の再現なんですよ。なんか、おかしくないですか？」

「そうだっけ？」

「そうか？」

「もしかしたら……なんですけど。中原幹宏はシナリオ通りに動いただけなんじゃないかと。……六十年前の再現をするというシナリオに従っただけなんじゃないかと」

「再現？　シナリオ？」

「そうです。シナリオです。中原幹宏は自殺する気はまったくなくて、シナリオに従って、与えられた農薬を飲んだだけなんじゃないでしょうか。もちろん、農薬なんて知らずに」

「まさか。じゃ、赤ん坊はなんなの？　なんで、中原幹宏は赤ん坊を道連れにしようとしたの？」

「それなんですよ。……取調室で刑事さんから聞いたんですけどね。中原幹宏は、ネットの情報で赤ん坊が自分の子供じゃないことを知って、で、奥さんへの当てつけとして赤ん坊を道連れにしようとした……って。そう遺書に書いてあったって。でも、変なんですよ。どんなに検索しても、赤ん坊が中原幹宏の子供ではないなんて情報、ネットではみつからなかったんですよ」

「削除されたとか？」

「それも考えられますけど。でも、やっぱり腑に落ちないんです。で、僕、考えたんですけど。……赤ん坊は警報器の代わりに使われただけなんじゃないかと」

「警報器？」

「そうです。ここに死体があるよー、誰か早く見つけてーって。実際、第一発見者の村松さんは、赤ん坊の泣き声の元を探していたら現場にたどり着いたって。もし、赤ん坊の泣き声がなかったら、発見はもっと遅かった可能性もあります。もしかしたら、今も発見されていなかったかも。なんでもあの屋上は、点検以外で行く人はいないんだとか」

「うん？　なんだかよく分からなくなってきたぞ。つまり、中原幹宏は、自分の遺体を早く発見してほしいがために、赤ん坊を連れて行った？　なぜ？　赤ん坊と無理心中しようとしたのに」

「だから、自殺じゃないんですよ」

「なになに？　どういうこと？」

「だからシナリオがあったんですって。赤ん坊を連れて一棟の貯水槽の下に行き、そして用意されていた瓶の中身を飲み干す……というシナリオが。まさにシナリオCですよ!」

「じゃ、遺書は？　本人が書いたもんなんでしょう？　奥さんがそう証言しているよ」

「遺書も、たぶん、本人が書いたんですよ。シナリオに従って」

「なるほど。……仮に深田くんの推理が正解だったとして。シナリオを書いた人の動機はなに？」

「え？」

「まさか、視聴率を稼ぎたいから本当に殺してみましたって？　さすがのテレビ業界にも、そんなクレージーなヤツはいないよ」

「ええ、確かにそうなんですけど」

「それに、六十年前、鈴木圭太郎は殺害されているんだよ？　自殺ではない。首を絞められて殺されている。中原幹宏のケースとはまったく違う。全然、再現にはなってない」

「確かに、そうです」

「でも、まあ、その推理、なかなか面白いよ。今度書く小説で、パクっていいかな？」

吉本さんが、笑いながらバスクチーズケーキを口に押し込んだ。と、そのとき、

「よっ、クロダ！」

という軽快な声が聞こえてきた。

見ると、見覚えのある男が妙なステップを踏みながらこちらに近づいてくる。

あの男は……。

ああ、そうだ、構成作家のヤシロさんだ。『一九六一　東京ハウス』も担当していたが、結局降板した。

「いやー、『一九六一　東京ハウス』は、大変だったね」

ヤシロさんの歩みが、吉本さんの前で止まった。

「お前の忠告を聞いて降板してよかったよ。でなきゃ、今頃、社会的制裁の真《ま》っ只中《ただなか》だったよ」

忠告？

「色々と社会問題になっているリアリティショーはリスクが大きい。しかも『一九六一　東京ハウス』は、かなりやばい展開になりそうだ……って忠告してくれたおかげで、本当に助かった。ま、俺の代打をやったやつは災難だったろうけど。……おっといけない。もうこんな時間だ。……じゃ、クロダ。今度またゆっくり飲もうぜ。奢《おご》る

からさ」

それだけ言うと、ヤシロさんは妙なステップを踏みながら行ってしまった。

「クロダって……？」隆哉が訊《き》くと、

「ああ。父方の姓。俺、大学まで父方の姓を名乗っていたんだ。ヤシロさんとは大学時代からの付き合いだから、いまだに俺のことを〝黒田〟って呼ぶんだよ」

「じゃ、吉本っていうのは、母方の姓？」

「そう。うちの両親、離婚したんだよね」

「……あ、なんか、すみません。プライベートなことを訊いてしまって」

「ううん、別に気にしてないから」

しかし、隆哉は気になった。

クロダ？　……黒田？

なんか、この名前、最近どこかで見たことがあるような気がする。

どこだったかな？　えーと……。

「そんなことより。Sヶ丘団地のツチヤさん、覚えてる？」

「ツチヤさん？　ああ、はい。あの生き字引のおばあちゃん」

「そう。昨日、村松さんから連絡があってね。ツチヤさん、亡くなったってさ。……

孤独死だったらしい。検視結果によると、亡くなったのは一ヵ月も前だって」

「一ヵ月前っていったら。……じゃ、児童会館で証言してくれたそのあとすぐに？」

「そう」

「一ヵ月も放置されていたのか……」

「いつもだったら、村松さんがちょくちょく訪ねていたみたいだけど。今回は、村松さん、あのあとすぐにぎっくり腰になって、娘さんの家で療養していたみたいだ。……それで、発見が遅れたらしい」

「……なんか、僕、あのツチヤさんもちょっと引っかかってるんですよね」

「なにが引っかかってるの？」

「いえ、具体的になにっていうのはよく分からないんですけど。でも、あのおばあちゃん、『Q市女児殺害事件』の真相を知っていたような気がして……」

「なんでそう思うの？」

「なんとなくですよ。なんとなく、もい、い、もやもやするんですよ。吉本さんは、もい、い、もやもやしませんか？」

＋

「吉本さんは、もやもやしませんか？」

深田隆哉の視線が、一瞬鋭く尖《とが》った。

吉本太一の背中に冷水のような汗が流れる。

こいつ。ただの間抜けな青二才だと思っていたが、勘だけは鋭い。

なにしろ、中原幹宏の死の真相をずばり言い当てた。

そう、深田隆哉の推理はまったく正しい。中原幹宏は、シナリオ通りに動いただけだ。

俺が書いたシナリオ通りに。

そうなのだ。俺こそが、ヤシロさんの代打だったのだ。

ただ深田隆哉の推理は、ひとつ間違っている。中原幹宏が自ら農薬を飲んだわけではない。農薬を飲ませた人物が他にいる。

それは、中原梨乃だ。

「え？　それはどういうことです？」

俺がその提案を示したとき、中原梨乃はおどおどと唇を震わせた。その唇の端は切れている。右瞼《まぶた》も腫《は》れている。中原幹宏にやられたのだろう。中原幹宏の暴力は、すでにリサーチ済みだ。

俺は、得意の営業スマイルを浮かべると、言った。

「リアリティショーに家族で出演してみませんか？」

「……そんなの。旦那《だんな》がなんていうか」

「旦那さんはこちらで説得します。五百万円の出演料を提示すれば、たぶん、乗ってくるでしょう。なにしろ、あなたがた家族は借金まみれだ」

「…………」

「苦労されているんでしょう？　あんな男と結婚して。このままでは、子供たちもいつかは殺されますよ？　あの男にとって、殺人なんて屁《へ》でもないんですから」

「…………」

「実は、僕の姉が、あの男に殺されましてね」

「え？」

「そのせいで一家離散。両親は離婚し、母は心痛で寝たきりに。ずっと介護生活です。

まさに地獄ですよ。なのに、あの男は娑婆でのうのうと自由を謳歌《おうか》している」

「………」

「このままでは、あなたたち親子も地獄の人生だ。……あの男から逃げたくないですか？」

「え？」

「あの男から逃げて、新しい人生を歩みたくないですか？」

「そりゃ、もちろん」

「だったら、リアリティショーに出演しましょう。段取りはすべてこちらでします」

「リアリティショーに出れば、あの男から解放されるんですか？」

「そうです。約束します」

「わたしは、なにをすれば？」

「こちらが用意したシナリオ通りに動いてください。……そうですね、とりあえずは〝ヤンキーキャラ〟でオーディションに来てください。あなた、もともとはギャルだったんですよね？」

「……昔のことです」

「その昔を思い出してください。本来の自分を取り戻すんです。あの男と出会う前の輝いていた自分を」

「輝いていた自分……」

中原梨乃の目の奥に、小さな光が宿った。

そう、この目だ。復讐《ふくしゅう》にめざめた人間の目だ。俺と同じ目だ。

俺は確信した。この女は必ずやり遂げる。俺の計画を成功に導いてくれる！

思った通りだった。

中原梨乃は見事にやり遂げた。俺が書いたシナリオ通りに、中原幹宏に農薬を飲ませた。

そう。村松さんが発見したとき、中原幹宏はまだ生きていた。死んだふりをしていたのだ。そう指示したのは俺だ。六十年前の再現をしたいから、一棟の貯水槽の下で死んだふりをしてほしい。

中原幹宏は悪党だが、五百万円というニンジンの前では素直だった。見事に死体を演じてくれた。

赤ん坊を連れてきたのは、偽《にせ》の死体を一刻も早く発見させるためだ。これも計画通りにいった。お人好《ひとよ》しの村松さんが赤ん坊の泣き声につられて、一棟の屋上にやってきた。動転した村松さんが赤ん坊をそのまま現場に置いていったのは計算外だったが、そのお陰で、中原梨乃は自然な形で現場に向かうことができた。シナリオではこうだ。死んだふりをしている中原幹宏にすがって泣く。「あなた、あなた、死なないで！　水よ、水を飲んで！」と叫びながら、農薬を飲ませる。まあ、このシナリオ通りに行ったかどうかは分からないが、中原幹宏は死んだ。結果オーライだ。

でかした、中原梨乃！

よくぞ、やり遂げてくれた！

ちなみに、遺書は中原幹宏の筆跡を真似《まね》て俺が書いた。バレるんじゃないかとヒヤヒヤしたが、警察は、妻である中原梨乃の言葉をあっさりと信じた。

やっぱり、警察はアホだな！

そうだ。警察がアホだから、あの男は野放しにされていた。最初の事件が起きたときにちゃんと捕まえてくれれば、姉は死なずに済んだのに。あんな残酷な形で殺されずに済んだのに！

姉の遺体は、そりゃ酷《むご》かった。顔はぐちゃぐちゃ。骨も見えていた。さらに性器は潰《つぶ》され、肛門《こうもん》が破裂していたという。家族がそんな目にあったら誰だって心を病んでしまう。そう、俺たち家族は、全員、おかしくなってしまった。

被害者家族に時効も終わりもない。一生、事件に縛り付けられる。

この縛りから解放され自由になるには、元凶のあの男をこの世から消すしかない。

俺は、いつか必ず、あの男を消す！

……そんな決意をしたのは、小学五年生のときだったか。その復讐心があったから、俺は今まで生きてこられた。

深田隆哉が『東京ハウス』の原案を持ってきたとき、ようやくその時がきたと、俺の身体《からだ》中の血が沸騰《ふっとう》したかのように熱くなった。

しかも、「Q市女児殺害事件」の被害者遺族である岡島牧子という強力なカードまである。

「Q市女児殺害事件」を利用しない手はない！

そう。俺にとっちゃ、「Q市女児殺害事件」の真相なんて、どうでもいいんだ。

自分の手を汚さず、中原幹宏を消す。

それこそが、俺の真の目的だ。

まったく計画通りだ！

完全犯罪だ！　俺って、天才だ！

「ね、吉本くん、ちょっと」

職場でかるかんを食べていると、岡島牧子に声をかけられた。

「静岡県警の人が来ているんだけど」

「え？　静岡県警？」

「あなたに話があるって。任意同行できないかって」

「……なぜです？」

「なんだかよく分からないんだけど。中原梨乃が、なにかを証言したようよ」

「え？」

「中原幹宏の遺書について、警察が確認したいことがあるって」

「え？」

「もしかしたら、あの遺書、偽造だったのかもね。……だって、出来過ぎだもん。やっぱり、自殺じゃなくて殺人だったのよ」

「………」

「殺人といえば。六十年前のあの事件、鈴木圭太郎殺しも解決しそうよ。いろいろ分かってきたの。うん、そう、犯人はあの人で間違いない。私、明日、Q市に行ってくるわ」

「…………」

「さあ、吉本くん、なに突っ立っているの。早く行きなさい。警察の人が待っているわよ」

が、吉本太一の足は、なかなかそこを動くことができなかった。

その場に立ち竦《すく》んでいると、向こうからやってきた。見覚えのある面《つら》だ。前に、参考人として事情聴取を受けたときの刑事だ。

近づいてくる。

吉本太一は、思わず失禁した。

真犯人　二〇二一年十月十六日

「六十年前、鈴木圭太郎を殺害したのは、高橋三郎《さぶろう》さん、あなたですね？」

——なにを言うんですか？　いったいぜんたい、なんだって言うんですか？　こんなところに呼び出して！

高橋三郎は、ある呼び出しに従って、駅前のカラオケボックスにきていた。その人物から連絡を受けたのは、昨日のことだった。

「息子さんのことで話がある」

そう言われたら、行かないわけにはいかなかった。定職につかないまま六十を迎えてしまった不肖の息子。が、そんな息子を作ってしまったのは自分ではないのか。そんな強迫観念にずっと苦しめられている。

自分が、あんなことをしたから……。

そう。六十年前。わたしは人を殺した。Sヶ丘団地に住む、鈴木圭太郎を。

六十年前の九月十二日の夜。

陣痛に苦しむ妻が、うわごとでこんなことを言った。

『ね、どうしよう。あたし、見ちゃいけないものを見てしまった。……あの噂《うわさ》は、本当だったのよ』

――あの噂ってなんだ?

『だから、Sヶ丘団地には、鬼畜がいるって。蛇神に取り憑《つ》かれた鬼畜がいるって』

――ああ、あれか。小説を書いている?

『そう、あの人よ。あの人が、児童会館裏の倉庫で団地の子を餌食《えじき》にしているところを、あたし、見てしまったの。……あの男に脅されたわ。警察に言ったら、子供もろとも殺してやるって。……どうしよう？　このまま黙っていたら、団地の子供たちがまた餌食になる。でも、警察に言ったら、あたしたちの赤ちゃんが！』

──大丈夫だ。俺がなんとかする。だから、安心して、赤ちゃんを産むんだ。

『あんた、本当になんとかしてね！　赤ちゃんを守ってね！』

そう約束したが。どうやって守ってやればいいのか、三郎は途方に暮れた。

翌日。定かな目的もないまま、Sヶ丘団地に向かう。団地につく頃には西の空が茜《あかね》色《いろ》に染まっていた。

団地は、騒然としていた。パトカーが数台止まり、制服警官がたむろし、あちこちにロープが張り巡らされている。近くにいる住民を捕まえ訊くと、殺人があったという。団地に住む女の子が殺された。児童会館の裏で！

犯人は、鈴木圭太郎に間違いない。だって、妻が目撃している。

「それで、あなたは鈴木圭太郎を探したんですね」

──はい。十一街区一棟の貯水槽の下で、煙草《たばこ》を吸っているあいつを見つけたんです。

「よく分かりましたね。あんな広い団地なのに。しかも、貯水槽といえば、屋上」

──実は、わたし、あの団地の建設にちょっとばかし関わってましたので。……まあ、日雇いですがね。パンを作る傍ら、工事現場にも行って日銭を稼いでいたんです。そのときお世話になった親方から、団地が完成したあともちょくちょく仕事をもらってまして。貯水槽の点検とか掃除とか。そのときに、たまたまあの男と出くわしたことがあったのです。なんでも、あの屋上はお気に入りなんだとか。天気がいいときは東京タワーが見える……とかなんとか。

「東京タワー？　まさか！」

――ええ、こんなところから東京タワーなんか見えません。あの男の戯言《ざれごと》でしょう。東京が懐《なつ》かしかったんでしょうね。あの男も言ってましたよ。東京に帰りたいって。こんな田舎はまっぴらだって。……たぶん、東京でなにかやらかして、都落ちしたんでしょうね。

「過去に喧嘩《けんか》で仲間を殺しています。裁判では執行猶予《ゆうよ》がつきましたが。その後もわいせつ罪で何度か逮捕されています。いずれも不起訴となりましたが」

――あの男は根っからの悪党だ！

「で、あなたは、六十年前の九月十三日の夕方、一棟の屋上で鈴木圭太郎を見つけた。それから？」

――団地の子供が殺されたというのに、どこ吹く風という感じで煙草をふかしているんです。さらには「見てみろよ。アリンコたちが、下界で右往左往している」と笑うんです。

戦慄《せんりつ》しました。自分が子供を殺したくせに。……鬼畜だと思いました。妻の言うとおりです。こういう鬼畜を野放しにしていたら、また犠牲者が出る。それは自分の赤ん坊かもしれない！

そう思ったら、もう止まりませんでした。わたしは、無我夢中で男に襲いかかりました。……わたし、こう見えて、柔道を心得ております。大会で賞をとったこともあります。鈴木圭太郎は、あっけなく地面に叩きつけられました。その拍子に、彼のスラックスのポケットから縄跳びの紐《ひも》とハンカチが飛び出しました。……わたしは考えるより早く縄跳びの紐を手にすると、男の首に巻き付けました。無我夢中でした。この男を消さないと妻と赤ん坊の命がない。団地の子供たちも危ない。こいつは鬼畜なんだ、成敗しなくてはいけないんだ！……そんな思いに囚《とら》われたわたしは、鈴木圭太郎の首に巻きつけた紐を、これ以上ないという力で引っ張り続けました。

「その紐は？」

──咄嗟《とっさ》のことなのでよく覚えていないのですが、帰宅して気づいたらわたしの上着のポケットにありました。……動転していたのでしょうね。そしてポケットにはハンカチも。M・Yとかわいらしいイニシャルがあったので、犠牲になった女の子のものなんじゃないかと。

「で、その紐とハンカチは？」

——あれからどうしたか、わたしもずっと分からないままだったのですが、去年、妻の遺品を整理していたら、柳行李《やなぎごうり》の中から出てきました。

「じゃ、奥さんが？」

——はい。妻はわたしの犯行を知っていたんだと思います。だから、柳行李の中に隠していたんだろうと。……ところで、あなたはいったい、何者なんですか？

高橋三郎は、テーブルに置かれた名刺を改めて見てみた。

『創界社　社長　岡島牧子』

創界社。聞いたことがない会社だ。

「主に、テレビ向けのコンテンツを制作しています。ときには、リサーチのようなことも」

——リサーチ？

「はい。元々は調査会社だったんですよ。姉がどうして死んだのか、そればかりを考えていたらいつのまにか探偵のような真似をしていました」

——探偵？……なるほど、そうですか。で、鈴木圭太郎を殺害したのはわたしだと、突き止めたんですね。

「突き止めたというか。……ただの推理です。鎌《かま》をかけてみただけです」

——鎌をかけられて、まんまと白状してしまったというわけですね、わたしは。とんだ間抜けだ。

高橋三郎は、そろそろと両手を差し出した。

「なんの真似です？」

——警察に突き出すんでしょう？

「まさか。だって六十年前のことですよ。とっくに時効です。それに、あなたは姉の仇《かたき》をとってくれたんです。感謝しこそすれ、警察に突き出すなんてことはしません」

——じゃ、なんで呼び出したんですか？

「ご子息のギャラをお支払いするためです」

——ギャラ？

「エキストラのギャラですよ」

そう言うと、岡島牧子は茶封筒を差し出した。受け取るとずっしりと重たい。恐る恐る中を見てみると、帯封が巻かれている札束が五つ。

――五百万円?!　エキストラのギャラが、五百万円？

「ご子息の頑張りは素晴らしいものでしたので。これでも少ないぐらいです」

――じゃ、息子は役者に向いているんでしょうか？　あいつ、役者になるんだって、劇団を片っ端から検索しているんですよ。

「役者には向いてないかもしれませんね」

――そうですか。やっぱり。

「でも、きっと、パン屋には向いているんではないでしょうか。そのギャラを元手にパン屋を開くっていうのはいかがでしょう。私、買いに行きますよ」

岡島牧子はそう言うと、顔じゅうをくしゃくしゃにして笑った。

プレイバック　二〇二一年九月十四日

Sヶ丘団地。

土屋《つちや》恒子《つねこ》は夢を見ていた。

真夏の児童会館裏の倉庫、蠢《うごめ》く二つの影。

蜃気楼《しんきろう》のようにも見える。幻覚のようにも見える。が、現実だ。

「ああ、なんていうこと！」

土屋恒子は両手で口を押さえると、その場を立ち去った。

噂は本当だったんだ！

あの男はとんでもない変態だ。子供好きの変態だ。子供を性的な対象として見ている。だから気をつけろ。あの男がきたら子供を隠せ！

でも、とても信じられなかった。だって、あの男は大の女好き。山田さんちの奥さんとも不倫をしている。あたしも粉をかけられた。接吻《せっぷん》をしてきた。だから、ちょっとよろめきそうになった。そう、あの男はとんでもないプレイボーイだけど、その対象は大人だけだと思っていた。

でも違った。あの男は、大人子供関係なく、女が好きなのだ！

鬼畜だ！　鬼畜だ！

土屋恒子は、それからも何度か、児童会館裏の倉庫でそれを目撃した。餌食になっている女の子は、毎回違った。上は中学生から、下は小学低学年まで。

なんで？　なんで女の子たちは抵抗しないのだろう？　助けを呼ばないのだろう？

もどかしかった。苛立《いらだ》たしかった。

「助けて！」と叫べばいいのに！

そしたら、助けてあげるのに！

なのに、

「なんで、助けてくれなかったの？」

あの子はそう言った。そして非難の眼差しを向けた。

……あれは一九六一年九月十二日、午後六時前。

なにか匂《にお》いがした。見ると、移動パン屋の奥さんが児童会館の裏から出てきた。

気になった。まさか、あの男があの奥さんを？

ううん、かかわっちゃダメ。あんな鬼畜にかかわったら、あたしまで餌食になる。

そう思って、一度は立ち去ったが。でもやっぱり、気になった。一度部屋に戻って電気炊飯器のスイッチを入れたあと児童会館の裏に行ってみた。すると、山田さんちの美代子ちゃんが、ハンカチを顔に当てながらうずくまっていた。

「おばさん、見ていたんでしょう？」

——あたしは、なにも見ていない。今、来たところよ。

「うそだ。ずっと見ていたくせに」

——違う、それはあたしじゃない。それは、移動パン屋の……。

「言い分けはよして。なんで、助けてくれなかったの？　なんで、見て見ぬ振りをしたの？　わたし、あのおじさんにひどいことされたんだよ？　なのに、なんで？　大人でしょう？　大人だったら、助けるべきなんじゃないの？」

――美代子ちゃん、あんた、あの男に……。

「警察を呼んで、お願い、警察を呼んで」

――あんた、世間に知られていいの？　いけないことをされたのよ？

「じゃ、泣き寝入りしろって言うの？　そんなのいやだ。悪いことは悪いことなんだ。ああいう男は警察に捕まるべきなんだ。おばさんも同罪だからね。だって、見て見ぬ振りをしたんだから！　わたし、言うよ、警察に言う。あの男のことも、おばさんのことも！」

――だから、あたしはなんの関係もないって！　あたしは、今、来たところよ！

「おばさんみたいな卑怯《ひきょう》な大人は全員、警察に捕まればいいんだ！」

――なんて、生意気な子なの。前々から気にくわなかったんだ。正論ばかり吐いて、大人の事情なんてちっとも考えない。

ほんと、なんて生意気な子！

そして次の瞬間、縄跳びの紐《ひも》を握りしめていた。あの子が持っていた縄跳び。それを奪い取り、あの子の首に巻き付けた。

それは、まるで蛇だった。蛇があの子の首に巻き付き、きりきりとしめつけていく。

ほらね。大人に楯突《たてつ》くから、バチが当たったのよ。蛇神様の怒りに触れたのよ！

子供はおとなしく、大人に従うものよ！

……え？　どうしたの、美代子ちゃん。冗談はやめてよ。これは、ちょっとした遊びなんだから。ちょっと脅かそうと思っただけなのよ。……ね、美代子ちゃん、なんで動かないの？　これ以上、大人をバカにしないで。起きてよ、死んだ真似なんてよしてよ、美代子ちゃんたら！

大変なことになってしまった。

美代子ちゃんの横には、縄跳びの紐とハンカチ。それを隠そうとしたとき、

「あーあ、殺しちゃったね、土屋さん」

振り向くと、煙草を咥《くわ》えた鈴木圭太郎が立っていた。

——違う、違うのよ、これはなにかの間違いなのよ！

「困っちゃったな。このままでは俺が真っ先に疑われるよ。だってさ。移動パン屋の奥さんに見られちゃったんだよね。美代子ちゃんにいたずらしていたところを」

——やっぱり、あの奥さんが……。

「そう。鬼瓦《おにがわら》のように顔を引きつらせていたな。だから、ちょっと脅してやったんだけど。……そんなことより、美代子ちゃん殺しだよ。ね、どうするの？　このまま警察に行ってもいいけど」

——そしたら、あたしもあなたの悪行をバラします！

「そうくると思った。でも、俺の罪なんて大したことはないぜ？　一方、土屋さん、あなたは殺人。最低でも十年は臭い飯を食う羽目になるだろうな。豚箱はつらいぜ？　地獄だぜ？」

——そんなの嫌です。助けてください！

「いいよ、助けてやるよ。さあ、その縄跳びとハンカチを渡しな。証拠は俺が預かっておいてやるからさ」

——ありがとうございます！

「その代わり、俺の奴隷《どれい》になるんだよ」

——奴隷？

「そう。一生、俺のために働くんだ」

——なんでもします、なんでも！　あなたの言うことはなんでも聞きます！

「なら、とりあえずは、俺のアリバイ、よろしくな」

──アリバイ？

「そう。警察に訊かれたら、この時間、俺はここにはいなかった……というアリバイを証言するんだ。……そうだ。この時間、俺は駅に向かって散歩をしていて、その途中であんたとばったり会う。よし、これでいこう。これなら、あんたのアリバイも成立だ」

──ありがとうございます！

「俺とあんたは、運命共同体だぜ。一生、あんたは俺の奴隷だからな」

──はい、分かりました。あなたの奴隷になります！

「一生、あなたの奴隷になります！」

自分の声に起こされる形で、土屋恒子は今度こそ目を覚ました。

手が、強張《こわば》っている。なにかを握りしめたまま凍り付いたように、自分の意思ではどうにもできない。恒子は、その指を時間をかけて、一本ずつ開いていった。

いやな夢を見た。いや、夢ではない。これは、記憶だ。記憶の再生だ。

あたしが、山田美代子ちゃんを殺した！

……そう思っていた。

でも、警察は一向にあたしを捕まえにこない。それどころか、あたしを脅迫した鈴木圭太郎は、死んだ。一棟の貯水槽の下で、遺体が見つかったという。

あたしは、あの男の奴隷になるつもりだったのに。一生を捧《ささ》げる覚悟を決めていたのに。……この体だって、捧げるつもりだったのに。

なのに、あの男はなんで死んだの？

やっぱり、すべて夢だったんだろうか？

そうだ。あたしはなにもしていない。あたしは悪い夢を見ていただけなんだ。……悪い夢を。

そして、土屋恒子は、ひとつ大きなくしゃみをすると、そのまま布団《ふとん》の中に深く沈み込んだ。

せめて、最期《さいご》ぐらいは、洗い立ての清潔なシーツに包まれたかった。

これが土屋恒子の最後のつぶやきとなった。

〈参考資料〉

●「'ING REPORT――UR都市機構の住宅設備の変遷と技術開発」UR都市機構（独立行政法人都市再生機構　技術・コスト管理室設備計画チーム　都市住宅技術研究所）

●『再現・昭和30年代　団地2DKの暮らし』青木俊也著（河出書房新社）

●『電気釜でおいしいご飯が炊けるまで―ものづくりの目のつけどころ・アイデアの活かし方―』大西正幸著（技報堂出版）

●『死のテレビ実験――人はそこまで服従するのか』クリストフ・ニック、ミシェル・エルチャニノフ著／高野優監訳（河出書房新社）

●ウィキペディア

〈関連作品〉

●『クロク、ヌレ！』真梨幸子著（講談社文庫）

●『インタビュー・イン・セル　殺人鬼フジコの真実』真梨幸子著（徳間文庫）

この作品は二〇二一年十二月新潮社より刊行された
『一九六一　東京ハウス』を改題したものである。

真梨幸子著　初恋さがし

忘れられないあの人、お探しします。ミツコ調査事務所を訪れた依頼人たちの運命の行方は。イヤミスの女王が放つ、戦慄のラスト！

芦沢央著　許されようとは思いません

入社三年目、いつも最下位だった営業成績が大きく上がった修哉。だが、何かがおかしい。どんでん返し100％のミステリー短編集。

赤松利市著　ボダ子

優しかった愛娘は、境界性人格障害だった。事業も破綻。再起をかけた父親は、娘とともに東日本大震災の被災地へと向かうが――。

石井光太著　「鬼畜」の家
―わが子を殺す親たち―

ゴミ屋敷でミイラ化。赤ん坊を産んでは消し、ウサギ用ケージで監禁、窒息死……。家庭という密室で殺される子供を追う衝撃のルポ。

一木けい著　1ミリの後悔もない、はずがない
R-18文学賞読者賞受賞

誰にも言えない絶望を生きられたのは、桐原との日々があったから――。忘れられない恋が閃光のように突き抜ける、究極の恋愛小説。

宇能鴻一郎著　姫君を喰う話
―宇能鴻一郎傑作短編集―

官能と戦慄に満ちた物語が幕を開ける――。芥川賞史の金字塔「鯨神」、ただならぬ気配が立ちこめる表題作など至高の六編。

島本理生著

大きな熊が来る前に、おやすみ。

彼との暮らしは、転覆するかも知れない船に乗っているかのよう——。恋をすることで知る心の闇を丁寧に描く、三つの恋愛小説。

白河三兎著

冬の朝、そっと担任を突き落とす

校舎の窓から飛び降り自殺した担任教師。追い詰めたのは、このクラスの誰？　痛みを乗り越え成長する高校生たちの罪と贖罪の物語。

髙村　薫著

黄金を抱いて翔べ

大阪の街に生きる男達が企んだ、大胆不敵な金塊強奪計画。銀行本店の鉄壁の防御システムは突破可能か？　絶賛を浴びたデビュー作。

筑波　昭著

津山三十人殺し
—日本犯罪史上空前の惨劇—

男は三十人を嬲り殺した、しかも一夜のうちに——。昭和十三年、岡山県内で起きた惨劇を詳細に追った不朽の事件ノンフィクション。

長江俊和著

出版禁止

女はなぜ〝心中〟から生還したのか。封印された謎の「ルポ」とは。おぞましい展開と、息を呑むどんでん返し。戦慄のミステリー。

中山七里著

月光のスティグマ

十五年ぶりに現れた初恋の人に重なる、兄殺しの疑惑。あまりにも悲しい真実に息もできない、怒濤のサバイバル・サスペンス！

深町秋生著　**ドッグ・メーカー**
—警視庁人事一課監察係 黒滝誠治—

同僚を殺したのは誰だ？ 正義のためには手段を選ばぬ〝猛毒〟警部補が美しくも苛烈な女性キャリアと共に警察に巣食う巨悪に挑む。

松岡圭祐著　**ミッキーマウスの憂鬱**

秘密のベールに包まれた巨大テーマパーク。その〈裏舞台〉で働く新人バイトの三日間を描く、史上初ディズニーランド青春成長小説。

松嶋智左著　**女副署長**

全ての署員が容疑対象！ 所轄署内で警部補の刺殺体、副署長の捜査を阻む壁とは。元女性白バイ隊員の著者が警察官の矜持を描く！

宮部みゆき著　**魔術はささやく**
日本推理サスペンス大賞受賞

それぞれ無関係に見えた三つの死。さらに魔の手は四人めに伸びていた。しかし知らず知らず事件の真相に迫っていく少年がいた。

道尾秀介著　**向日葵の咲かない夏**

終業式の日に自殺したはずのS君の声が聞こえる。「僕は殺されたんだ」。夏の冒険の結末は。最注目の新鋭作家が描く、新たな神話。

湊かなえ著　**母性**

中庭で倒れていた娘。母は嘆く。「愛能う限り、大切に育ててきたのに」——これは事故《ミステリー》か、自殺か。圧倒的に新しい〝母と娘〟の物語。

三上延著

同潤会代官山アパートメント

天災も、失恋も、永遠の別れも、家族となら乗り越えられる。『ビブリア古書堂の事件手帖』著者が贈る、四世代にわたる一家の物語。

森下典子著

猫といっしょにいるだけで

五十代、独身、母と二人暮らし。生き物は飼わないと決めていた母娘に、突然彼らは舞い降りた。やがて始まる、笑って泣ける猫日和。

森美樹著

主婦病

R-18文学賞読者賞受賞

新聞の悩み相談の回答をきっかけに、美津子は夫に内緒で、ある〈仕事〉を始めた――。生きることの孤独と光を描ききる全6編。

本橋信宏著

東京の異界 渋谷円山町

花街として栄えたこの街は、いまなお老若男女を惹きつける。色と欲の匂いに誘われて、路地と坂の迷宮を探訪するディープ・ルポ。

山本譲司著

累犯障害者

罪を犯した障害者たちを取材して見えてきたのは、日本の行政、司法、福祉の無力な姿であった。障害者と犯罪の問題を鋭く抉るルポ。

山本文緒著

アカペラ

祖父のため健気に生きる中学生。二十年ぶりに故郷に帰ったダメ男。共に暮らす中年の姉弟の絆。奇妙で温かい関係を描く三つの物語。

湯本香樹実著
ポプラの秋
不気味な大家のおばあさんは、ある日私に奇妙な話を持ちかけた――。『夏の庭』で世界中の注目を浴びた著者が贈る文庫書下ろし。

山口恵以子著
毒母ですが、なにか
美貌、学歴、玉の輿。すべてを手に入れたりつ子が次に欲したのは、子どもたちの成功だった。母娘問題を真っ向から描く震撼の長編。

柚木麻子著
私にふさわしいホテル
元アイドルと同時に受賞したばっかりに……。文学史上もっとも不遇な新人作家・加代子が、ついに逆襲を決意する！ 実録(!?)文壇小説。

吉田修一著
愛に乱暴（上・下）
帰らぬ夫、迫る女の影、唸りを上げる×××。予測を裏切る結末に呆然、感涙。不倫騒動に巻き込まれた主婦桃子の闘争と冒険の物語。

米澤穂信著
満願
山本周五郎賞受賞
磨かれた文体と冴えわたる技巧。この短篇集は、もはや完璧としか言いようがない――。驚異のミステリー3冠を制覇した名作。

横山秀夫著
ノースライト
誰にも住まれることなく放棄されたY邸。設計を担った青瀬は憑かれたようにその謎を追う。横山作品史上、最も美しいミステリ。

J・アーチャー
永井 淳 訳

百万ドルをとり返せ！

株式詐欺にあって無一文になった四人の男たちが、オクスフォード大学の天才的数学教授を中心に、頭脳の限りを尽す絶妙の奪回作戦。

イプセン
矢崎源九郎訳

人形の家

私は今まで夫の人形にすぎなかった！ 独立した人間としての生き方を求めて家を捨てたノラの姿が、多くの女性の感動を呼ぶ名作。

J・オースティン
小山太一訳

自負と偏見

恋心か打算か。幸福な結婚とは何か。十八世紀イギリスを舞台に、永遠のテーマを突き詰めた、息をのむほど愉快な名作、待望の新訳。

S・キング
永井 淳 訳

キャリー

狂信的な母を持つ風変りな娘――周囲の残酷な悪意に対抗するキャリーの精神は、やがてバランスを崩して……。超心理学の恐怖小説。

ガルシア＝マルケス
野谷文昭訳

予告された殺人の記録

閉鎖的な田舎町で三十年ほど前に起きた幻想とも見紛う事件。その凝縮された時空に共同体の崩壊過程を重層的に捉えた、熟成の中篇。

J・M・ケイン
田口俊樹訳

郵便配達は二度ベルを鳴らす

豊満な人妻といい仲になったフランクは、彼女と組んで亭主を殺害する完全犯罪を計画するが……。あの不朽の名作が新訳で登場。

極《きょく》限《げん》団《だん》地《ち》

一九六一　東京ハウス

新潮文庫　ま－64－2

令和六年九月一日発行
令和六年十月十日三刷

著者　真《ま》梨《り》幸《ゆき》子《こ》

発行者　佐藤隆信

発行所　株式会社 新潮社

郵便番号　一六二―八七一一
東京都新宿区矢来町七一
電話 編集部(〇三)三二六六―五四四〇
読者係(〇三)三二六六―五一一一
https://www.shinchosha.co.jp

価格はカバーに表示してあります。

乱丁・落丁本は、ご面倒ですが小社読者係宛ご送付ください。送料小社負担にてお取替えいたします。

印刷・大日本印刷株式会社　製本・株式会社大進堂

ISBN978-4-10-103762-2　C0193